유금호 장편소설

만적

도서출판

유금호 장편소설

만적 ①

© 유금호, 2004

지은이 | 유금호
펴낸이 | 김래수

초판 인쇄 | 2004년 10월 1일
초판 발행 | 2004년 10월 5일

기획 · 편집 | 정숙미 · 김성수
북 디자인 | N.com(749-7123)
분해 · 제판 | 성광사(2272-6810)
인쇄 | 청송문화인쇄사(2676-4573)
제본 | 청우바인텍(031-955-0500)

펴낸 곳 | 도서출판 이유
주소 | 서울특별시 동작구 상도5동 103-5 성은빌딩 3층
전화 | 02-812-7217 팩스 / 02-812-7218
E-mail | eupub@hanafos.com
출판등록 | 2000. 1. 4 제20-358호

ISBN 89-89703-56-5 04810
      89-89703-55-7 (세트)

유금호 장편소설

만적

1

금소예(琴蕭隷), 당신에게 보내는 편지

멧돼지의 간(肝)을 화주(火酒)에 곁들여 날로 씹고 있는 소예, 당신에게서 야생동물의 냄새가 납니다.

골짜기와 계곡을 뛰어달릴 때, 당신에게서는 깊은 산 풀꽃의 체취……, 한겨울 내려 쌓인 눈밭 위, 가죽옷을 벗어 팽개친 당신 어깨를 타고 눈발들이 이슬같이 미끄러져 내리는 것을 봅니다.

불과 얼음.

사랑했던 사내의 시신 앞에 꿇어앉아 손가락 끝에 불을 붙이고, 다시 기름을 발라 불을 붙이는 소지공양(燒指供養). 당신의 사랑을 나는 젊은 날부터 참 오랜 세월 지켜보았던 듯 싶습니다.

당신이 새끼손가락 끝에 불을 붙이며 꿇어앉은 동굴 밖으로 그 때 쏟아져 내리던 빗줄기와 바람 소리를 나는 지금도 듣고 있습니다.

《高麗史節要 14券》神宗靖孝大王 元年에 기록된
'······私 萬積, 味助伊, 延福, 成福, 小三, 孝三 等 六人, 樵于北山, 招集公私奴隷, 謀曰 : "國家, 自庚癸以來, 朱紫多起於賤隷, 將相 寧有種乎, 時來則亦可爲也, 吾輩安能勞筋苦骨, 困於 楚之下, 諸奴皆然之 乃剪黃紙數千, 皆鈒丁字爲識, 約以甲寅, 聚興國寺······." ······以告忠憲, 逐捕萬積等百與人, 投之江······.'

이 몇 줄로 외로운 사내, 만적(萬積)을 만나면서, 고뇌와 분노, 그의 침묵의 행간에서 나는 뜻밖에도 원시의 순수, 처연한 사랑의 소예, 당신을 만났습니다.
당신은 넘쳐나는 용암이고, 천년설(千年雪), 서늘한 냉기였습니다.

어차피 800여 년 전, 1198년 초여름의 그 날, 바윗돌에 묶여 예성강 강바닥에 가라앉은 만적의 생애를, 그 1170년대에서 1190년대의 역사를 복원하는 것이 가능한 일도 아니고, 그러한 시도로 컴퓨터 앞에 앉지도 않았습니다.
신종(神宗) 원년, 최충헌(崔忠獻)의 집권 시절, 만적의 저항은 100여 명의 수장(水葬)으로 끝난 매몰된 패배의 역사, 한 페이지일 수도 있습니다.

세밀한 계획 없는 무모한 분노와 열정이 만든 그 좌절에 대한 연민도 아닙니다.

만적의 깊은 영혼에 자리했던 그 원초적 자유에 대한 갈망, 세월과 상관없이 순치되지 않는 생명력과 조우하는 동안, 그 곁에 금소예, 당신이 있었습니다.

어느 시대, 어느 조건에서도 억압은 침묵과 복종으로 위장되지만, 그 자유에 대한 꿈은 지하수나 용암 같은 것이어서 깊은 곳으로 흐르고 흐르다가 한순간 지표로 솟아오릅니다.

역사의 저편, 그 휴화산의 침묵, 보세요. 3·1운동 때도, 광주항쟁 때도 만적은 우리 곁에 살아 있었습니다.

로마의 콜로세움, 무너져 내린 돌담 사이에서도, 몽골 초원의 보랏빛 지츠꽃 사이에서도, 치첸이사, 저물어 가는 마야문명 석주(石柱) 사이에서도 나는 만적의 그림자를 보았습니다.

일요일이면 가끔 찾는 가까운 작은 절, 선법사(善法寺), 석간수 곁, 보물 981호의 1,000년 넘은 마애불(磨崖佛) 곁에서도 나는 만적의 냄새를 맡았으니까요.

만적이 우리 곁에 살아 있듯, 불임과 거세의 시대, 사막화되어 가는 우리 가슴 한 쪽, 손가락 끝에 불을 붙이는 소예, 당신의 원시적 생명력은 꿈인 듯 살아 있습니다.

역사의 기록에 토를 달기 위해 책상 앞에 앉은 것이 아닙니다.

공상적 무협의 소일거리를 제공하겠다는 생각 역시 없습니다.

　몇 줄, 역사의 그 행간, 순치되지 않는 영혼에 대해서, 소예 당신의 그 야생의 순수한 체취를 이 불모의 세월 속에 잠시 공유하고 싶었던 것입니다.

　금소예(琴蕭隷), 우리가 만적을 만나는 동안 당신 역시 우리 곁에 머물 것이라는 믿음으로 당신에게 편지를 쓰고 있습니다.
　산짐승으로, 풀꽃으로, 얼음과 불꽃으로 당신이 우리 곁에 남아 있을 것을 믿습니다.

　'이유' 출판사의 채근이 아니었으면 금소예, 당신과 만적을 만나는 일이 미루어졌을지도 모른다고 생각하면서 정숙미 실장께 감사의 마음을 전합니다.
　또한, 귀한 작품을 표지 그림으로 내주신 현장미술가 최병수 님께도 감사드립니다.

　　　　　2004, 초가을,
　　　　　높아진 하늘이 아름다운 날에……

유금호 장편소설

만적

제 1 권

차례

안개 골짜기 저편

고려 의종 21년.

초겨울 오후의 늦은 햇살이 경주 근교의 잡목림 위로 쏟아져 내리고 있었다. 햇살은 마른 나뭇가지와 시들어 말라붙은 나뭇잎 사이를 비집고 빗줄기처럼 꽂혀 내렸다.

"핫하하, 핫하하."

말고삐를 잡아채며 문득 장군 김풍은 수직으로 내리떨어지는 한 마리 장끼를 올려보며 커다랗게 웃음을 터트렸다. 그 바람에 그를 뒤따르던 한 떼의 인마(人馬)가 멈추면서 구름 같은 먼지가 부옇게 초겨울의 들판을 뒤덮었다.

"허벅다리살이 아직은 많이 오르지 않은 모양이지? 핫하하."

"장군님 솜씨야 삼한(三韓) 땅에서 따를 사람이 있겠습니까."

화살에 꿰어 떨어져 내리는 장끼의 깃털이 무지개 빛깔로 화사
했다. 달리는 백마(白馬) 위에서 쏘아올린 강궁(强弓)이 언제였
을까, 막 마른 풀숲을 뛰어 날아오르는 장끼를 꿰뚫었던 것이다.
"와! 와!"
뒤따르던 일군의 인마가 어지럽게 먼지를 일으키며 환성을 내
질렀다.

장군 김풍.
신라 경순왕의 후예인 상장군(上將軍) 김풍은 희끗거리는 수
염을 흔들며 또 한번 웃음을 터뜨렸다.
"좋은 날씨야."
초겨울의 하늘은 더없이 맑고 높았다. 앞쪽에서 장끼 한 마리
가 다시 푸드득 날아올랐고, 활시위 소리도 유쾌하게 꿩은 다시
핑그르르 맴을 돌며 수직으로 오십여 보 밖으로 떨어져 내렸다.
"신궁(神宮)이십니다."
"상(上)께서도 그런 말씀을 하셨지."
그러고 나서 장군은 말 배를 가볍게 걷어찼다. 장군의 표정이
서서히 어두워지고 있었다. 막료들은 주인의 표정을 빠르게 읽
고 있었다.

문약(文弱)해지고 있는 개경의 풍조.
고구려 부흥을 부르짖고 일어섰던 태조(太祖)의 그 기백은 이
제 점차 사라져 가고 있다. 장군 김풍이 상장군의 직책을 버리고,

향리(鄕里)에 내려와 버린 것도 딴은 나라의 그런 문약과 사치풍
조에 대한 환멸 때문이었다.

"못난놈들……."

김풍이 갑자기 뱉듯이 웅얼거렸다.

"아버님."

장군의 뒤에서 말 배를 걷어차며 한 젊은이가 그들 옆을 스치
는가 싶더니 순식간에 인마가 한 덩어리 되어 저만큼 숲 속으로
빨려들고 있었다.

"저놈의 자식이……."

장군의 흰 털 섞인 눈썹이 꿈틀거렸다.

"도련님 마술은 가히 일품입니다."

"그렇게 생각하오?"

김풍이 뒤따르던 막료 김빈(金彬)을 돌아보았다.

"지난번 어전 마상희(馬上戲) 후로는 삼한 땅의 무부(武夫)들
사이에 도련님 고명이 자자합니다."

"글쎄……."

김풍은 무언가를 잠시 생각하다가 입을 떼었다.

"무(武)라는 건 기(技)만 가지고는 안 되는 거요."

"도련님은 아직 스물이십니다."

"……."

"정(貞) 도련님은 나라에 큰일을 하실 겁니다. 두고 보십시오."

그러나 김풍은 아무 대꾸도 하지 않았다.

장군 김풍 일행이 숲을 향해 움직이자 뒤따르던 인마가 대오를

벌려 산을 포위하여 올라가기 시작했다.

경주는 삼경(三京) 중의 하나여서 중앙에서 임명되어 온 동경 유수(東京留守)가 있고, 이 유수가 경주 전체를 관할하게 되어 있지만, 신라 왕족의 후예인 장군 김풍의 세력도 거기 못지않게 당당한 것이었다.

거기에 이미 중앙의 상장군을 역임한 그의 경력이 유수를 앞질러 경주 지방 백성들에게 영향력을 끼치고 있었다.

쓰씨잉!

앞서 숲 속으로 뛰어들었던 김정(金貞)의 활에서도 시위 소리도 날카롭게 화살이 날았다. 막 언덕으로 뛰어오르려던 노루 한 마리가 그 자리에 풀썩 무릎을 꿇었다. 쓰러지는 노루 쪽을 힐끗 쳐다본 김정의 입 언저리에 쓰디쓴 웃음이 흘렀다. 그것도 잠시, 그는 다시 말 배를 걷어차며 작은 골짜기를 날 듯이 뛰어넘었다. 창백한 안색의 그의 얼굴에 발그레한 홍조가 피어 올랐다.

그 때 커다란 수노루 한 마리가 그의 눈앞 스무 걸음 정도에서 재빨리 방향을 바꾸면서 언덕을 치달아오르고 있었다.

"놓치지 마라."

방향을 바꾸어 말고삐를 잡아채면서 날카롭게 소리쳤다.

"우우우."

그러자 산등성이 쪽에서 사람들이 수런대는 소리가 들려왔다.

이십여 명의 노비들이 산꼭대기를 지키고 있다가 김정의 목소리에 놀라 후다닥 일어선 것이다. 짐승들이 멀리 빠져나가지 못하도록 젊은 가노(家奴)들을 미리 산 위에 보내 놓았던 것이다.

커다란 뿔을 치켜든 노루가 곧장 가파른 등성이를 치달아오르고 있었다.

김정은 힘을 다해 말 배를 내질렀다. 그러나 올라가는 가파른 등성이는 노루 쪽이 더 유리했다. 노루와 말 사이의 거리가 좀 멀어졌을 때 노루는 노비들이 에워싸고 있는 등성이에 가까워져 있었다.

"조심해."

노비들을 인솔하고 있던 병졸들이 소리를 질렀다. 노루는 등성이 위에까지 올라와 잠시 멈추었다. 긴장한 시선들이 노루를 향했다. 불안하고 우울한 시선들이었다.

"와아!"

산 아래쪽에서 함성이 울렸다. 또 짐승을 잡은 모양이었다. 노비들의 시선이 잠깐씩 산 아래를 향했다. 순간 김정의 날카로운 목소리와 거의 동시에 틈을 노리던 노루가 방향을 바꾸면서 왼쪽으로 훌쩍 몸을 날려 작은 계곡을 뛰어넘었다.

"에잇, 병신 같은 자식들."

시위에 매겨져 있던 김정의 화살이 순식간에 맨 왼쪽에 서 있던 노예의 이마를 꿰뚫어 버렸다.

"으악!"

눈 깜짝할 사이였다. 처절한 비명과 함께 뒤로 벌렁 나자빠진 노예의 화살 박힌 이마에서 피가 솟구쳐 올랐다.

"죄송합니다, 도련님."

노비들을 인솔하던 건장한 병졸이 사색이 되어 김정의 말 앞에 무릎 한쪽을 꿇으며 부복했다.

"네놈이었어?"

"……."

"망할 자식! 낯가죽을 깡그리 벗겨놓을까 부다."

김정의 손에 들린 말채찍이 꿇어앉은 병사의 얼굴을 휘감았다.

"썩은 씨알에서는 썩은 싹밖에 돋지를 않는 게다."

살가죽이 찢겨 피가 흐르는 얼굴을 두 손으로 감싸며 사내가 고개를 들었다.

"썩은 종자는 말이다."

김정이 씹어 뱉듯 말하고 다시 병사의 얼굴을 후렸다.

감싸쥔 손가락 사이로 벌겋게 피가 배어 나왔다.

"종년의 종자에서 나오면 뭐가 나오겠느냐 말이다."

정이 말고삐를 당겨 노루가 뛰어간 쪽으로 사라진 뒤에야 새파랗게 떨고 있던 노예들은 화살을 맞은 동료의 주위로 모여들었다. 이마에서 쏟아 흘러나온 피가 이미 얼굴 위에 검붉게 엉켜들고 있었다.

"삼복이! 여보게, 삼복이……."

젊은 노예 하나가 마지막 숨을 몰아쉬는 동료의 머리를 무릎 위에 올려놓으며 부르짖었다.

"삼복이! 삼복이!"

사내의 시선은 이미 초점이 흐려 있었다. 그 시선이 잠시 자기를 내려다보는 동료들의 얼굴을 올려다보았다.

　산 아래쪽에서 다시 함성이 울려왔다.
　불붙듯 붉은 노을이 지금 막 숨을 거둔 노예의 얼굴 위에 엉겨 붙은 검붉은 피처럼 짙게 내려 깔려가기 시작했다. 그 때 문득 짐 승이 울부짖듯 이빨 가는 소리와 함께 엎드려 있던 병졸이 상처 난 얼굴을 들고 일어섰다. 노예들의 눈이 흠칫 그쪽을 향했다. 그 의 두 눈이 피멍 든 얼굴에서 불빛처럼 황황히 타오르고 있었다.
　"많이 다치지 않았는지……."
　노예 중 누군가가 그의 곁으로 가서 위로의 말을 던졌으나 그 는 그 노예의 팔을 뿌리친 채 망연히 서 있는 노예들을 사납게 흘 겨보았다.
　"너희놈들도 모두 다 그렇게 돼질 게다. 맞아서 돼지고, 찔려서 돼지고……."
　찢긴 얼굴에서 흘러내린 피가 구레나룻에 뒤엉켜 병졸의 얼굴 은 야차 같은 느낌이었다.
　"다 그렇게 돼질 거야. 네놈들은 다."
　건장하고 강건한 그의 두 어깨가 푸들푸들 떨리고 있었다.

　이의민(李義旼).
　그 역시 원래 노비(奴婢) 출신이었다.
　월정사에 매인 천한 여자의 몸에서 태어난 그 절에 매인 노예 였다. 어려서부터 힘이 장사였고, 체력이 강건했던 그가 우연히 사냥을 나왔던 장군 김풍의 눈에 띄었던 것이다. 그래서 그는 양속(良贖)이 되었고, 그 때부터 장군집에서 밥을 먹고 있었다. 그런데 이상하게도 도련님 김정은 처음부터 그를 싫어했다. 그건 그의 뛰어난 기골 때문인지도 몰랐다. 나이답지 않게 무성한 구레나룻과 그 건장한 체격에서 풍기는 분위기가 도련님에게는 거슬렸던 모양이다.

더구나 일 년 전, 집안에서 열렸던 간단한 무술경기에서 우연히도 죽창으로 맞서게 되었을 때, 기(技)로 보아서는 견줄 만한 상대도 못 되지만 그 우람한 체력으로 인해 고전을 겪은 김정이 뱉듯이 말했던 것이다.

'너 같은 놈은 눈알을 후벼 내서 방아돌림이나 시켜야 될 녀석'이라고. 장군 김풍은, '거, 여포(呂布) 같은 녀석이군…… 앞으로 써먹을 데가 있을 게다.'

그렇게 껄껄거렸다.

산 아래쪽에서는 또 함성이 울렸다.

함성 속에 노을은 실컷 붉은빛을 쏟아내다가 점차 검은 빛으로 어둡게 변해갔다. 그 검은 빛은 동료의 시체를 싸고 둘러서 있는 젊은 노예들의 어깨 위로도 깔려갔다.

초겨울인데도 어디서 왔는지 파리 몇 마리가 시체의 얼굴에 달라붙어 있었다. 만적이 그 때까지 뒤통수까지 뚫어 꽂혀 있는 화살을 두 손으로 뽑아냈다.

"우드득……"

뽑혀진 화살이 만적의 손에서 부스러졌다.

"니 새끼들도 다 그렇게 돼질 테니……, 니놈 둘이서 치워."

이의민이 핏발 선 눈으로 씹어 뱉듯이 말했다.

"나는 그렇게 못 죽소."

작달막한 키의 감마라가 이의민을 향해 내쏘았다.

"니 애비, 에미들, 죽은 해골더미 속에 가서, 네놈들도 돼지는 꿈이나 꿔."

이의민은 시체와 그들 둘만을 남겨 놓고는, 휑 하니 산길을 내달았다.

어둠이 서서히 시체를 감쌌다. 어금니를 깨문 채 목구멍에서 치밀어오르는 뜨거운 덩어리를 간신히 삼키면서 두 사람은 서로의 눈을 보았다. 서러움이 핏물처럼 목구멍을 차올라왔다.

"가자."

감마라가 앞서 시체를 어깨에 둘러멨다.

"지금쯤 삼복이 극락에 가서 훨훨 날아다닐 게야. 애비, 에미도 만나고……."

만적이 우울하게 말했다.

이제 둘 다 열여덟. 나이에 비해서 크고 건장한 두 소년은 묵묵히 동료의 시체를 어깨에 멘 채 산을 내려가기 시작했다.

어둠 속에서 비린 냄새가 역겹게 풍겨오고, 저녁이 되면서 사위는 끝없는 고요에 젖어갔다. 표현할 길 없는 슬픔이 가슴 가득 차올라와서 그들은 아무 말도 하지 못하고 오솔길을 따라 묵묵히 걸었다.

노비들의 시체를 가져다 버리는 돌무더기의 골짜기에 그들이 도착했을 때는 어두워진 후였다. 언제부터였는지 노비들이 죽으면 이 돌무더기의 골짜기에 가져다 버리는 것이 상례가 되어 있었다. 때로 소생이 불가능한 병자들을 버리기도 했다. 그래서 한낮에도 이 골짜기는 늘 으스스하게 귀기(鬼氣)가 서려 있고, 어두워진 뒤에는 버려진 허연 인골(人骨)에서 푸르스름한 인광이 보였다. 비릿하고 스스한 바람이 돌무더기 골짜기를 스치고 있었다.

"내 뼈다귀를 여기다 버려 두진 않을 것이다."

친구의 시체를 돌무더기 사이에 눕혀 놓고 나무막대기로 자갈밭을 긁어내던 만적이 불쑥 말했다.

그날 밤, 장군 김풍의 집 후원.

아흔아홉 칸 본채 말고도 별채가 셋이나 있는 넓은 집 후원 한가운데는 지금 막 통나무 장작불이 높이 타오르고 있었다.

말이 후원이지, 뒤쪽 야산의 숲으로 연결된 뒷마당은 끌어들인 작은 냇물이 한쪽으로 흐르고 있는 연병장 못지않은 넓이였다.

후원에서는 잔치가 한창이었다.

오십여 명 사병들이 통나무 장작불을 가운데로 오늘 사냥에서 잡아온 짐승들을 통째로 안주해서 술을 들이키고 있었다.

"왓하하하."

장작불 한가운데는 두툼하게 진흙을 처발라 통째로 구운 산돼지가 한 마리. 술독만 해도 대여섯 개. 이 집에 딸린 오십여 명 사병에다, 하인, 노비들까지 합쳐 다시 오십여 명. 그 모두가 혓바닥을 날름거리는 불빛을 받아 흥겨워 있었다.

"이 자식아, 아예 기어들어가라. 홀랑 벗어 버리고 아예 독 속
으로 들어가."

사람 가슴 높이만큼이나 큰 술독 안에 머리를 처박고, 바가지
술을 퍼 마시고 있는 병졸의 발을 다른 두 명이 치켜올리며 소리
쳤다.

"일곱 구멍으로 한꺼번에 처먹으라고."

풍덩 소리와 함께 치켜들린 병졸이 드디어 술독 속에 거꾸로
꼬나박혔다. 왁자하게 환성이 터졌다. 불길이 하늘 끝까지 사를
듯 높다랗게 휘감겨올랐다. 한참만에 온몸을 술에 적신 사내가
비틀거리며 술독을 기어나왔다.

몇 사람 동료들이 술독에서 기어나온 사내를 공중 높이 치켜들
고 헹가래를 쳤다.

"안주 먹어라."

누군가 차고 있던 장검으로 멧돼지고기 한 점을 잘라내어 칼끝
에 꿰어 막 땅에 내려서는 사내 앞에 내밀었다.

"암, 먹고 말고……."

그러나 사내는 큰소리만 쳤을 뿐, 너무 취했던지 그 자리에 그
대로 쓰러져 코를 골기 시작했다.

사냥이 있고 난 날 저녁에는 대개 집안에서 풍성한 잔치가 있
었다. 모두가 마음껏 마시고 떠들었다. 다만 숲 한쪽에 몰려 있던
노비 몇 명만은 삼복이의 죽음에 착잡한 기분들이어서 멍한 얼
굴로 앉아 있었다.

"별이 불어났나 봐라."

누군가가 말했다. 초겨울의 싸늘하고 맑은 밤하늘에는 유난히
도 별들이 많아 보였다. 일부러 별들을 세어본 적은 없었지만 그
들 대부분 노비들은 죽어 별이 되어 극락에서 살아가느니, 그래
서 노비들이 죽으면 그 죽은 사람 수효만큼 별이 불어나느니, 그
런 생각을 했다.

"염병할……, 종놈의 종자가 원래 따로 있었나?"

누군가 혼자 투덜거렸다. 투덜거린 사내는 그들 앞에 놓여 있
던 술독에서 술바가지를 덥석 꺼내 꿀꺽거리며 한 잔을 들이마
셨다.

"입이야 마찬가지고, 술이야 어느 입에건 취하는 거라고…….
죽은 놈 생각은 해서 뭘 해?"

그것을 신호로 해서 침울해 있던 노예들도 거의 술독 곁으로
모여들었다. 죽은 놈은 이왕 죽은 것이다. 전에도 늘 그렇게 죽어
갔고, 오늘밤에라도 또 누군가 다시 그렇게 죽어갈지도 몰랐다.

"핫하하하."

통나무 장작불이 타오르는 쪽에서 호방하고도 날카로운 웃음
소리가 쩌렁하게 들려왔다.

노예들의 눈이 그쪽을 향했다. 순간 그들의 시선 속에 이글거
리며 증오가 타올랐다. 도련님이었다.

장군의 둘째아들 김정.

이제 갓스물이 넘은 이 청년 무사는 제 아버지의 후덕한 성품
과는 다르게 창백한 얼굴에 어렸을 때부터 성격이 냉혹하고 비

정했다. 그의 목소리, 웃음소리는 언제고 멀리서라도 사람들에게 소름이 돋게 했다. 거나하게 취한 정의 걸음이 비틀거리고 있었다.

그가 모닥불 가까이 오자 거기 둘러앉아 떠들던 병사들은 황급하게들 일어나 허리를 굽혔다.

"취하라구……, 때로 취할 때는 실컷 취해 버리는 게 좋은 게야. 흑이면 흑, 백이면 백, 그게 바로 무부(武夫)…… 안 그런가?"

통째로 진흙을 발라 불 속에 던져졌던 멧돼지 앞으로 그가 다가갔다.

"초겨울 밤의 이 야기(夜氣)가 이토록 좋은지 몰랐는 걸."

그가 차고 있던 장검을 뽑아내어 별빛에 비추었다. 찬란한 검광이 후원 전체에 싸늘하게 번져갔다. 그는 그 칼로 구운 멧돼지 살점 한쪽을 썰어내 입 속에 털어 넣었다.

"문관들이야 이런 맛은 모를 게다. 핫하하하."

병사 하나가 술독에서 술을 한 잔 퍼와 그에게 공손히 바쳤다.

"좋지. 그렇다고 혼자 마실 수야 있나."

한 모금을 받아 마시고, 김정은 술잔을 바친 사내의 얼굴에 남은 술을 휘익 끼얹으며 다시 웃어젖혔다.

"어떠냐? 기가 막힌 맛이지."

술을 뒤집어쓰고 뒷걸음치는 사내를 향해 김정이 성큼 한 걸음을 내디뎠다.

"기가 막히게 좋습니다, 도련님."

"그렇지, 맞았어."

동시에 여기저기서 드높은 웃음소리와 더불어 만세, 만세……
하는 환성이 우레처럼 후원 전체를 뒤흔들었다.

실컷 웃어대고 나서 김정은 웃음을 거두고 무슨 생각이 들었는
지 환호를 올리고 있는 주위를 훑어보았다.

"이런 좋은 밤, 놀이가 있어야 할 게 아니냐? 어떠냐? 누가 나
하고 검술놀이 한번 하지. 내가 지면 상을 내리고, 내가 이기면
벌주를 먹이기로…… 어떠냐? 이런 밤엔 상하 귀천 따질 게 없지
않는가?"

그러나 그 말엔 아무도 대꾸가 없었다.

사실 김정의 칼 솜씨는 정평이 나 있었다. 더구나 잘못 상대를
해서 그의 기분을 상하게 했다가는 그의 성격으로 또 무슨 일이
일어날지 몰랐다.

"가만 있자…… 마사내(馬舍乃), 마사내…… 어디 있느냐?"

병졸들 뒷전에서 한 사내가 조심스럽게 일어섰다. 떡 벌어진
어깨와 굵은 목, 검붉은 얼굴의 장년이었다. 불려나온 사나이는
김정 앞에 허리를 굽히며 고개를 저었다.

"소인…… 그냥 주시는 대로 벌주를 먹겠습니다."

이 사내 역시 본래 노비 출신이었는데, 김정이 사냥을 갔다가
눈에 띄어 양속을 시켜 데려온 자였다. 원래 무인(武人)집에 사
노(私奴)로 있어서 어깨 너머로 주인의 검술 연습을 구경하곤 했
다는데, 선천적인 재질이었던지 눈으로 익힌 칼 솜씨가 제법이
었다.

홀로 짐승을 쫓아 산 속에 들어갔던 김정은, 나뭇짐을 세워 놓

고 몽둥이로 소나무 밑동을 돌려가며 치면서 혼자 검술 흉내를
내는 사내를 발견했던 것이다. 제법 기본기를 익혀온 듯싶어 김
정이 앞서 말을 걸었고, 그 길로 사내를 집으로 데려왔던 것이다.
"싱거운 녀석이군."
김정은 잠시 생각하더니 주위를 다시 돌아보았다.
통나무 장작이 부지직거리며 타들어가는 소리뿐, 후원은 잠시
조용해져 버렸다. 그가 또 무슨 엉뚱한 소리를 할는지 알 수가 없
었기 때문이었다.
모두가 갑자기 석불(石佛)이라도 된 듯 꼼짝 않고들 서 있는데,
대문 쪽에서 병졸들 뒤편으로 숲 쪽을 향해 조심스럽게 움직여
가는 두 개의 그림자가 있었다.
"뭐냐? 저건."
김정이 날카롭게 소리를 질렀다.
그 바람에 움직여 가던 두 개의 그림자가 얼어붙듯 자리에 서
버리고 말았다. 사람들의 시선이 한꺼번에 그쪽을 향했다.
"끌고 와! 이쪽으로!"
김정이 다시 소리를 질렀다.
새파랗게 질려 도련님 앞으로 끌려온 것은 만적과 감마라였다.
동료의 시체를 가져다 버리고 풀이 죽어 돌아오던 길이었다.
"이런 생쥐새끼들. 저기 참나무에다 묶어 둬라."
변명 같은 게 통할 리 없었다.
동료의 시체를 버리고 우울하고 고적한 심정으로 떨며 돌아온
그들이었다. 그 때 집안이 이상하게도 잠시 죽은 듯 고요해 발소

리를 죽여 들어오던 참이었다.

둘은 모닥불에서 오십여 보 떨어져 있는 참나무에 나란히 묶였다. 두어 순배 술을 돌리고 난 노예들의 시선이 잠깐씩 그들을 향했을 뿐, 사람들의 얼굴은 다시 도련님에게로 향했다.

"마사내!"

김정은 쓰디쓴 웃음을 한번 흘리고 나서 자기 앞에 부복해 있는 사내를 불렀다.

"예에."

"월정사(月精寺) 그 종년 아들을 찾아와라. 그 녀석이라면 너하고 그런 대로 시합이 될 게다."

"오늘밤은 저……, 도련님."

"무인에게 낮밤이 따로 있고, 좋고 나쁜 장소가 따로 있더냐?"

"……"

"칼을 쓰는 일은 시시각각, 칼 든 자의 기분 따위와는 상관이 없는 게야."

술기로 약간 홍조를 띠고 있던 정(貞)의 얼굴이 싸늘하고 창백하게 변해 있었다.

"저, 여기 있습니다."

어둠 속에서 우람한 체구의 이의민이 곰처럼 걸어나와 그 앞에 허리를 굽혔다. 허리를 굽힌 의민의 이마 위에 김정이 싸늘한 눈길을 던졌다. 의민 역시 마사내와 같이 원래는 천민 출신, 다른 점이라면 의민은 아버지 김풍이, 마사내는 김정 자신의 눈에 띄어 집으로 데려온 점이었다.

"얼굴을 들어라."

고개를 든 의민의 얼굴에는 산에서 얻어맞은 채찍 자국이 검푸르게 엉켜 있었다.

"네가 이기면 오늘 낮일은 불문에 붙인다."

"네놈이 지면 놓친 사슴 대신 네 눈알 하나를 후빌 것이다."

의민이 고개를 들어 한순간 똑바로 김정을 바라보았다.

"이들에게 칼을 주라."

의민에게서 고개를 돌리고 김정이 소리쳤다.

잠시 후 이의민과 마사내는 칼을 쥐고 마주했다.

"나머지는 어서들 술이나 들어라. 시합이야 끝날 때쯤 알 게 아니냐?"

김정은 두 사람의 시합에도 갑자기 흥을 잃은 듯 멧돼지 살코기 한 점을 칼끝으로 도려내며 말했다. 병졸들도 술독 앞으로 흩어져 갔다. 그러나 그들은 두 사람의 싸움에 신경을 곤두세우고 있었다. 이의민과 마사내의 칼싸움은 자못 열을 더해갔다.

둘 다 정식으로 검법을 배운 것은 아니었으나 그들에게는 선천적으로 칼과 생리를 같이해 온 핏줄이 흐르고 있는지도 몰랐다. 싸늘한 겨울 별빛 아래 일 합, 이 합, 맞부딪치는 쇳소리와 칼에서 쏟아져 나오는 날카로운 검광이 모닥불 빛에 어울려 후원 전체를 휘감아갔다.

얼마나 시간이 흘렀을까.

쨍그렁 하는 쇳소리와 함께 마사내의 손에서 장검이 모닥불 곁
으로 떨어져 내렸다.

"야잇!"

이의민의 칼이 마사내의 어깨 한쪽을 날카롭게 노렸다가 힘을
빼며 아래로 내리그었다.

마사내의 오른쪽 어깨 바로 아래 팔목에 붓으로 그어내린 듯
가늘게 한 줄기 칼자국이 드러났다.

"되었다. 그만 해둬라."

쨍그렁 하고 칼이 떨어지는 소리에 고개를 돌렸던 김정의 입가
에 차가운 웃음이 감돌았다.

땀으로 얼룩진 의민의 구레나룻 무성한 얼굴에 잠시 허연 이가
드러났다.

"활을 가져오라. 이번에는……."

정이 뒤를 돌아보며 말했다.

자기 앞에 다시 무릎을 꿇은 의민의 넓은 등판을 잠시 내려다
보던 정이 엄숙하게 입을 열었다.

"그만하면 넌 칼을 좀 배울 수 있겠다, 아버님 말씀대로 쓸모가
있을지 모른다. 허나 창, 마술, 활까지 이왕이면 철저히 해두는
게 좋다. 일어서라. 어떠냐? 활은?"

"감히……, 저희야……."

김정 앞에 버티고 선 의민이 머뭇거리며 말꼬리를 흐렸다.

"핫하하하……, 받아라. 우선."

가져온 활과 화살을 의민 앞에 내밀고 김정이 가느스름하게 눈

을 떴다.

"네 마음 속에서……, 그 천한 천민의 피를 지우는 데 좋을 게 있다. 저길 봐라."

김정이 눈으로 가리키는 곳은 그 곳에서 오십여 보(步).

굵은 참나무에 만적과 감마라가 떨며 묶여 있었다.

"저게 누구냐?"

"노비 두 놈입니다."

"화살 한 대로 오른쪽 놈의 왼쪽 눈을 맞혀라. 다시 한 대로는 왼쪽 놈의 오른쪽 눈을……."

병졸들이 잠시 수런거렸다. 그러나 김정이 무심한 듯 주위를 한번 돌아보자 후원은 조금 전의 정적보다 더 깊은 고요로 덮여 버렸다.

"움직이지 않는 과녁, 적의가 없는 나무판자 쪽을 맞히는 것만으로는 안 된다. 움직이는 것, 살아 있는 것, 더구나 너한테는……, 네 마음 속에 있는 그 천민의 줄을 맞힐 수 있어야 한다."

"……."

"그것이 된 후라야 나도 널 사람으로 대하게 될 게다."

냉랭한 음성이었으나 그의 목소리에는 엄숙하고도 거역하기 힘든 무게가 실려 있었다.

"넌 네 핏줄이 싫을 게다. 그걸 끊을 수 있으면 넌 앞으로 커갈지 모른다."

의민의 이마에 조금 전과는 전혀 다른 곤혹의 땀방울이 송송 배어 나오고 있었다.

"할 수 있겠나?"

의민은 나무에 묶인 어둠 속의 소년들을 노려보았다.

그의 눈에 다시 오늘 오후 산 위에서의 그 훨훨 타오르던 불길이 보였다.

"네 출생, 네 숙명에다 화살을 보내는 게야."

모든 사람들은 숨을 죽이고, 이쪽으로 눈길을 돌리며 침을 삼켰다. 아무도 움직이지 않았다. 두 사람이 묶여 있는 참나무 뒤쪽에는 전혀 소리를 내지 않은 채 두 손을 모아쥐고 한 여자아이가 무릎을 꿇은 채 오들거리고 있었다.

분이였다. 만적과 감마라가 묶였을 때부터 소녀는 거기 앉아 그렇게 두 손을 모으고 있었다.

"오른쪽 놈의 왼쪽 눈, 왼쪽 놈의 오른쪽 눈이야."

정이 재촉하듯 말했다.

이마에 송골송골 맺혀나온 땀방울을 손등으로 훔칠 생각도 않고 의민은 화살을 시위에 끼워 넣었다.

그 때였다.

"헛허허허……, 도련님 장난이 심하시구려, 헛허허허."

참나무 뒤쪽으로부터 손을 내저으며 선비 차림의 한 중늙은이가 천천히 걸어나오며 너털웃음을 터뜨렸다. 두 손을 모아쥐고 바들거리고 있는 소녀를 아까부터 지켜보던 사내였다.

"헛허허허, 내가 한참 좋은 흥취를 깨뜨렸나 보오이다."

아무것도 개의치 않는 듯 너털너털 웃어대며 중늙은이는 김정 앞을 막아서듯 다가와 섰다.

"제 숙명, 제 출생을 향해 줄을 당겨도 그건 다 한 꺼풀 환(幻)이 지요. 인연의 줄은 질기고 질겨, 금생(今生)의 한 차례 애증으로 는 끊겨지지가 않지요. 소인 너무 건방지다고 하지 마십시오."

사내는 날카롭게 이의민을 흘겨보고 나서, 김정 앞으로 한 걸음 더 다가섰다.

얼마 전부터인가 이 집에 식객으로 와 있는 남자였다. 뭘 하는 사람인지는 몰라도 아버지 김풍과 마주 앉아 한담을 나누는 모습을 김정도 몇 번인가 본 적이 있었다.

"이십 년의 생(生)과 오십 년의 생은 같을 수도 있고, 그 시간만큼 다를 수도 있지요. 도련님의 그 보검(寶劍)으로 소인을 벨 수 있다면 도련님도 이 사내와 마찬가지로 해탈을 하실 수 있겠지요. 그러나……."

"못 벨 것 같소?"

"못 베는 게 아니라 베어지지가 않는 겝니다."

"에잇!"

날카로운 기합 소리와 함께 김정의 칼날이 사내를 엇비슷이 후려쳤다.

모든 사람이 입을 벌리고 거기 반 토막으로 나뒹굴 중늙은이 사내 쪽을 주시하였다.

그러나 웬일인가. 쨍그렁 소리와 함께 사내는 들고 있던 한 자루 통소로 도련님의 날카로운 칼날을 막고 있지 않은가.

"대나무 막대지만 이게 어디 베어집니까?"

다시 한 번 이번엔 칼날이 반대쪽에서 다시 그를 후렸다.

그러나 사내는 이번에도 역시 가볍게 그 칼을 막아 버리고 말았다.

"휴우."

여기저기서 신음 같은 한숨이 흘렀다.

"미움만 가지고는 칼에 힘이 실리지 않습니다."

김정은 창백한 얼굴로 잠시 중년 사내의 얼굴을 노려보다가 휙 몸을 돌려 성큼성큼 본채를 향해 걸어가 버렸다.

"좋은 흥취를 내가 깨뜨려 놓은 것 같소그려."

웅성거리는 사람들에게 혼잣말인 듯 중얼거리고 나서 사내는 아무 일도 없었다는 듯이 천천히 몸을 돌리더니 참나무에 묶여 있는 두 소년 곁으로 갔다.

눈알이 꿰어 죽는 걸로 알고 식은땀으로 흠씬 젖어 넋이 빠졌던 둘은 멍 하니 선비 풍의 중늙은이를 우러러보았다.

그제야 숲 가장자리에 있던 노비들이 한꺼번에 참나무 쪽으로 몰려왔고, 두 손을 모으고 몸을 떨던 분이가 가늘게 울음을 터뜨리며 달려왔다.

"이젠 별일 없을 게야. 어서들 가서 자거라."

두 사람의 묶인 줄을 손수 풀어주고 중늙은이는 만적과 감마라의 두 눈을 물끄러미 들여다보았다.

"금생(今生)의 한 꺼풀 꿈은 무궁한 전생의 업보인 게다. 참, 이건 네 것이 맞지? 아마."

사나이는 동그란 작은 쇠붙이 하나를 감마라에게 건네주었다.

"예에? 그건……."

감마라가 다시 얼굴이 백짓장처럼 창백해져서 그걸 황급히 받아 품 속에 꾸려 넣었다.

"인연이라는 건 언제고 피할 수 없는 게다."

사나이는 아리송한 말을 남기고 휘청거리며 별채 쪽으로 걸어가 버렸다.

후원에 있었던 백여 명의 눈길이 그 식객의 뒷모습에 넋을 잃은 채 그가 사라져 보이지 않을 때까지 그 자리에 그대로 멍 하니 서 있었다.

그러다가 노비들은 생각난 듯 묶였던 만적과 감마라의 손을 주물러 주기도 하고 위로의 말을 던지기도 하였다. 감마라만큼은 품 속에 간직한 쇠붙이 조각이 다시 떨어질세라 가슴에 손을 붙이고 있었다.

방 밖으로 싸락눈 내리는 소리가 들렸다.

펑펑 쏟아지는 눈이 아닌, 작은 쌀알만큼씩한 눈알갱이가 겨울바람 속에 뒤섞여서 뜰에 쓸리는 소리가 더없이 스산했다. 수선스럽던 집안 전체가 고요에 묻혀, 들리는 소리라곤 떨어져 내린 눈알갱이들이 바람에 쓸리는 소리와 마른 잎들이 바람에 맞부딪쳐 버서석거리는 소리뿐이었다. 두어 평 되는 좁은 방안에 누워 있는 다른 동료들 넷도 이젠 잠이 든 듯싶었다. 퀴퀴한 땀 냄새, 발 냄새가 뒤섞인 속에 아까부터 드르렁거리는 코고는 소리가 섞이고 있었다.

만적은 벽을 향해 돌아누웠다.

머릿속이 자꾸 말똥말똥 맑아지기만 하고, 떨어져 내린 낙엽들이 서로 부딪치는 소리와 눈 내리는 소리가 점점 크게 귓속을 울려왔다. 벌써 여러 날째였다. 정확히는 그 날, 삼복이 시체를 버리고 온 밤부터였나 싶었다. 평소에는 누웠다 하면 곧장 누가 목을 베어 가도 모를 만큼 곯아떨어지곤 하는 게 습성이었다.

그런데 그토록 몰려오던 잠이 이상했다.

화살에 이마를 꿰어 죽어간 동료의 얼굴, 잘못했으면 잔치로 소란한 뒤뜰에서 눈에 화살을 꿰어 죽었을지도 모를 자기의 얼굴이 눈을 감으면 눈꺼풀에 아물거려 왔다. 죽음이 늘 그런 식으로 예기치 않게 덤벼오곤 했던 일들. 조금씩 철이 들면서, 그는 늘 그런 죽음들과 가까이 있었고 때로 나무에 묶인 채 이마에 먹물을 수놓은 묵형(墨刑)의 광경을 본 것도 한두 번이 아니었다.

그러나 그런 것들도 그 때뿐, 늘 피곤했고 쏟아지는 졸음 때문에 그는 금방 녹아떨어지곤 했다.

밤은 그들에게 특별한 경우를 빼고는 평화였다. 잠들어 있는 동안은 큰일이 아니고는 매를 맞거나 욕을 먹지 않아도 좋았고, 또 잠들어 있는 동안에는 꿈을 꿀 수 있어서 좋았다. 자기가 주인들처럼 말을 타는 꿈을 꾸는 수도 있었고, 죽은 어머니를 만나는 꿈을 꾸기도 했다. 그래서 노비들은 잠들 수 있는 밤을 기다렸고 일이 끝나면 곧장 그 어둠 속으로 기어들었다.

그런데 며칠 전부터 초겨울의 음산한 바람 소리와 눈 내리는 소리를 들으면서도 만적은 그 어둠 속에 빠져들지를 못하는 거었다.

"아직 안 자나?"

"응?"

전에 둘만 있을 때면 감마라는 이 집에서 도망을 가자는 이야기 곧잘 했다.

그것도 서경(西京 : 平壤)으로 가자고 했다.

그랬던 감마라가 그 사내가 주워 준 조그만 쇠붙이를 보인 후로는 무엇인가 감추고 있는 게 분명했다. 그럴 때면 만적은 이 넓은 세상에 자기와 속마음을 털어놓고 이야기할 사람이 아무도 없지 싶어 세상이 더 어둡고 막막해진 느낌이었다.

여전히 싸르르…… 싸르르 싸락눈이 뜰을 스치는 소리가 들리고 있었다. 발 밑에서도 코고는 소리가 들렸다.

만적은 소변이 마려워 가만히 문을 열고 마당으로 내려섰다.

싸늘한 밤의 냉기가 목덜미를 파고들었다. 어느 새 싸락눈이 마당을 허옇게 덮고 있었다. 본채에도 별채에도 불빛은 없었다.

모두가 깊이 잠들어 있는 듯했다.

그는 가만가만히 눈을 밟으며 숲 쪽으로 가서 소변을 보았다. 얼굴에 작은 눈 조각들이 와서 부딪쳤다가 미끄러져 내렸다. 천천히 눈을 돌리던 그는 문득 눈을 비볐다.

후원(後園)의 담 가까운 곳에 있는 오래된 석불 앞이었다. 그 오래된 석불 앞에 조그마한 사람 그림자 하나가 두 손을 모으고 꿇어앉아 있는 것이 보였다. 만적은 조심스럽게 석불 쪽으로 다가

갔다. 작은 어깨가 석상인 듯 움직이지 않고 있었다. 하얀 눈발들이 작은 어깨와 머리 위에 흩뿌려 쌓여 있었다.

"병 걸린다, 너."

만적의 목소리에 호드득 놀라 머리를 돌린 소녀는 흑 하고, 흐느끼며 고개를 꺾어 버렸다.

"우리 어매는 창에 찔려 죽었다. 너보다 내가 훨씬 더 어렸을 적에……."

작은 어깨와 손이 얼음 조각같이 차가웠다. 손이며 팔목이 금방이라도 얼음 조각같이 버석거리며 부서질 듯싶었다. 그는 분이의 언 손을 두 손으로 잠시 감싸고 입김을 불어 주었다.

"나도 가끔 죽은 어매 생각을 한다. 두 번이나 주인집에서 도망을 해서 이마빡에다 꺼멓게 먹물로 뜸을 떴었다. 이뺐다. 내가 젖먹이일 때, 이 집으로 팔려와서 또 도망을 가려다가 잡혀서 나 보는 앞에서, 바늘로 이마빡에다 열 바늘도 더 되게 뜸을 떴다. 나는 울지도 못했다. 그 때……."

"오라비 묻힌 데 한 번만 가봤으면……."

"……."

"불쌍해서."

"내일 나무 간다. 감마라하고. 모르긴 해도 우리 어매도 그 골짜기에 어디 눕혀졌을 게다. 나보고 그랬다. 절대 울지 말라고, 아무 때고 울어서는 안 된다고 우리 어매는 늘……."

"나도 울지 않어."

분이가 그에게 잡힌 손을 빼내며 말했다. 그러면서도 그 목소리는 금방 다시 울음을 터뜨릴 듯싶었다.

"죽은 오래비도 그랬어. 나보고 늘 울어 봤자…… 기운만 빠지는 것뿐이라고."

작고 동그란 어깨를 두 손으로 잡았다가 밀어내며 문득 만적은 분이에게서 죽은 어머니의 냄새가 난다고 생각했다.

떨어지는 분이의 뒷모습을 물끄러미 바라보다가 만적은 고개를 들어 얼굴에다 눈을 받았다. 눈알갱이들이 또드득 또드득 얼굴에 부딪쳤다가 미끄러져 내렸다.

대문 쪽에서 크음크음 기침 소리가 들렸다. 아마 번(番)을 도는 병졸이겠지. 그러고는 다시 사그락사그락 눈 내리는 소리뿐이었다.

그 때였다.

그가 서 있는 쪽에서 오십여 보 떨어진 별채 쪽에서 인기척이 났다. 누군가 마루로 올라서는 기척이었다. 만적은 놀라 나무 뒤로 몸을 감추고 눈길만 그쪽으로 보냈다. 아무것도 보이지는 않았다. 그런데 분명히 누군가가 방문을 열고 있는 듯이 생각되었다. 그 별채는 도련님 김정의 거처였다. 그러나 곧 다시 깊은 침묵이 이어졌다.

여전히 마른 나뭇잎들이 바스락거리며 부딪는 소리, 그 잎사귀에 떨어져 구르는 싸락눈 알갱이들…….

만적은 숨을 죽인 채 그 침묵의 어둠 속을 쏘아보았다.

무슨 일인가가 일어나고 있음에 틀림없었다. 온몸에 오슬한 소

름이 돌으며 가슴이 쿵쿵 소리를 내며 뛴다. 그 순간 '누구얏?'
하는 날카로운 소리와 더불어 '야앗!' 하는 기합 소리가 들렸다.

"아악!"

비명 소리가 들렸는가 싶었을 때, 별채에서 나는 듯이 마당으
로 뛰어내리는 검은 그림자가 있었다. 부싯돌 튀기는 소리, 발자
국 소리들이 갑자기 어둠 속에 뒤섞였다. 발자국 소리들이 섞이
면서 캄캄하던 별채 앞이 갑자기 '쨍! 쨍!' 하는 칼 부딪치는 소리
와 고함으로 뒤얽혔다.

만적은 입안이 바싹 타 들어갔다.

"어떻게 된 거냐?"

언제 뛰어나왔는지 감마라가 그의 앞에 서 있었다. 감마라 뿐
아니라 한 방에서 잠들었던 노예들도 모두 나와 있었다.

비명 소리가 또다시 들리고 몰려온 사람들 사이에서 외침 소리
가 들렸다.

"자객이다."

"자객이 숨어 들었다!"

감마라의 손이 만적의 손을 꼭 쥐고 있었다.

쥐고 있는 그 손에 불끈거리는 떨림이 전해오고 있었다. 그러
나 그 때는 이미 칼을 휘두르던 검은 그림자는 후원의 높은 담을
훌쩍 뛰어넘은 후였다. 몇 사람인가 칼을 빼들고 그를 뒤쫓아 담
을 뛰어넘고 있었다.

집 안에 불이 밝혀지고 별채 앞에 관솔불이 타올랐다.

"김정을 죽인 모양이다, 누군가."

감마라의 음성이 흥분으로 떨리고 있었다.

그들이 조심스럽게 관솔불이 비치는 곳까지 다가갔을 때는 뜰 아래 세 명의 병사들이 피를 뿜으며 쓰러져 있었다. 그러나 죽었으리라 생각한 김정은 왼쪽 어깨를 오른손으로 감싸쥐고 어둠을 노려보고 있었다. 감싸쥔 오른손 손등 위로 가늘게 피가 배어 나오고 있는데도 그의 입은 묘하게 비틀려 웃고 있었다.

"산 채 잡아야 한다. 산 채로 잡아다가 눈알을 후벼 내고 발목, 손목을 끊어서 죽지도 못하게 해줄 것이다."

창백한 그의 얼굴에서 눈만이 살기를 띠고 번쩍였다.

"멀리는 못 갑니다. 제가 튀면 어딜 튑니까?"

"핫하하하, 어리석은 놈. 튀어오르면 날개가 돋아날 줄 알았던 모양이지?"

쓰러져 죽은 시체를 떠메어가고 김정도 부축되어 별채 마루 위로 올라서는 걸 숨어 보고 있던 감마라와 만적의 맞잡은 손바닥에 촉촉이 땀이 배고 있었다.

"차라리 잘 되었다……. 저놈은 언젠가 내가 죽일 거다."

감마라가 떨리는 소리로 만적의 귓가에 낮게 소곤거렸다.

"누굴까?"

만적은 계속 가슴이 뛰고 숨이 차올랐다.

감히 이 동경의 김풍 장군댁에 뛰어들어 김정을 살해하려던 사람이라면 보통사람은 아닐 거였다. 집안에 있는 사병과 하인만도 합쳐 백여 명. 그것도 밤을 새워 담 밖을 시간 맞추어 순시하고 있었다. 거기에 김정이라면 이 동경에서 알려진 무부였다.

"이의민이 분명해."

감마라의 짐작대로 김정을 살해하려다가 실패하고 그를 막아선 사람을 셋이나 죽이고 담을 뛰어넘은 사람은 이의민이었다.

어떻게 된 셈인지 밤이 새기도 전에 쉬쉬 하면서도 이의민의 이름은 사람들 입에 오르내렸다. 구레나룻이 시커먼 그 이의민을 미워하던 노비들 사이에서도 그가 김정을 죽이려 했다는 데서 의민에 대한 감정이 바뀌는 분위기도 느껴졌다.

김정을 살해하려던 건 전날 사냥터에서 채찍으로 얻어맞은 원한 때문일 거라고 말하는 사람도 있었다. 또 어떤 사람은 김정이 평소에도 의민을 미워해서 언젠가는 그에게 제가 죽을 것을 알고 미리 손을 쓴 것이라고도 했다. 또 어떤 사람은 이의민이 옛날 산 속에서 기인을 만나 여러 무술을 익혔다고도 했다. 그러면서도 날이 새기 전에 이의민이 붙들려 와서 손발이 잘리고 눈알이 후벼 파이게 될 것은 뻔한 일이라고도 했다.

"김정을 죽이고, 저도 잡혀서 죽었으면 할 것 아닌가?"

숨소리를 죽여 그렇게 말하는 노비도 있었다.

"그놈들 둘 죽는다고 우리 신세가 편해질 듯싶어?"

날이 샐 때까지 집 안은 불이 켜진 채 의민이 잡혀올 걸 기다렸으나 그는 아침까지도 잡혀오지 않았다.

아니 완전히 놓쳐 버린 거였다. 뒤쫓아간 사람들이 숲길에서 이의민의 행적을 잠시 잃어버려 혹시, 제 어미가 있는 월정사에 숨어 들지 않았나 싶어 월정사로 몰려갔는데, 그들이 갔을 때는 그가 늙은 제 어미를 찾아내 한 주먹에 때려죽인 뒤 어미의 시체를 짊어지고 이미 사라졌다는 소식이었다.

김정의 노여움은 말할 나위도 없었다.

동경유수(東京留守)에게 사람을 보내 관군을 풀어 이의민을 잡는 데 협조를 해달라고 부탁을 하는 한편, 집안의 사병들도 편을 갈라 풀어 내놓았다.

"삼한 땅을 다 뒤져서라도 잡아와야 한다. 내 그놈의 눈알을 내 손수 후벼낼 게다."

김정의 눈은 충혈된 채 광채로 번뜩였다.

이의민의 일이 있은 지 벌써 열흘 남짓.

집안은 여러 날 계속 뒤숭숭했다.

집안은 온통 이의민을 찾는 데만 정신이 쏠려 있었다.

사람을 셋씩이나 베어 죽이고 제 어미까지 죽여 시체를 메고 사라졌다는 의민의 행방은 계속 감감했다. 의민의 소식이 묘연하면 할수록 의민에 대한 그럴 듯한 풍문은 자꾸 꼬리를 물고 더해갔다.

주로 의민의 무공(武功)에 대한 그럴 듯한 추측들이었는데, 이것이 날이 갈수록 점점 괴상하게 살이 붙어가는 것이었다. 신분 때문에 제 공력(功力)을 감추고 있어서 그랬지, 사실 그의 무공은 도련님이나 장군보다도 더 뛰어나 있었다는 그럴 듯한 이야기가 나도는가 하면, 의민은 기어코 김정을 죽이려고 장군댁 근처에 숨어 있을 것이라고도 했다.

제 어미까지 죽인 걸 보면 그 결심이 보통이겠느냐고도 했다.

제 어미를 그대로 두었다가는 붙잡혀서 고통을 받을 게 뻔하고, 살려서 데려가자니 쫓기는 몸이고 보니 아예 제 손으로 어미를 죽여 어디 매장이라도 해주고 기회 봐서 김정을 죽이려고 가까운 곳에 숨어 이를 갈고 있을 게 분명하다는 말들이 오갔다.

집안은 밤이면 군졸들이 대여섯씩 밤을 꼬박 새우며 교대로 집 안팎을 순시하고, 별채 앞에는 밤새 매일 화톳불을 대낮같이 밝혀 놓고 있었다. 궁수들도 여차하면 화살을 날리도록 번을 갈아 별채 앞 숲 속에 흩어져 밤을 새웠다. 거기다 원래 노비 출신인 마사내는 눈에 불을 켜고 밤이고 낮이고 별채 앞을 떠나지를 않았다.

노비의 주검들이 버려져 있는 음산한 골짜기 위 갈대 언덕에 벌써 한 식경이나 나뭇짐 두 개가 받쳐져 있었다.

그 골짜기 위 겨울하늘에 소리개 몇 마리가 지치지도 않고 원을 그려대었다. 썩어가는 시체 냄새를 맡고 모여든 듯했다.

나뭇짐 곁에 팔베개를 하고 소리개를 노려보던 만적이 감마라가 감추어 왔던 쇠붙이를 다시 들여다보았다.

"보면 뭘 해? 둘 다 까막눈에."

감마라도 제 품에서 언제 그것이 빠져나갔는지, 그 중년 식객이 그 날 밤 그 쇠붙이를 돌려줄 때까지 며칠 동안 감마라도 그걸 잊고 있었던 것이었다. 둥그런 쇠붙이에는 그림과 함께 글씨 몇 자가 양각(陽刻)되어 있었다. 둘은 또다시 그걸 들여다보았지만 짐작할 수 있는 것은 아무것도 없었다.

“글을 배워 글 뜻을 알게 되거나, 무술을 익히는 신세가 되어 서경까지 가게 되면 모를까. 그런 운이 영 오지 않으면 스물이 넘은 뒤엔 어디 땅 속 같은 데 묻어 버리라고 했다. 이걸 내게 준 노인이…….”

“…….”

“잘못하면 제 명(命)에 못 죽으리라며…….”

“죽을 때 되어서야?”

“살아날 가망이 없게 된 뒤였다……. 노인한테 이걸 받아들고는 더럭 겁부터 났다. 너한테 이야기하지 않은 것도 그 때문이고. 다른 사람에게 잘못 내보였다간 내 목이 열이라도 남아나질 않는댔으니…….”

감마라도 잠시 생각에 잠겼다.

귀밑에 커다란 혹을 달고, 얽기까지 했던 노인은 어렸을 때부터 자기하고 쭉 같이 있었다. 김풍 장군집으로 온 뒤에도 늘 자기를 돌보아준 걸 생각하면 혹시 그 노인과 혈연으로 얽혔던 것은 아니었는지…….

그러나 노인은 죽어가면서도 그 말만은 하지 않았다. 움막 흙바닥에 누웠다가 그가 거적문을 밀고 들어갔을 때, 노인은 막대기로 누웠던 자리의 흙바닥을 후벼파서 이 쇠붙이를 꺼내 손에 쥐어 주었던 것이다. 보통 때도 말이 어눌하던 노인이 눈빛만은 그 말을 하는 동안 이상하게 빛났었다는 생각이 들었다.

“무슨 큰 난리 같은 거라도 있어서……, 신세가 바뀌기 전에는……, 절대로……, 어느 누구에게도 보여서는 안 될…….”

노인은 눈을 감고는 맥없이 중얼거렸었다.

"흙 속에…… 영 묻어 버릴 걸……, 괜스레…… 내가 화를 자초하는지……."

푸르스름하게 녹이 오른 그 쇠붙이를 감마라는 혼자 있을 때, 자주 만지작거리곤 해서 표면이 매끈거렸다.

"어찌 되었건 이 곳을 뜨자. 도망을 가는 거야."

도망을 가야 된다면 시기만큼은 요사이가 제일 적당한지도 모른다. 두 사람이 도망친다 해도 둘을 붙잡기 위해 사람을 푼다든가 하는 일은 없을 것이 확실했기 때문이었다.

"한데, 그 사람."

감마라도 팔베개를 풀고 일어나 앉았다.

"그 중늙은이 말이다."

그 날 밤, 김정의 그 날카로운 칼날을 대수롭지 않게 피하곤 하던 그 사내에 대해서는 늘 궁금증이 가시지를 않았다. 더구나 그가 아니었으면 꼼짝없이 화살에 눈이 꿰어 죽었을지도 모르는 일이 아니었는가.

"그 사람이 어디서 이걸 주웠을까. 또 내껀 줄 어찌 알았노?"

"그 노인 요사이 없어졌다. 유심히 살펴봤다, 요새……."

"그러니 더욱 이상하단 말이다."

"집안에 있다면 우리 눈에 안 뜨일 리 없는데……, 그 일 있고 나서는 집안에서 안 보였다."

"우리를 해롭게 할 사람으론 안 보이던데……, 운이 닿아서 그런 무예나 한번 익혔으면……."

"모른다. 사람 운이라는 건…… 우리 어매는 세 번이나 도망갔다가 세 번 다 붙잡혀서 이마빡에 먹물로 수를 놓았지만. 누가 물었다더라. 잡힐 건 뻔한 이친데, 그 고생을 하여 도망가면 어디로 가고, 가서 숨어 살면 얼마나 살겠느냐고……. 그 때 어매가 그랬다고 한다……, 사람 운(運)은 열두 번 변한다고. 때를 못 맞추어 그렇지."

만적은 노비들의 시체가 묻힌 발 밑 골짜기를 내려다보며 품 속에서 오래된 구리 팔찌를 꺼냈다. 퍼렇게 녹이 슨 팔찌였다. 죽은 어머니가 끼고 있었던, 말하자면 어머니가 남긴 단 하나의 유물인 셈이었다.

만적이 팔찌를 감마라에게 던져 보였다.

"분이한테 주고 갈 생각이다."

팔찌를 받아들고 감마라는 무슨 생각을 했는지 히쭉 웃었다.

"삼복이가 살아서 네놈 이야기 들었으면 네 불알을 깐다고 했을 게다."

둘은 자기들 신세 같은 건 잊고 히죽거리며 웃다가 끝내 커다랗게 웃음을 터뜨렸다.

나이만큼은 귀족이고 천민이고 따로 없었다.

언제부터인지 여자를 상상하면 가슴이 쿵, 쿵, 쿵 소리를 내며 터질 듯 두근거리고 숨이 막혀오곤 했다.

"떠날 몸이다. 더구나 우리한테는 훗날 같은 것이 없다."

"데리고는 같이 못 가겠지?"

"우리 둘도 죽을지, 살지…… 며칠이나 살지 모르는 판이다, 너도 의민이 같이 그 애를 죽여서 땅에 묻고 가는 게 낫지."

"하긴 그렇다."

만적도 분이를 여자라든가, 훗날 같이 살아갈 짝이라든가, 그런 생각으로 쳐다본 적은 없었다.

그저 안쓰러웠고, 그 눈을 들여다보면 죽은 어머니 생각이 났을 뿐이었다.

몇 푼 돈에 팔려가고 팔려오고 하는 자기들의 신세에 상민(常民)들이나 귀족들같이 어려서부터 훗날의 배필을 상상이나 할 수 있겠는가.

사내와 계집이 서로 좋고 싫고가 어디 있겠는가. 살아가다가 어떤 기회 인연이 닿아 여자와 살을 맞대어 보면 다행이고, 인연이 없으면 그것으로 여자 살 냄새를 못 맡고 마는 수도 있는 것이었다.

하기야 분이가 조금만 더 컸더라면…….

둘은 마라의 쇠붙이 조각을 오래도록 들여다보다가 고개를 들어 북쪽으로 뻗어나간 산맥을 바라보았다. 산맥은 하늘 끝까지 맞닿아 끝이 없었다.

"하루라도 지체해 봤자 그만큼 더 손해다."

"알고 있어."

가장 무서운 것이라야 죽는 일밖에 그 이상 무엇이 있겠는가.

"내일 새벽, 병사들 번 다 돌고 나면 그 즉시다."

감마라가 힘주어 말했다.

만적의 눈은 다시 죽은 노비들을 내다 버리는 골짜기 쪽을 향했다. 너무 어려서 이별했던 어머니라서 어머니가 죽어 이 곳에 버려졌는지 다른 곳에 버려졌는지도 확실하지 않지만 십 중 아홉, 어머니 역시 이 골짜기에 누워 있으리라.

"가자."

감마라가 앞서 나뭇짐 쪽으로 걸어갔다.

나뭇짐을 짊어지려다가 말고 그가 갑자기 히쭉 웃었다.

"저길 봐라."

그의 손길이 골짜기 입구 쪽을 가리켰다.

분이였다.

제 오라비가 누워 있는 골짜기에 와보고 싶다더니 어떻게 집을 빠져나온 듯싶었다. 바위 골짜기가 시작되는 입구의 커다란 바위 앞에서 분이가 무릎을 꿇고앉은 채 두 손을 모으고 있는 모습이 보였다.

"노인이 나한테 자주 말했다. 여자라는 건 잠시 살만 맞대는 것이지, 깊은 정(情)이나 속마음을 줘서는 안 된다고……."

감마라는 제 나뭇짐을 지더니 훌쩍 뒤도 안 돌아보고 팔을 내저으며 앞서 언덕을 올라가 버렸다.

잠시 후 골짜기 곁의 억새풀 속.

만적은 그 날 처음으로 분이의 얼굴을 밝은 대낮, 가까운 곳에서 자세히 바라보았다.

설익은 산복숭아 열매의 부숭한 털처럼 솜털이 이마를 덮고 있었고, 양 볼은 주근깨가 까맣게 깔려 있었다. 거기에 큰 눈이 겁먹은 듯 만적을 올려보았다.

"왜 그렇게 본대?"

허리를 덮는 억새풀이 햇빛을 잘게 쪼개어 그 큰 눈까풀에 어른어른한 그늘을 이루었다. 너무 자주 울어서 눈물자국이 눈꼬리에서 양쪽 볼을 타고 말라붙어 있었고 앞으로 모아쥔 손등엔 두어 군데가 찢겨져 피가 배어 있었다.

"널 보면 항상 죽은 우리 어매 생각이 났다."

만적은 이상하게도 그 말을 하면서 목이 콱 막혀왔다.

"죽은 네 오빠하고는 친했다. 네 오빠, 죽을 때 내 손을 붙들고…… 네 이름을 불렀다."

만적은 품 속에 넣었던 푸른 녹이 슨 팔찌를 꺼내 분이 앞으로 내밀었다.

"죽은 우리 어매 꺼다. 어째 널 앞으로 자주 못 만날 성싶어서……, 너한테 줄려고."

팔찌를 받아든 분이의 손길이 마른 억새풀 끝처럼 떨렸다.

"어째 죽기라도 할 사람같이……."

"안 죽어도 다시 못 만나고 헤어지는 수는 많다."

분이는 잠시 그를 올려다보더니 곧 고개를 숙여 버렸다.

말랐던 볼 위의 눈물자국이 천천히 다시 젖어갔다.

팔려가는 것이리라. 어쩌면 아주 먼 곳으로 팔려가는 것이리

라. 팔려가는 쪽이 만적이 아니라, 자기 자신일지도 모른다.

어느 권세가의 집에서 권세가가 죽어 묻힐 때 같이 순장(殉葬)을 시키려고 자기를 사가는지도 몰랐다. 그러나 그런 것을 알았다 해도 어떻게 하겠는가. 그저 하루하루, 단 한 식경, 두 식경, 앞일도 그들로서는 알아낼 수 없는 게 아닌가.

갑자기 무너지듯 분이의 몸이 마른 나무등걸같이 만적의 무릎 위로 쓰러져 버렸다.

"상민(常民) 사이만 돼도……, 훗날 형편 펴서 다시 만나자는 말이라도 하지만……, 우리는……."

작고 야윈 어깨를 감싸안은 만적의 목구멍에서 뜨거운 것이 꿀꺽거리며 밀려 올라왔다.

노비가 어디 제 맘에 맞는 짝을 만나 살 수가 있는 것인가. 운이 좋아 짝을 맞춰 사는 일이 있어도 그것은 주인이 시켜주는 일. 서로 정이 붙어 살을 섞고 산다 해도 얼굴이 반반한 계집종이야 주인이 생각나면 노리갯감으로 불러들이기도 하고, 손님방에 잠자리 시중을 들러 가기도 하고……. 하기야 처녀 때 반반한 계집종이라면 집에 찾아오는 손님의 잠자리 시중을 시키는 것도 예사였다.

만적은 분이의 작은 어깨 위에 어느 새 자기 눈에서 두어 방울 눈물이 떨어져내리는 걸 알았다. 소리는 내지 않았지만 울컥울컥 밀려 올라오는 뜨거운 덩어리를 삼키며 그는 살며시 그녀의 고개를 앞으로 들어올렸다.

조금만 더 큰 여자애였다면 여기서 인연을 맺어야 한다, 다시 만나지 못하더라도. 노비들에겐 사내와 계집이 맞부딪칠 기회가 많지 않은 걸 그들도 잘 알고 있었다.

그러나 분이는 너무 어리고 작은 여자애였다.

"다시는 같이 못 있게 될지……, 또 만날지 그건……."

"……."

"마지막일 게야. 아마 이게 우리 마지막일 게야."

"아니여. 아니여."

젖은 눈으로 보아서 그런지 부옇게 흐려진 그녀 모습이 평소보다 성숙하게 떠올라왔다. 그는 분이의 머리칼에서 풍겨오는 시큼한 구정물 냄새를 깊숙이 들이마셨다. 어머니에게서 풍기던 냄새. 잊어버릴 수 없는 어머니의 냄새가 분이에게서 풍겨나오고 있었다.

얼마 동안 만적은 분이의 두 눈만을 뚫어지게 바라보았다. 한참을 그렇게 있노라니 그녀의 모습은 어디론가 사라져 버리고 눈동자만이 커다랗게 커져가는 듯싶었다. 젖었던 눈에서 눈꼬리를 타고 눈물이 다시 흘러내리고 있었다. 그는 눈을 감으며 침을 삼켰다. 눈을 감자 이젠 그녀의 냄새만이 남아 있었다.

어머니의 냄새였다.

어머니의 냄새를 맡으면서 만적은 분이의 치마꼬리로 손을 넣었다. 손에 와 닿는 다리의 살결이 오돌오돌 소름이 돋아 있었다. 아직 성숙하지 못한 맨숭맨숭한 깊은 속살 위에 손이 갔을 때 분이는 그 자리에 하늘을 보며 반듯이 누웠다.

마른 풀 그림자가 주근깨 많은 창백한 얼굴 위에 어른어른한

그림자를 만들고 있었다. 풀 그림자는 반듯이 누운 분이의 때묻
은 저고리 위에서도 어른거렸다.

밋밋한 저고리 앞섶으로 그의 다른 손이 옮겨갔다.

더러 사내들끼리 있을 때 히히덕대며, 여자 이야기를 하던 때
는 가슴이 두방망이질을 치며 벌떡거리곤 했는데, 분이가 눈물
고인 눈을 한 채 자기 앞에 눕자 경험하지 못했던 슬픔이 목구멍
속을 싸락눈처럼 스치며 스며들었다. 젖꼭지 부근만이 어린 대
추알만하게 도도록해 있을 뿐, 분이의 살결은 까끄럽고, 가슴도
밋밋했다.

이상한 슬픔이 이젠 아주 깊은 어둠 속으로 그를 끌어내렸다.

감은 눈에 어머니의 끌려가던 마지막 모습이 떠올랐다. 여섯
살 때였던가. 알 수 없었다. 다른 여자들과 밭일을 하던 어머니가
어쩐 일이었는지 함지박에 흙을 가득 인 채, 때마침 밭 옆을 지나
던 한 채의 가마 앞에 쓰러져 버렸다. 가마를 호위하던 군졸이 쓰
러진 어머니를 창대로 밀어내었다.

그 때 어머니는 간신히 일어나 가마 쪽으로 뛰어들며 뭐라고
외쳤고, 그 소리에 밭둑에서 메뚜기를 잡던 만적도 뛰어 일어났
었다.

군졸 두 명이 어머니를 밀어 팽개쳤다.

"엄마아……."

팽개쳐진 어머니가 가마 뒤의 길 한가운데 조그맣게 나뒹굴었
다. 뒤이어 말을 탄 군졸 하나가 엎어진 어머니의 머리채를 말 위

에서 휘감아 가마와 반대쪽으로 끌어갔다. 한 손으로 머리채를
쥔 채 다른 한 손으로 말고삐를 쥔 그 커다란 몸집의 군졸은 금방
흙먼지를 일으키고 만적 앞에서 멀어져 버렸다.

그것이 마지막이었다.

그 때 어머니는 배가 불러 있었다. 지금도 생생하게 그 때 어머
니의 불러 있던 아랫배가 떠올랐다.

"종년은 종놈 씨를 배어야 하는 거여."

잠시 일손을 놓은 여자들이 병사들의 호위를 받으며 멀어지는
가마 쪽을 바라보며 말했었다.

분이의 속살은 손등이나 손바닥과 다름없이 메말라 있었고, 닫
힌 채였다.

또래 사내들끼리 히히덕거리며 웃어대던 가슴의 고동도, 즐거
움도 없는 그저 담담하고 슬픈 그런 심경이 되었다.

오돌오돌 소름 돋은 두 무릎을 모아 붙이고 있는 그녀의 속살
에, 그는 지금 몸이 아니라 자기 마음이 닿아 있다고 생각되었다.

세월이 지나 분이가, 살을 섞는 흉내라도 냈던 사내가 있었음
을 더러 생각하게 될지……. 그보다 만적 자신이 훗날 어쩌다 다
른 계집과 살을 섞을 때, 너무 나이 어려 살을 섞을 순 없었어도
어미가 남긴 유물을 건네준 계집이 있었음을 생각이라도 하게
될지…….

"만날 거야……, 안 죽고 있음……, 많이 큰 뒤에……."

분이는 감았던 눈을 떠 자기 얼굴 가까이 와 있는 남자의 눈을
향해 턱을 까딱거렸다.

그리고 그들은 일어났다.

햇살이 기울어 가고 있었다. 마른 억새풀을 헤치며 그가 앞서 오솔길을 빠져나왔다.

"앞서 가. 나는 나뭇짐을 지고 가야 되어."

잠시 그를 올려다본 분이는 고개를 두어 번 주억거리고 쪼르르 다람쥐 새끼같이 억새풀 숲을 빠져나갔다.

만적은 고개를 들어 멀리 뻗어나간 산맥 쪽을 다시 보고 나뭇짐을 짊어졌다.

금소예(琴蕭隷)

밤새 내린 눈이 들판을 하얗게 덮고 있었다.

아침 나절 내리쬐는 햇볕에 드러난 흙더미가 군데군데 보일 뿐, 눈 덮인 들판은 내리비치는 햇빛에 반사되어 눈이 부셨다.

눈송이를 매단 키 작은 잡목들이 일직선으로 갈라지면서 검은 점 하나가 들판 위로 뛰어나와 구르듯 하얀 들판을 갈라갔다.

부연 눈보라가 구름송이같이 치솟으며 들판을 꿰뚫어 가다가 가라앉으며 한 필의 검은 준마가 드러났다.

"에이, 후련하다."

말 위의 사내가 흐르는 이마의 땀을 옷소매로 문지르며 길게 숨을 들이마셨다.

"곰 같은 자식."

사내는 지금 자기가 달려나온 잡목 숲을 그 때야 빠져나오는 회색 말을 향해 중얼거렸다. 상기되었던 김정의 얼굴이 본래의 차고 창백한 얼굴로 돌아갔을 때에야 뒤따르던 마사내의 말이 다가왔다.

"소인! 두어 겁(劫) 새로 태어나도 도련님과 동행되진 못할 듯 싶습니다."

마사내는 땀 흐르는 얼굴로 헉헉거리며 말고삐를 당겼다.

이미 김정의 얼굴은 차갑고 냉랭해 보였다.

"달리는 말과 사람이 같은 생각을 해야지. 이놈아."

"맘만 급하지 달려지지가 않습니다."

김정의 승마에 동행이 되어 보면 한번도 나란히 달려지지가 않는다. 말이나, 말을 다루는 솜씨에 문제가 있겠지만 출발을 같이 해도 달리다 보면 김정의 말은 까마득히 시야를 빠져나가기 일 쑤였다.

"말은 사람이 아니고 짐승이야."

"주인 급한 마음을 제놈이 알아주어야지요."

"타는 사람이 짐승 마음을 꿰뚫어야지. 말과 사람이 하나가 되고……, 그런 다음이라야 내 맘이 짐승에게 전해지는 게야."

김정이 말 목을 두드리며 혼자 이야기같이 중얼거렸다. 그러다 불현듯 바로 머리 위에서 하얗게 빛나고 있는 해를 힐끗 올려보더니 활시위에 화살을 매겼다.

"씨잉!"

시위를 떠난 화살이 해를 향해 하늘 높이 날아올라갔다. 그러나 똑바로 직진하여 올라가던 화살은 방향을 바꾸어 포물선을 그리기 시작했다. 방향을 바꾸기 시작한 화살을 노려보던 김정이 조용히 마사내를 불렀다.

"놓아주기로 했다."

"그놈, 의민이를 놓아주라고요?"

마사내가 다시 물었다. 그는 그 나름대로 이의민에게 상처를 입은 원한이 있어 분풀이부터 해야겠다고 벼르던 참이었다.

"사냥에서도 더러는 짐승을 놓아보낸다. 더 자라도록…… 안 잡는 게 아니라, 조금 더 크도록 두는 게지."

"그놈은 살인잡니다. 사람을 죽인 놈이에요."

이의민이 종적을 감춘 지도 벌써 여러 날이었다. 가까운 곳에 숨었다면 지금껏 드러나지 않을 리가 없었다. 쉽게 붙잡히지도 않을 놈 때문에 집안이 뒤숭숭해 있는 것도 문제는 있었다.

"사람을 죽였어요, 그놈은."

"그럼……, 너 혼자 잡아라."

"잡습니다. 두고 보십쇼."

"우직하긴!"

김정은 무슨 생각을 했는지 혼자 피식 웃더니 말고삐를 챘다.

하얀 들판에 다시 두 개의 눈바람이 나란히 일었다.

그렇게 한참을 빠르게 움직이던 두 마리의 말이 속도를 줄여가다가 걷는 속도가 되었다.

"아버님은 늙으신 모양이다. 옛날 보이던 그 기백, 어렸을 때

뵙던 아버님이 아니셔. 욕심도, 투지도 언제부터인지 아버님 곁을 떠난 듯싶다."

"장군님은 여전히 건안하십니다."

"겉으로야 그렇지……, 아버님은 그런 분이 아니셨다. 개경을 떠나오실 때만 해도 말씀하셨다……, 이 고려는 무인이 세운 나라라고. 주둥이만 살아 있는 허깨비 같은 자들이 문관입네, 관을 쓰고 앉아 거드름 피우고 있어서는 나라 장래가 안 된다고 노기를 띠고 말씀하셨다. 한데 요사이는 뜬 구름 같은 이야기나 나불대는 도사들을 불러들이시지를 않나, 식량을 풀어 중들을 먹이지를 않나, 그 이의민이란 놈만 해도 그렇다. 다 제 인연으로 날뛰다 죽을 테니…… 일부러 앞서 살생을 할 필요가 없다는 게야. 핫하하."

"……."

"불같은 분이셨는데. 이제는 다 타서 재로 사그라드시는지…… 허나 나, 김정은 젊다. 아버지 연세 되려면 아직도 사십 년은 남아 있어. 알겠느냐? 무슨 말인지."

김정의 눈빛이 싸늘한 광채로 번들거렸다.

"관상 보는 스님이 소인더러 중년부터는 팔자가 펴리라 했습지요. 하관과 인중에 말년 운수가 괜찮게 들어 있다구요."

"그래? 그래도…… 너, 이의민이와 단둘이 맞닥뜨렸다가는 네가 제 명에 못 죽는다."

"그래서 도련님 곁을 한시도 안 떠나지 않습니까?"

"미친놈."

김정이 다시 말 배를 걷어차면서 냇물을 건너뛰었다. 눈송이들을 잔뜩 달고 있던 냇가 갈대들이 우수수 하며 눈송이들을 떨구어 내었다. 그 갈대밭을 뛰어넘자 작고 초라한 초가 한 채가 보였다. 여름에는 냇물에서 그물질도 하고, 더러 겨울 들판에 내려오는 날짐승들도 잡아 지나는 길손들에게 술과 밥을 팔기도 하는 주막 같은 곳이었다.

그 집 마당으로 해서 꾸불거리는 좁은 길이 경주 시가지로 이어지고 있었다.

"출출하구나, 좀."

마당으로 들어서려던 김정이 말고삐를 당겼다.

담벼락 끝의 작은 우물에서 젊은 계집 하나가 막 함지박에 물을 길어 들고 일어서고 있었다.

계집이 힐끗 고개를 들었을 때 검은 피부색에 눈 흰자위가 유난히 크게 김정의 눈에 들어왔다. 짐승가죽 웃옷에 머리를 짤막하게 잘라 묶은 것이 고려 계집으로는 보이지 않았다. 계집에게 시선을 주던 김정의 입가에 설핏 웃음이 스쳤다.

그러나 여자는 그를 힐끗 올려보았을 뿐, 전혀 그를 개의치 않는 듯 나무 함지박을 들고 뒤꼍으로 돌아가 버렸다.

"기다려라, 너는……."

김정은 짧게 명령하고, 말에서 내려 방문 앞으로 걸어갔다.

"여봐라."

방문이 열리고 나이 든 누런 수염의 사내가 황급히 툇마루를 내려섰다.

"이런 황공하실 일이…… 어서 드시지요. 날씨가 차갑습니다."

"차갑지 않네."

"예에?"

"그 계집은 뭔가?"

"예에?"

"핫하하하. 노인장 관상을 보니……, 중매 살(煞)이 끼어 있는데…… 오늘."

"예?…… 아, 예."

꿩고기 볶음에 화주(火酒)가 투박한 오지병에 담겨 나올 때까지 김정은 열린 문을 통해 넓게 펼쳐져 희게 빛나는 들판을 망연히 바라보고 있었다.

나이 든 주인이 허리를 굽히고 술상을 들고 들어서자 김정의 입술이 이상하게 한 번 씰룩였다. 그 다음 그는 앉았던 자세에서 한쪽 발을 내질러 술상을 그대로 방 밖으로 날려 버렸다.

"망할 늙은이 같으니라고……."

겁에 질린 주인의 눈이 퀭 하니 크게 치켜 떠졌다.

마사내가 놀라 황급히 쫓아왔다.

"뭐하는 계집이냐고 묻지 않았느냐?"

김정의 음성이 냉랭했다.

"예…… 예, 저 고려 계집이 아니옵고……."

"그래서?"

"저희 집에 가끔 사냥한 산(山)고기를 팔러오곤 하는 태백산 속 여진(女眞)부락 계집이오라……."

"오랑캐 계집이라? 그 애에게 술상을 다시 들려 보내라. 술자리가 끝나면 내가 데려간다."

"……."

"마사내."

"예에."

"노인에게 계집 몸값을 물어봐서 가져다 주어라. 당장."

"그 아이는…… 저……, 노비가 아니옵고……."

"그럼 몸값을 안 치러도 되겠군. 안 그러냐? 핫하하……."

소리는 웃고 있는데도 김정의 얼굴은 차갑고 싸늘해 있었다.

노인의 얼굴만이 흙빛이었다.

"절 찾으셨나요?"

그 때 당돌하리만큼 야무진 얼굴로 어느 새 젊은 처녀가 그들 방문 앞에 서 있었다. 입가에 엷은 웃음까지 띄운 채.

"소녀에게 볼일이 있으심 직접 말씀하셔도 되잖을까요?"

처녀는 당돌하리만큼 꼿꼿한 자세로 김정의 얼굴을 똑바로 올려다보았다. 순간 김정은 혈관 속을 거세게 역류(逆流)해 가는 바람 소리를 들었다.

검은 피부에 당돌한 계집의 흰자위 많은 눈을 본 순간, 문득 김정은 화살통을 메고 뒤쫓던 암노루를 생각했다. 온몸에 팽팽히 휘감겨오는 긴장. 시위 소리도 요란스레 날아가는 화살. 그리고 거기 잠시 말고삐를 당겨 쓰러진 짐승의 팽팽한 근육의 떨림을 바라보며 얼굴에 맞받는 겨울바람…….

"잘 말해 주었다, 내가 직접 청해야 하는 것을 잘못 생각했다. 너하고 술을 마시고 싶었던 게다. 이렇게 눈이 온 다음에는, 그래, 꼭 너처럼 생긴 계집하고…… 난 계집보다는 사냥을 좋아하지만, 오늘은 너하고 같이 한 잔 마시고 싶어졌다. 괜찮겠느냐?"

김정의 눈빛이 거의 갑자기라고 할 만큼 타들고 있었다.

"오늘은 우연히 제가 사냥감인가요?"

"맘대로 생각해라. 이름은?"

"금소예(琴蕭隷)."

"소예?…… 그래…… 나는 정이라고 한다. 김정."

갑자기 처녀는 맑은 쇳소리 같은 웃음을 날리며 토방마루에 털썩 앉았다. 가죽옷 허리에 매달린 몇 자루 작은 표창들이 서로 부딪쳐 쇳소리를 내었다.

"추운 날, 산 속에선 옥수수 화주(火酒)로 추위를 쫓는 것, 우리네에겐 흔합니다. 하지만 방안은 답답해서 싫습니다."

"난 널 내 집에 데려갈 작정이다."

"소녀는 방바닥에 불을 때는 미지근한 구들방에서는 자지 않습니다."

주인은 눈치를 살피다가 다시 술상을 보아 툇마루에 놓아두고는 멀찍이 물러나 버렸다.

"말대답하는 계집은 질색이다."

김정이 신경질적으로 소리를 쳤다.

"검은 살을 가진 계집은 색정이 강하다는 옛말을 널 보자 생각해 냈다, 표범도 검은 놈이 사납듯이. 방이 싫다면 끌어다가 돼지 우리에라도 처넣어 주겠다."

"여진(女眞) 계집은 고려의 아낙과는 다릅니다."

무슨 생각을 했는지 소예는 마루에 놓인 술상을 들어 김정 앞에까지 날라다 놓았다.

"무료하신데 잠시 따라드리긴 하겠습니다."

가까이 앉으니 몸에서인지 가죽옷에서인지 짐승의 누린내 같은 체취가 그녀에게서 풍겨왔다. 투박한 오지그릇 술잔에 불 냄새 풍기는 화주가 찰찰거리며 따라졌다.

목구멍에 화끈하게 와 닿는 화주의 맛. 김정은 가끔 이 화주를 마시면서 혈관 속의 핏방울들이 바늘처럼 곤두서서 바람을 일으키는 기분을 느낀다. 이상하게도 곧바로 목구멍을 화끈하게 덥히고, 뱃속을 짜르르 가르는 그 맛이 그에겐 상쾌했다. 그러면서 그는 그 때 문득문득 아버지 김풍 장군을 떠올리곤 한다.

젊은 날의 아버지가 가졌던 싸늘한 투지, 그 격렬하던 무인(武人)으로서의 불길이 이제 서서히 물처럼 가라앉아 가는 것에 대한 견딜 수 없는 반발이 화주를 마실 때마다 그를 흔들어 놓곤 하는 거였다.

"마셔라. 너도."

두 잔을 연거푸 마신 그가 여자에게 잔을 내밀었다.

"제가 따라 마시지요."

소예는 스스럼없이 잔을 가득 채워 한 입에 털어 넣고는 그 잔을 그에게 다시 보냈다.

"너도 산짐승을 쫓아다닌 적이 있을 게다. 쫓고 쫓기고, 잡으려 하고, 죽지 않으려고 하고……, 죽는 날까지 그렇게 헉헉 숨이 막히게 사는 건 좋은 일이다. 허나…… 너는 화살로 해를 쏘는 일은 없을 게다."

"해를 쏘아요? 홋호호."

소예는 다시 스스로 빈 잔에 술을 채워 집어들면서 꺄르륵 웃었다. 그녀는 냉수라도 마시듯 술잔을 가볍게 비웠다.

"대단한 계집이로구나."

"모닥불보다 화주가 산 속에선 추위를 이기는 효험이 있지요. 짐승고기를 날로 먹을 때도 화주가 없으면 비리고요."

검게 그을린 얼굴이 연거푸 들이킨 술 탓인지 알맞게 무르익어 갔다. 전혀 상대를 개의치 않는 산짐승 같은 건강이 천천히 감정을 압도해 오고 있었다.

"어느 권세가의 망나니 도련님 정도……. 하기야 알 필요도 없다. 해를 향해 활을 당기는 사람을 넌 아직 생각조차 안 해보았을 테니…… 안 그러냐?"

화주는 확실히 빠르게 전신을 데워준다. 핏줄 마디마디에 바늘 끝처럼 일어섰던 핏방울들이 이젠 반딧불처럼 불을 켜고 번쩍번쩍 빛을 내기 시작하고 있었다.

목이 타들어 온다.

"내가 무슨 생각을 하는 것으로 보이느냐?"

"산토끼 잘 다니는 길, 물오리가 잘 내리는 냇가는 압니다만…… 그래도…… 병들어 못 일어날 애비를 가죽 부대에 넣어

나뭇가지에 매달아 놓고, 한 대의 화살로 고통 없이 보내드리면
서……자식이 흘리는 눈물을 권세가 도련님이 아실지 모르겠습
니다.”

계집은 방심한 듯 중얼거렸다.

김정이 똑바로 그녀의 눈을 쏘아보았다. 그녀는 다시 홀짝 잔
을 비우고 술을 따라 김정 앞에 내밀었다.

“난 너를 불러왔다. 넌 사내 혼자 있는 곳에 왔고, 나는 널 내 집
으로 데려간다고 했다.”

“상관없는 일이옵니다, 소녀에겐.”

“상관이 있다.”

“상관이 없습니다.”

“그래?”

“……”

“네 앞에 앉은 사냥꾼은 제 기분이 내키지 않으면 사냥감을 놓
아 보내진 않는다.”

“여진 계집은 사내에게 옷을 벗기게 하지 않습니다. 벗고 싶으
면 스스로 벗지요.”

“여긴 고려(高麗)다.”

어느새 항아리 그득하던 술은 바닥이 나고 있었다.

김정의 한 손이 잽싸게 금소예의 허리를 감쌌다. 그리고 다른
한 손이 그녀의 머리칼을 움켰다. 계집에 대한 젊은 욕정만이 아
니었다. 그건 보다 깊은 갈증, 그 스스로 갇혀 있는 굴레, 그를 안

개처럼 휘감고 있는 끈끈한 줄들을 그는 한꺼번에 밀어젖히고 싶은 충동이었다.

백마 위에 높다랗게 앉아 적진을 향해 돌진하며 피보라를 뿌리는 그런 환상이 젊은 김정에게 휘몰아 왔다. 자기를 내던져 뼈끝까지도 부서지는 그런 격렬한 삶의 충동이 날이면 날마다 얼마나 그를 옥죄어 왔던가.

치켜올려진 그녀 얼굴 위 입술이 검붉게 변해 있었다. 여자는 남자의 얼굴을 피하지 않고 그대로 있었다. 그의 입술이 검붉어진 입술에 가서 짧게 부딪쳤다.

그녀는 움직이지 않았다.

김정이 여자의 허리에 둘렀던 손을 풀고 두 손으로 이번엔 어깨를 움켜쥐었다. 젊은 수사슴의 어깻살처럼 가죽옷에 덮인 그녀의 어깻살은 단단했다. 그가 그녀의 어깨를 바짝 끌어당겼을 때 노루나 사슴에게서 나는 그런 냄새가 풍겨왔다. 그러나 그녀는 재빨리 두 손으로 김정의 가슴을 밀어내며 몸을 빼내더니 방문 앞에 우뚝 서 버렸다. 그녀의 허리에 매달린 표창들이 부딪쳐 짤랑거리며 소리를 냈다.

"말을 좀 빌려 주실래요? 눈밭을 한바탕 달렸음 싶네요."

"……."

"조금 취했네요."

"소예!"

"눈바람이 제법이에요. 깔깔깔."

어리둥절해 있던 마사내가 어떻게 해볼 겨를도 없이 금소예는 이미 마사내가 타고 왔던 회색빛 말 위에 올라 말 배를 걷어차고 있었다. 말과 사람은 금방 하나가 되어 눈밭에 하얀 회오리바람을 일으켰다.

"앞서 돌아가라."

김정의 몸도 재빠르기는 그녀에게 지지 않았다. 검은 말 위에 나는 듯 올라앉았는가 했을 때 흰 들판은 새로운 두 개의 눈보라가 회오리를 일으키고 있었다.

사람 그림자라고는 전혀 없는 황막한 눈밭이었다.

더러 작은 개울에 내려앉았던 물오리들이나 풀섶에 엎드렸던 꿩이 푸드득대며 튀어오르는 것말고는 끝없는 시원(始原)의 고요였다. 그 침묵을 두 필의 말이 사납게 휘젓고 다시 어둠처럼 고요가 그 뒤를 덮어 버리고……

김정의 한 손 채찍이 날카롭게 그 고요를 찢으며 흑마의 엉덩짝 위에 작렬해 갔고, 이젠 술기운만이 아닌 퍼런 불길이 전신을 쥐어짜듯 팽팽히 그의 혈관 속을 태워가고 있었다.

백여 보 앞을 잽싸게 달려가는 회색빛 말을 향한 김정의 집념은 사냥꾼에게 표적이 된 단순한 산짐승의 의미를 벗어나고 있었다.

"아아."

그의 혈관 속에 언제고 반란의 불꽃을 달고 때로 그를 들쑤셔오고 잠 못 이루게 하는 처리할 길 없던 응혈이 용암처럼 뒤엉켜 쏟아져 나오고 있었다.

'그렇습니다, 아버님. 이 고려는 무인이 세운 나라, 칼과 말달

리기를 배운 무인이 다스리고……, 널따랗던 고구려의 만주벌
판을 다시 찾아야 하는 숙명의 나라입니다. 말을 달려 제 혈관 마
디마디가 불꽃으로 타들다가 재처럼 사위어 가는 그렇게 뜨거운
열화(熱火) 속에 살고 싶습니다. 아아…….'
　여진의 사냥꾼 계집 하나를 뒤쫓고 있다는 생각도 잊고 혼신을
다해 달리며 김정은 망연히 부르짖고 있었다.
　'저는 무인입니다. 아버님, 전 젊은 무인입니다.'
　얼마 만인가, 이토록 전력을 다해 무엇을 뒤쫓아 본다는 것
이……, 확연하고 분명한 목표물을 뒤쫓아 온몸이 땀으로 휘감
겨본 것이 얼마 만인가.
　"아아."
　김정은 다시 신음을 토하며 채찍을 휘둘렀다.

　금소예의 말달리기는 보통이 아니었다. 여자의 몸으로, 더구
나 말을 제대로 익힐 기회가 있으리라 싶지 않은 오랑캐 계집의
몸으로……. 그녀는 말을 타고 있는 것이라기보다는 오히려 스
스로 한 마리 짐승이었다. 아마 조상의 혈관 속을 흐르던 저 유목
과 수렵의 야성이 그녀의 전신을 선천적으로 휘감고 있는지도
몰랐다.
　드디어 들판이 끝나가는 잡목 숲 앞이었다.
　십여 보, 이십여 보, 그러다 더 멀어지기도 하고 가까워지기도
하던 두 마리 말이 잠시 대여섯 걸음으로 줄었는가 했을 때였다.
날짐승이 날아오르듯 김정의 몸이 부웅 떠오르면서 앞서가던 금

소예를 낚아채 눈밭 위로 함께 나뒹굴어 떨어졌다.

"헉!"

눈밭 위로 떨어져 구르며, 김정은 비오듯 땀에 젖은 얼굴을 금소예의 얼굴에 맞비비며 간신히 중얼거렸다.

"놀라운 솜씨다."

"……."

"네가 탄 말이 조금만 더 명마였어도 내가 널 잡아내기가 힘들었을 게다……."

땀으로 번들거리는 금소예의 얼굴은 아침 나절 이슬을 맞은 잘 익은 머루알 같았다. 몰아쉬는 급한 숨결과 함께 가죽옷 위로 두 가슴이 크게 물결을 이루고 있었다.

김정이 한 움큼 눈을 끌어 쥐어 그녀의 얼굴 위에 올려놓았다. 그리고 그 눈 위에 그도 얼굴을 얹었다. 눈덩어리가 잠시 두 얼굴 사이에 끼어 땀을 받아내다가 녹아서 흘러내렸다. 그는 다시 눈을 단단히 쥐어 그녀의 얼굴 위에 놓았고, 그것은 다시 땀에 녹아버리고…….

"대단한 계집이다."

머루즙 같은 강한 체취와 뜨거움이 입술을 통해 그의 전신으로 몰려왔다.

"아아."

"안다. 넌 대단한 계집이다."

잘 익은 산머루같이 검게 매끈거리는 여자의 이마 위로 땀방울이 송글거리며 솟아나 앞머리칼 몇 개가 흩날리다가 달라붙어 있었다.

"그래, 한낱 싸움터의 장수로 보이느냐 말이다."

잡았던 계집종. 김정이 다시 두 손을 뻗쳐 그녀 어깨를 움키려 했을 때, 그녀는 마치 뱀처럼 그의 손을 피해 눈 위를 한 바퀴 뒹굴어 저만큼 일어나 앉았다.

"계집도 마음에 드는 사내를 고를 수 있다는 걸 생각해 본 적이 없으시죠?"

소예가 똑바로 김정의 두 눈을 쏘아보았다.

"사슴 수컷들이 싸우는 걸 많이 봐요. 사슴만이 아니고, 산양도, 곰도…… . 그렇게 산 속에서는 늘 싸우지요. 어느 놈이 이기건 암컷은 이기는 놈을 기다려요. 산에서 살면…… ."

"난 지지 않는다, 누구에게도."

김정이 침을 삼키며 부르르 몸을 떨었다. 차라리 요기(妖氣)라고 해야 할 불길이 흰자위 많은 소예의 큰 눈에서 훨훨 타오르고 있었다.

"전, 이제 이 들판에 다시는 나오지 않아요."

소예는 주막집에서 생각지 않게 불쑥 앞서 일어선 것같이, 벌떡 일어서더니 걸치고 있던 가죽 웃옷을 천천히 벗기 시작했다.

그러나 흑요석 같은 그녀의 눈은 김정의 눈 속에 그대로 고정되어 움직이질 않았다. 흰 눈밭을 배경으로 해서 천천히 그녀의 검게 그을린 탄탄한 알몸이 겨울 햇빛 속에 드러났다.

김정은 침을 삼켰다.

이상한 당혹감이 그를 휘감았다. 이십여 년을 살아오면서 여자
의 알몸을 처음 본 것은 아니었지만 한낮, 그것도 하얗게 눈 덮인
들판에서 드러나는 여자의 알몸은 어린 사슴의 목덜미 같은 청
신함이었다.

그에게 여자의 알몸이란 눈에 보여지는 것이라기보다는 손끝
에 닿고, 피부에 닿아서 감촉되는, 그러다가 얼음이 녹듯 녹아서
형체 없이 사라지는 그런 것이었다. 그러나 지금 눈앞에 드러난
소예의 육체는 그에게 적의를 일으키며 완강하게 맞서 있는 거
였다. 그는 여자의 벗은 가슴과 어깨를 밝은 곳에서 처음 마주 보
고 있었다.

그가 다시 침을 삼켰다.

"이제 이 들판에 다시 나오지 않아요."

소예는 웃옷을 벗은 채 그에게로 다가와 무릎을 꿇듯 가까이
앉았다.

그녀의 눈이 김정의 눈 속에 들어와 박혀 바짝바짝 타들고 있
었다.

"아아."

김정은 침을 삼키고 그녀의 허리를 껴안으며 눈밭 위에 그대로
쓰러졌다. 눈에 닿은 옆구리 한쪽에서 냉기가 스물거리며 기어
들었다. 그러나 말을 달려오던 열기였을까, 그녀의 가슴 살결은
몸에서 배어 나온 습기를 촉촉하게 머금고 있었다. 조금 전 핏줄
속에서 번쩍이며 소리치던 급한 갈증이 잠시 한풀 가라앉고 있
었다.

골짜기를 치달아 오던 바람이 치켜 들린 젖무덤 위에 눈가루를 뿌렸다. 그러나 그 눈가루는 곧바로 녹아서 매끄러운 기름처럼 방울로 변해 가슴 골짜기를 미끄러져 내렸다.

"다시 도련님을 만나진 않아요. 하지만 소예는…… 도련님 말 달리시던 솜씨하고 눈빛…… 더러 생각할 성싶어요."

그녀의 두 팔이 먼저 김정의 목을 조용히 껴안아왔다.

"너 같은 여자…… 이런 곳…… 처음이다, 내게도."

잠시 가라앉던 핏줄 속의 평화가 다시 요란스럽게 횃불을 치켜 들고 왕왕거리며 전신을 들쑤셔오기 시작했을 때 그는 여자의 아랫도리를 벗겨 내렸다.

차고 흰 햇빛이 둘의 벗은 어깨 위로 쏟아져 내렸다.

바람은 가끔 들판을 가로질러 그들 어깨와 드러난 다리 위에다 몇 낱알씩 눈가루를 흩날리어 그 눈가루는 그대로 녹아 버리기도 하고 미끄러져 내리기도 했다.

몰려드는 겨울바람 속에서 둘은 오래도록 눈밭 위를 뒹굴었다.

김정에게 그것은 전혀 새로운 발견이었다.

금방 무너져 내리거나, 포로나 노비로 그 자리에 놓여 있는 그런 여체가 아니었다. 그를 공격하고, 휘감아 충동해 오는 육체로 소예는 그 앞에 마주 서 있었다. 주춤거리는 그의 혈관 속에 끊임없이 불티를 튀기고 바람을 보내어 꺼질 수 없도록, 그녀는 끊임없이 불을 질러댔다.

김정은 잠깐 잠깐씩 늪을 생각했다.

갈대가 우거져 있는 습지를 달리다가 잘못 빠져든 늪, 어쩌다 말의 앞발 하나가 빠지면, 빠진 발을 들어올리는 동안 다른 한 발이 조금 더 깊이 빠져들고, 또 다른 발을 들어올리는 동안 다른 한 발이 조금 더 깊이 빠져들고…….

한참 시간이 지나고 나서 소예의 단단한 젖무덤 위에 얼굴을 얹고, 김정은 손 하나 까닥하지 않고 엎디어 있었다.

어깻살 속을 파고들던 소예의 손끝이 이제 부드럽게 그의 목덜미를 어루만지고 있었다.

"사냥꾼에게 쫓기는 짐승은 쉬지를 못해요."

"……."

"병이 들어도 산짐승은 아픈 척을 않습니다."

"……."

"약해 보이면 그걸로 끝이거든요."

반듯이 누워 가슴 위에 사내의 머리를 얹어 놓고 목덜미와 머리칼을 쓸면서 소예는 혼잣말처럼 중얼거렸다.

"놓치고 싶질 않다."

"하실 일 많은 사내가 계집에게 빠져 있는 것…… 천해 보입니다…… 나도 가야 합니다. 이젠."

김정의 얼굴을 두 손으로 싸안아 일으켜 앉히고 소예는 부드럽게 웃었다. 처음 보이는 부드럽고 따뜻한 웃음이었다.

"도련님은……."

소예는 잔잔히 웃으며 고개를 흔들더니 서쪽으로 걸린 해를 가리켰다.

"해를 쏘셔야지요…… 죽어가는 애비를 가죽 부대에 넣고 활을 쏘아야 하는 저희 종족들에게는…… 추워지네요, 이제."

어깨를 움츠려 보이는 그녀의 젖무덤 위에 오들오들 작은 소름이 돋고 있었다. 옷을 집어 눈을 털어 꿰어 입는 그녀의 어깨가 어쩐 일인지 아까보다 가냘프고 작아 보였다.

"말을 빌려 주세요. 가야 해요."

"소예."

"더러 도련님 눈빛이 생각날 성싶지만…… 다신 안 나옵니다. 이 벌판에는……."

소예는 천천히 마사내가 탔던 회색빛 말 위에 오르고 있었다.

김정은 그 날 저녁 오랜만에 아버지, 김풍 장군 방을 찾았다. 그동안 쌓인 이야기를 아버지께 실컷 할 작정이었다. 동경 근교, 중 2백여 명을 집안에 불러들여 잔치를 베푼 일이며, 아버지의 말벗이 되는 사람들이 얼마 전부터 무부(武夫)들보다 선비들이 더 많은 것에 대해서.

그러한 변화가 언제부터인가 집안 전체 분위기를 바꿔 놓고 있어서 이의민 같이 겁도 없이 집안에다 피를 뿌린 놈이 있는가 하면, 집을 빠져나가는 어린 노비가 생기고 있는 점을 하나하나 얘기하고 싶었다.

그러나 김풍 장군은 근엄하고 그윽한 눈으로 아들 김정을 건너다보았다. 아버지의 그런 가라앉은 표정을 대하면 김정은 맥이 풀리고 제 몸뚱이가 조그맣게 위축되어 버리는 걸 느낀다. 그러나 그는 어금니에 힘을 주고 있었다.

호탕한 아버지의 웃음소리. 밤낮 가리지 않고 무료하면 집안 노복들을 시켜서라도 무예를 겨루게 하고, 격구나, 수박희(手搏戲 : 唐手)를 벌이던 아버지가 요사이는 큰 사랑에서 눈을 지그시 감고, 선비들의 문장 이야기를 듣고 있는 일이 많았다.

아버지가 주관하던 무예놀이들은 벌써 두어 해째 집안에서 줄어들어 가고 있었다. 대신 집안에 밤새 불을 밝히고 중을 불러 법회를 열거나, 그 중들을 불러 후원에서 음식을 대접하는 일들이 여러 번이었다. 대개 그런 일이 있는 밤엔 김정은 혼자 별채에서 화주를 마시며 가슴의 불길을 삼켰지만.

"근래 집안이…… 중이며, 선비들만 들락거리는 것 같습니다."

그가 모처럼 똑바로 아버지의 얼굴을 맞바라보았다.

"헛허허…… 그래?"

아버지는 그윽한 눈으로 아들을 건너다보며 온화하게 웃었다.

"바닷물은 비가 온다고 불어나지도 않고, 몇 달 가뭄으로 줄지도 않는 것이다."

"전 싫은 건 싫습니다."

"동(動)과 정(靜), 양과 음은 서로 머리와 꼬리가 맞물려 있는 게다. 검법은 이제 너도 웬만큼 익혔으리라 믿는다만…… 검이고, 창이고, 칼이고 다 마찬가지…… 생각해 봐라. 그걸 휘두르는 기술만 가지고야 그저 병(兵)이지, 그저 한낱 기(技), 한낱 쇠붙이…… 거기에 용(用)과 인(人), 지(志)가 조화되어야만 힘이 실리는 게 아니냐? 쇠가 같은 쇠를 버히는 건…… 그 사용하는 사람

의 혼(魂)이야……. 물론 문(文)도 마찬가지다. 한 줄 시구가 촌철
살인(寸鐵殺人)이기 위해서는 글재주만으로는 안 되지.”

“고려는 무인이 세운 나라입니다. 어렸을 때부터 아버님은 늘
그 말씀을 하셨습니다, 제게.”

“태조께선 무부셨지.”

“수나라, 당나라까지도 넘보면서 옛 고구려 무인들은 만주벌
판을 달렸고요. 그 피를 받은 나라가 개국 이백오십 년. 해가 갈
수록 나라의 기백은 쇠퇴되고…… 아버님 같으신 분도 그게 싫
으셔서 낙향을 하셨습니다. 건국 초의 그 기백이 이토록 쇠해진
건 바로 그 주둥이만 남은 문관들의…….”

장군은 큰기침으로 그의 말을 막아 버렸다.

“너, 그러다 자칫 한낱 싸움터의 장수에 머물 것 같구나…….”

눈을 무겁게 감아 버리는 아버지 앞을 물러나와 그는 별채의
넓은 방에 벌렁 누워 버렸다.

'약해지신 당신 모습을 이제 이런 식으로 넘기시는 게야. 하지
만 난 달라…….'

“여봐라!”

갑자기 김정은 벌떡 일어나 방문을 걷어차며 소리를 질렀다.

“술을 가져와라. 화주로.”

어둠이 빠른 속도로 몰려오고 있었다. 그는 이글거리는 눈으로
그 어둠 속을 노려보았다. 알 수 없이 가슴 속을 충동질해 오는
이 불꽃, 그는 부들부들 몸을 떨었다. 무엇인지 확실치 않으면서

도 스무 살 젊은 나이를 살라 버리는 이 맹렬한 불길.

문이 열리고, 다소곳이 술상을 든 어린 계집종이 들어섰다.

고개를 숙인 채 조심스럽게 다가오는 그녀를 쏘아보던 김정이 갑자기 막 상을 내려놓고 뒷걸음으로 물러서는 그녀의 어깨를 우악스럽게 움켜잡았다.

"헉―."

일순 파랗게 질린 계집의 두 눈이 커다래지며 잡힌 어깨가 물결처럼 후들후들 떨리고 있었다.

"너도 내가 싸움터 장수감으로밖에 안 보이느냐?"

"……."

계집종의 어깨를 밀어 버리고 그는 혼자 넋 나간 듯 크게 웃어젖혔다. 그리고 금빛 도배(挑杯)에 가득 화주를 기울여 선 채로 입 속에 털어 넣었다.

목구멍이 따끔해 왔다.

그는 따끔거리는 고통 같은 술맛을 깊이 음미하며, 마른 풀 냄새 같은, 혹은 사슴 냄새 같던 여진의 계집, 소예의 몸 냄새를 다시금 먼 곳으로부터 맡고 있었다.

산(山)사람들

눈을 떠야지. 목이 탔다. 목구멍 속이 마른 나뭇가지 타듯 바짝 바짝 타 바스러지듯 싶어지면서 왼편 어깨의 통증도 확실해졌다. 시커먼 짐승이 앞발을 쳐들고 덮쳐오는 순간 짐승의 허리를 껴안았던 듯싶었다.

그것뿐이었다.

그리고 나머지는 안개이거나 깊은 어둠이었다.

도대체 여기는 어딘가. 바닥은 짐승 털가죽인 듯 푹신하고 발끝이 훈훈하다. 눈을 떠야지. 만적은 다시 생각한다.

그러나 영 눈을 뜰 수가 없다. 배가 고팠고, 쌓인 눈이 가루가 되어 풀풀 날려들고 있었던 기억…… 만적은 바위 밑에서 열심히 그 때 부싯돌을 치고 있었던 생각만 떠올랐다.

감마라가 토끼라도 잡아본다고 칡넝쿨 사이를 헤치고 나간 뒤, 그는 나뭇가지를 모아 놓고 억새꽃을 비벼 흰 차돌에 쇳조각을 쳐대고 있었다.

탁, 탁, 탁!

불똥이 튀면서도 손끝이 얼어서 억새꽃에 불씨가 옮겨 붙질 않았다. 철 이른 겨울바람이 바위 옆을 휘몰아 씨잉, 씨잉거리며, 홑고의적삼 안으로 기어들었다.

"훈훈해지면 좀 낫지 싶다. 눈 구덩이에 빠진 토끼새끼라도 어디 안 있겠나?"

언제 화살이 날아와 어깨에 박힐지 알 수 없는 그 도주의 새벽, 날이 새면서 하늘에서는 풀풀거리며 눈이 내리기 시작했다. 그날 두 사람은 등성이와 골짜기 서넛을 넘을 때까지 동경 쪽을 돌아보지 않았다.

눈뭉치를 집어 목을 축이면서 그 날 하루 그들은 쉬지 않고 깊은 산 속으로 걸어들어왔고 어두워진 뒤에야 커다란 바위들이 웅크린 틈 사이에 쓰러졌다. 온 세상이 허옇게 덮여 가는 것을 보면서 감마라와 만적은 서로 잠시 손을 마주 쥐었다.

"산짐승한테 물려 죽더라도 인제는 노비가 아녀……."

둘의 볼을 타고 눈물이 흘러내렸다.

그렇게 사흘. 산 속은 추웠다. 우선 낮이 짧아 어두워지면 바위 밑에 쭈그리고 앉아 불을 피우면서도, 퍼렇게 불을 켠 산짐승 눈들을 마주 보면 오금이 저렸다. 더구나 사냥으로 배를 불리기엔 우선 둘의 솜씨가 너무 서툴렀다.

그 동안 멧비둘기 둘, 토끼 두 마리를 잡았을 뿐이었다. 우선 둘은 한 걸음이라도 더 동경에서 멀어져야 할 신세였기에 두리번거릴 수만도 없었다. 그래도 말라붙은 으름줄기와 머루덩굴을 만났을 때는 그들은 소리부터 질렀다.

"봐라. 이것만 먹고도 한동안은 안 죽는다."

사흘만에 토끼를 구워 고기 조각을 뜯을 때, 감마라가 소금 한 줌을 품 속에서 꺼내 놓았다. 그 새벽, 노비들 시체 사이에서 언제 감추어 두었던지 활과 단창(短槍) 두 개를 감마라가 들고 나왔을 때도 만적은 감마라를 다시 쳐다보았다.

"네가 형 같은 생각이 든다."

"소금을 못 먹으면 사람이고, 짐승이고 못 사는 게다."

마라는 히죽 웃고 나서, 지니고 다니던 작고 둥그런 쇠붙이를 꺼내 모닥불에 비춰 보았다.

"이것이 너까지 죽일런지, 좋은 인연을 만들런지 그건 아무도 모른다."

그러나 그 날은 종일 배를 못 채웠다.

머루덩굴이나 산밤나무도 안 보여서 도토리만 한 움큼씩 주워 먹고, 찬 얼음물만 마셨다.

"불부터 피워 봐라. 노루 새끼고, 토끼 새끼고……."

감마라가 화살 세 대를 집어들고 바위 밑을 떠난 뒤, 불씨를 튀기면서도 손가락이 얼어서인지 영 불이 붙지 않아 거기에만 온 정신을 쏟고 있었는데 등뒤에서 발자국 소리가 났던 것이다.

감마라가 돌아왔나 싶어 만적이 고개를 들었을 때, 등뒤에서 커다란 그림자가 앞발을 쳐들었던 것이다.

"흑－."

어떻게 할 겨를이 없었다. 엉겁결에 몸을 돌려 허리를 마주 껴안았나 싶었는데……. 그러고는 까마득히 어둠이었다.

그는 가까스로 오른손을 쳐들어 통증이 오는 왼쪽 어깨를 더듬어 보았다. 어깨를 싸잡아 형겊이 칭칭 동여 있었다.

"으으음."

만적이 저도 모르게 신음 소리를 내며 눈을 떴다.

훈훈한 불기운이 발끝에 전해왔다. 매캐한 불 냄새와 짐승가죽 냄새가 좁은 공간을 안개처럼 휘감고 있었다.

매서운 바람 소리가 들려왔다.

여차하면 한 걸음이라도 달아나야 한다는 생각으로 그는 가까스로 고개를 벽에 기대었다. 눈앞에 두껍게 쌓였던 안개가 흩어지면서 누워 있던 공간의 윤곽이 발 밑의 불화로 빛으로 해서 조금씩 드러나 보였다.

움집이다.

그는 어슴푸레 생각했다. 땅을 두어 자 깊이로 파서 기둥을 세우고 풀로 지붕을 덮은 움집이 분명했다.

"미친……늄."

걸걸하고 거친 쉰 목소리가 그 때 발아래 쪽에서 들려왔다.

"누구세요?…… 여기가…….."

"미친놈 같으니라구."

다시 그 걸걸한 목소리였다.

그는 뒹굴어서라도 도망을 쳐야 된다는 생각으로 몸을 움직여 털가죽 자리에서 일어났지만 움직일 수가 없었다. 왼편 어깨가 바스러지게 아팠고 목구멍이 바짝바짝 타들었다.

"미친놈. 그래 이놈아, 아무리 계집이 궁하다고 암곰을 끌어안어?…… 어헛허허, 뼈도 못 추릴 놈 같으니라구…… 쿨럭 쿨럭 쿨럭."

"여기가?…… 뉘신가요?"

"누구긴 이놈아, 니가 끌어안은 암곰 서방이다. 이놈아, 내가 한 발만 늦었어도 넌 뼈다귀도 못 추려냈을 게야, 곰같이 미련하다더니 곰보다도 못한 놈이 바로 네놈이야."

허옇게 센 머리에 털북숭이의 중늙은이가 어둠 속에서 그의 앞으로 다가오더니 또다시 걸걸거리며 웃어댔다. 그 웃음소리가 마치 우렛소리나 폭포 떨어지는 소리 같이 움집 안을 흔들어 대더니 노인은 한동안 심한 기침을 했다.

"내 친구놈은요?……"

기침이 끝나기를 기다려 그가 더듬거리며 말했다.

"미친놈."

노인은 그를 한번 흘기고 나서, 움막 벽 쪽, 한 곁에 늘어놓은 항아리 중 하나의 뚜껑을 열어 큼직한 질그릇에다 콸콸거리며 가득 액체를 따랐다. 좁은 움막 안은 금방 누린내 섞인 술 냄새로 가득차 버렸다. 노인은 벌컥거리며 반 그릇을 비우고는 그에게 나머지를 내밀었다.

"미친눔······, 먹어둬."

"아직 술을 못 배웠구먼요. 그리구 저······."

이상한 누린내에 우선 그는 얼굴을 찌푸리며 간신히 말했다.

"미친눔의 자식."

"······."

"이걸 먹어둬야 독(毒)이 빠지는 게야. 미친눔의 자식······."

만적은 코와 수염밖에 안 보이는 노인의 입에서 또 무슨 말이 나올지 몰라 죽는 셈치고 넘겨받은 술을 들이켰다. 빈 속이어서 였는지 그것이 뱃속에 들어가자 우우욱 목구멍을 다시 거슬러올라왔다. 금방 토해내려는 것을 그는 간신히 오른손으로 입을 틀어막으며 참았다.

"미친눔 같으니라구. 이눔아, 그게 바로 호골주(虎骨酒)라는 게다. 짐승한테 입은 상처엔 그보다 더 좋은 약이 없는 게야."

왼쪽 어깨가 욱신거려왔다.

"친구가 있었구먼요."

"애들 장난감 같은 활을 갖고 곰한테 덤빈 눔이 바로 네눔 친구냐? 왓핫핫하."

노인은 움막이 떠나가라고 웃어대더니 또 심하게 기침이었다.

"이미 그눔은 여진 사냥꾼들이 술안주로 먹어 버렸을 게다. 여진눔들은 사람 간 안주를 어지간히 좋아하거든."

“예?”

“내가 한 발만 늦었어도 너도 똑같이 사냥꾼들 안주가 되었을 게다. 그건 그렇다치구…… 아무리 잠에 취해 있는 곰이라고 해도 이눔아, 그래 겁도 없이 맨손으로 곰을 끌어안어?”

까만 어둠 같은 기억 속에서도 끌어안았던 것이 곰이었던가 생각되어 왔다. 곰 허리를 마주 안았고, 곰 앞발이 왼쪽 어깨를 내리치면서 이빨을 들이대었던 듯싶었다.

만적은 그 때야 황급히 어기적거리며 일어나서 노인 앞에 무릎을 꿇었다.

“죽을 목숨…… 감사하구먼요.”

“호골주 한 잔에 정신이 어찔거리는 모양이구나. 그래. 한 잔 더 먹어보랴? 여길 봐라.”

움막집 입구에서 벽을 따라 주둥이가 좁고 혹은 넓은 항아리들이 열 개는 넘게 놓여 있었다.

“이게 호골주라구, 호랑이 뼉다귀로 담근 술인 게야. 짐승한테 할퀸 자국, 물린 자국, 밟힌 자국에는 이걸 덮을 게 없지. 호랑이 뼉다귀가 술이 되어 들어가는데 제눔의 상처들이 안 낫고 배겨? 어이쿠 뜨거라, 도망을 갈밖에. 그러구 요건 호분주(虎糞酒)라고 호랑이 똥으로 담근 게다. 떨어져서 멍 든 데, 부딪쳐 어혈 든 데는 하, 이걸 덮는 게 있을 줄 아냐? 그만이지, 그만이고 말고. 몸뚱이 서른여섯 군데 기혈(氣血)을 이 호랑이 똥 기운이 죄다 뚫고 다니거든.”

“…….”

"허지만 이 호분주는 담가만 놓고 나는 안 먹는다. 이걸 마시면 다른 술을 못 먹어. 주량이 줄어서 술을 못 마신단 말이다. 술을 못 먹으면…… 쿨룩 쿨룩 쿨룩…… 아, 이 곰늙은이는 무슨 재미냐? 허허허허. 민가(民家)에서 주망(酒妄) 난 사람한테 호랑이 똥물을 해 먹이는 게 바로 그 이치다. 요건 뭘 줄 아냐? 핫하하."

노인은 세 번째의 조금 큰 항아리를 기울어 그릇에다 반 남아 따르더니 한숨에 꿀꺽 마신다. 그 술에선 이상한 향기 같은 것이 풍겨왔다.

"이 독 속엔 이 산중 구렁이란 구렁이는 다 들어 있다. 이게 바로 백사주(百蛇酒)라는 게야. 왜 한 잔 마셔보랴? 백 가지 뱀이 다 녹아서 기가 막힌 불사약이 된 게다."

"아닙니다. 전."

우선 어찌되었건 노인이 저를 해칠 사람으로는 느껴지지는 않았다. 그러자 피로감과 함께 그 호골주라나, 그 술 한 잔으로도 속이 복받쳐 토해낼 것 같아서 고개를 절레절레 저었다.

"하기야, 니놈이 이걸 먹어서는 안 되겠다……. 네 나이에 이 술을 먹었다간 종내 가운뎃다리를 쥐고 뱅뱅거리고 뛰어다니다가 잘못하면 미쳐 죽구 만다. 아, 구십 노인도 이걸 먹으면 벌떡벌떡 백 계집이 싫지 않은데, 젊은 놈들이야 잘못 먹으면 바위 구멍이고, 나무 밑동이고 아무 데고 열에 떠서 부벼대다가 종시 피투성이 된 제 가운뎃다리를 끌어 쥐고 죽느니……."

"……."

"이건 백과주(百果酒), …… 이건 청죽주(靑竹酒)……."

노인은 계속해서 거기 놓인 술들을 하나하나 자랑했다.

그런 좋은 약술 덕인지 노인의 얼굴은 흰머리하고는 어울리지 않게 양 볼과 이마의 색깔이 불그레하게 윤기가 있어 보였다. 한참 거기 놓인 술에 대해 설명을 하다가 노인은 물끄러미 그를 바라보았다. 그러더니 다짜고짜로 그의 관자놀이를 양손으로 움켜쥐었다.

"이 이마빡에는 먹물 뜸을 좀 들여야겠구나."

"싫소."

어깨 아픈 것도 잊고 몸을 비틀며 한 순간 노인을 노려보면서 어금니를 앙다물었다.

"이마빡에다 먹물로 요리조리 글자를 몇 자 새겨줄까 말이다……. 와하하하."

"그냥 죽지, 그건 못합니다."

노인이 손을 풀면서 다시 움막이 떠나가게 웃어댔다.

"허?…… 그래, 네 나이, 이 산 속으로 들어온 놈이면 뻔한 놈인 게고, 내가 이눔아, 널 해치려면 곰을 잡지도 않았다. 좌우간 좋다. 배가 고플 터이니 뭘 좀 먹자, 우선."

노인이 한 손으로 그의 오른손을 쥐고 불 곁으로 끌어갔다.

놀라운 힘이었다. 마치 어른이 서너 살짜리 아이를 끌어당기듯 노인의 손아귀 힘은 사람 힘으로 생각되지 않을 만큼 무지막스러웠다.

술기운이 화끈한 숯불 열기에 머리끝으로 훅 뿜어 올라왔다. 좁쌀에 콩을 섞은 밥에 곰고기 국물을 한 뚝배기씩. 만적은 우선 허겁거리며 밥을 먹었다.

"많이 굶었구나."

고깃국에 밥을 한 그릇 비우고 나더니, 노인은 불기운이 도망가지 못하도록 재를 꾹꾹 눌러놓고, 한쪽 켠 짐승가죽 위에 벌렁 누워 버렸다.

"자라, 이눔아. 너두. 거기서."

바람 소리가 매서웠다. 만적도 불 쪽으로 발을 뻗고 누워 그 바람 소리를 들었다. 어딘지도 모를 산 속 움집이었지만 며칠 간 떨고 움츠렸던 탓인지 더없이 안온하고 편안했다. 원래 흙바닥을 사방으로 열 두어 자 너비로 파낸 뒤, 흙벽에 기둥을 세우고 그 위에 나뭇가지들을 얽고 그 위로 풀을 덮어 만든 집이었다.

바닥은 잘 다져 돌같이 건조해진 뒤에 짐승가죽을 깔았고, 벽과 천장도 안쪽에 다시 짐승가죽을 덧붙여 놓았다. 입구 반대쪽 흙바닥을 조금 파고 돌멩이를 쌓아, 사방 반 자 너비의 불구덩이를 만들어 불을 피우도록 되어 있었다.

"감마라라고 친구놈하고 둘이 도망을 나왔습니다. 감마라는 토끼나, 뭐 그런 거라도 잡아본다고 가고, 나는 불을 피우려고 부시를 치느라 정신을 놓고 있다가 그만……."

노인은 처음 느낌과는 다르게, 자리에 누운 다음에는 자상한 음성이 되었다.

사냥을 나갔다가 그의 비명을 듣고 뒤엉켜 있던 곰을 손도끼로 머리통을 내리찍어 그를 구했다고 했다. 워낙 곰을 잡는 데 명수여서 사람들은 젊었을 때부터 그를 곰이라고 불렀고, 늙은 뒤로는 '곰노인' 이라고 불러준다고 했다.

정신을 잃은 그를 보았을 때, 죄를 짓고 도망 나오는 놈이 아니면, 관가(官家)나, 사가(私家) 노비가 주인 눈을 피해 떠나온 놈이거니 짐작이 갔다는 거였다.

노인은 혼자 살고 있지만 가까이 십여 채 동네가 있다고 했다.

만적처럼 주인 몰래 집을 빠져나온 노비도 있고, 죄를 짓고 관헌에게 쫓기는 사람, 옛날 투항해 온 오랑캐 후손들이 산맥을 타고 내려와 섞여 있는 데다, 팔도강산을 떠도는 광대패들도 더러는 이 산 속에서 한겨울을 난다고 했다.

"계집 하나만 구하문 이 산 속이 바로 극락이라, 관도 없고, 민(民)도 없고, 주인도 노복도 따로 없으니 극락은 한번 잘 찾아온 줄 알아라. 미친눔아."

노인은 쿨룩쿨룩 심하게 기침을 하더니 또 술을 한 대접 따라 들이켰다.

"제 친구 감마라하고는…… 살아도 같이 살고, 죽어도 같이 죽자고 한 놈입니다."

"벌써 술안주가 되었을 거래두."

"사람고기 먹는 사람이 어디 있습니까?"

"어서 푹 자. 이눔아. 그래야 어깨가 낫는다."

호골주라나, 그 술기운인지 불기운 탓인지, 만적도 심히 잠에 몰리고 있었다. 처음 정신을 차릴 무렵에 욱신거리던 어깨의 통증이 많이 가라앉기도 했고, 우선 따뜻한 밥에 고깃국물이 잠을 몰아왔기 때문이다.

노인은 몇 번인가 자리에서 일어나 기침을 하고 나서 항아리의 술을 따라 마시는 듯했다.

그가 잠이 깨었을 때는 이미 늦은 아침이었다.

계속된 피로에 모처럼 발끝이 훈훈한 데다가 그 호골주 술기운이 끝도 알 길 없는 깊은 잠 속으로 그를 끌어들인 모양이었다.

"그래, 어깨 놀리기가 좀 어떠냐?"

노인은 짐승가죽을 손질하고 있었다. 사실 어제 정신을 차렸을 때 몰려오던 어깨의 통증이 아침이 되면서 놀랍게도 거의 가셔 있었다.

"그 효험은 다른 거에 댈 게 없다니깐. 미친놈의 자식…… 공복에 한 그릇 더 따라 마셔라."

노인은 질그릇 한 개를 그 앞으로 굴려 보냈다.

"문 쪽에 있는 거야. 괜히 백사주(百蛇酒) 퍼먹고 뱅뱅이 돌라."

노인은 또 허허거렸다.

걷어올린 가죽문으로 밀려드는 아침 햇살 아래 벽 쪽에 세워 놓은 술항아리들을 다시금 똑똑히 보았다. 제각기 모양이 다른 항아리들은 놀랍게도 열한 개나 되었다. 노린내를 참으며 만적은 맨 바깥쪽 술항아리를 기울였다. 울컥한 노린내가 풍기며 항아리 속이 덜거덕거렸다. 아마 호랑이 뼈다귀들이 그릇 안에서 구르는 모양이었다.

"바깥 세상에서야 천금을 준들 그런 선약(仙藥)을 구경이나 할 듯싶으냐? 극락을 찾긴 잘 찾은 게야."

노인은 또 심하게 기침을 했다.

"참말 제 친구는…… 죽어도 같이 죽고, 살아도 같이 살기로…… 그놈 부모도 찾고…… 나는……."

"미친놈 자식. 그래도 정(情) 하나는 깊구나……, 쿨럭쿨럭…… 낭떠러지에서 떨어져 여진 사냥꾼들이 저희들 비방으로 치료한다구 했다…… 이놈아, 이 산 속에 짐승도 많은데 사냥꾼이 사람고기를 왜 먹겠느냐?"

만적은 긴 한숨을 내쉬었다. 어깨의 아픔이고 뭐고 만적은 갑자기 크게 소리라도 치고 싶어졌다. 더구나 노인 말대로라면 이 산 속은 관가나 바깥 세상하고는 인연이 없음이 분명했다.

이젠 도망을 친 것이다.

그 종놈에서, 자칫 이마에다 먹물로 뜸을 뜨는 것에서, 언제, 어디로 팔려갈지 모르는 걱정에서, 이제 드디어 도망을 나온 것이다. 넙죽, 그는 노인 앞에 무릎을 꿇고 뒤늦은 큰절을 올렸다.

"참말…… 이 은혜 죽을 때까지……."

빈 속에 마신 술이 가슴을 지나 얼굴로 훅훅 밀려 올라왔다.

"뒤 좀 볼라느만요."

그는 움집 밖을 보고 싶었다. 눈치를 보고 벌벌 떨지 않아도 좋은 세상과 햇빛을 바라보고 싶었다.

"그럴 줄 알았다. 먹으면 싸야 하는 게야. 가만 있자……, 조금 참고 있어라."

노인은 뚜껑 덮인 오지그릇 하나를 들고 오더니 앞서 가죽문을 밀고 밖으로 나왔다. 군데군데 흰 눈이 덮여 있는 골짜기 위로 햇빛이 희고 밝게 내리비치고 있었다.

"이곳에 누어야 한다."

노인이 바위 뒤에서 말했다.

"여기다 조심스레 뒤를 봐야 해. 다 보구 나선 그 위에다가 이것을 한 주먹 골고루 뿌리고…… 뚜껑을 잘 덮어라. 잘 덮어. 김 안 새어 나가게."

"그게 뭔데요?"

"누룩이다."

노인은 들고 나왔던 오지그릇을 그에게 내밀며 히죽 웃었다.

"미친늠의 자식. 처다보긴 뭘 처다 봐? 어서 그 항아리에다 얌전히 뒤를 보라는데."

만적은 의아스러워져서 노인이 가져다준 누룩그릇을 든 채 머무적거렸다.

"헛허허…… 그눔의 자석. 뒤를 보고, 거기다 누룩가루를 뿌리라는데…… 뭐가 그리 심통이야? 이눔."

"어찌 똥에다가……."

"허허, 말이 많구나. 그래, 나오던 똥이 도로 들어갔느냐?"

"좀 그런 것 같구먼요."

"헛허허! 못난 자식, 네눔들 나이 때야 듣고 본 것이 짧으니, 아는 게 있을 턱이 없긴 허지. 내가 알아든게 얘길 허지, 그래 네눔, 내 혼자 사는 이 움집 안에서 제일 눈에 많이 띈 게 무엇이었느냐?…… 그래…… 술이었을 게다. 암, 술이지."

노인은 한바탕 껄껄거리고 나서 말을 이었다.

"그 술이라는 게 원래가 약이 되기도 하고 독이 되기도 하는 게다. 때로는 힘도 되고, 열(熱)도 되고, 마누라, 자식새끼…… 안 되는 게 없는 게야……. 그래서 나는 마누라, 자식새끼 대신 세상 온갖 술을 다 골고루 만드는 게야. 그 술 속에서 한세상……유유자적 내 맘대로 살아가는 게지……. 막 죽순에서 커올라온 대나무[竹]에 구멍을 내고 거기다 화주를 넣어 땅 속에 묻어 일 년이 되면 청죽주가 되는 게고, 살모사, 칠점사, 백사, 화사, 황사, 능구렁이, 실구렁이 들을 종류별로 백 종류를 채우고, 거기 화주를 부어, 석 달 열흘이 되면 세상에 없는 회춘약인 백사주(百蛇酒)가 되는 게고, 호랑이 똥으로 담근 호분주, 호랑이 뼈로 담그는 호골주, 솔잎으로 담그는 송엽주, 곰쓸개로 담그는 웅담주 들이 있어, …… 그게 다 쓰임새와 맛이 다른 게야……. 헌데 이것들은 다 화주로 울궈 내는 독주거든. 허나 이런 화주를 안 쓰구도 담글 수 있는 것들이 과실주다. 머루, 다래, 으름 들은 그것만 짓이겨 두어도 술이 된다. 누룩을 쓰는 것은 보통…… 밥에다 버물려 삭혀 술이 되고…… 곡물에다 누룩을 쓰는 것은 약으로보다 요기 대신을 하는 건데, 이런 온갖 술들 중에 천하제일로 치는 명주(名酒)가 뭔고 하면……."

노인은 다시 껄껄 웃더니 소리를 좀 낮추어 말했다.

"그게 바로 분주(糞酒)라는 게다. 똥으로 담그는 술이지."

"예에?"

"헛허허……, 이건 뱃속에서 적당히 삭아진 곡물에다가 그 위에 누룩을 뿌려 또 삭히게 되거든……. 켜켜로 누룩을 잘 뿌려 진

흙으로 싼 뒤, 항아리를 석 달 열흘만 묻었다 캐내면 이건 걸러낼
것도 없이 폭 삭아서 천하명주가 되는 게야."
  "똥으로 술을 만들어요?"
  "미친눔의 자식. 그 때는 똥이라고 하는 게 아니여."
  만적은 노인의 말에 웃음이 터지려는 것을 가까스로 참았다.
  속이 거북살스러워졌다. 세상에 똥으로 술을 만들다니…….
  "너 먹으라고 안 할 테니, 염려는 말아라. 죽을 놈을 살려서 호
골주까지 먹였는데…… 자식이……."
  만적은 하는 수 없이 노인이 가르쳐 준 대로 바위 뒤의 항아리
를 찾아가 뚜껑을 열고 쭈그리고 앉았다. 자꾸 웃음이 피식피식
터져 나오려 했다.
  "이눔아. 뚜껑 잘 덮구 와."
  노인은 꽥 소리를 지르더니 움집 안으로 들어가 버렸다.

  하늘은 싸늘하고 청명했다.
  굽이굽이 뻗어나간 산등성이 위로 맑고 싸늘한 하늘을 바라보
면서 만적은 감마라며, 분이의 얼굴을 떠올렸다. 분이는 두 사람
이 사라진 집안의 작은 소동 속에서 작은 가슴을 오돌거리며 많
이 떨었으리라.
  만적은 깊숙이 산 정기(精氣)를 들이마시며 분이의 그 까칠하
던 속살을 떠올리고 있었다…….
  '두고 봐, 내 살아 남기만 해서 무술을 배우건 도술을 배우
건……, 언제고 꼭 너를 데리러 갈 게다. 어디로 멀리 팔려갔어도

내 꼭 널 찾아내서 이런 움집으로라도 데려올 것이다……. 다시 널 만나기 전 다른 사내들 여럿이 너를 범했다 하더라도 나는 안다……. 어렸을 때, 아주 어렸을 때, 같은 또래 사내한테 마음을 다 주었다고 어금니를 물었을 널 알아…….'

소리개 두 마리가 가 높다랗게 원을 그리며 날고 있었다.

본인도 나이를 잊어버려 확실히는 몰라도 칠십이 넘었으리라고 하면서도, 곰노인은 기침을 하는 것 외로는 기골이나 얼굴빛으로 봐서는 사십을 조금 넘어 보일 뿐이었다.

모처럼 사람을 만나서인지 노인은 만적을 붙들고 끝도 없이 침을 튀겨가면서 이야기를 계속 해댔다. 술 이야기를 실컷 하더니만 이젠 사냥 이야기였다.

쿨룩 쿨룩.

연달아 기침을 하고 그 사이사이 술을 한 대접씩 마셔가며 노인은 호랑이에서부터 멧돼지, 노루, 너구리, 오소리 잡은 이야기를 끝나는 줄 모르고 했다.

"추울 때라 곰이 겨울잠을 자러 갔다가 네놈이 수선을 피우면서 불을 피우는 바람에 놀라서 바위굴에서 기어나온 게야. 잠이 안 깨어서 그랬지, 평시 같았으면 혓바닥으로 네놈 얼굴을 핥기만 했어도 네 낯가죽이 훌렁 벗겨졌을 게다."

천장과 벽에 짐승가죽을 덧붙인 데다가 불기운으로 움집 안은 한밤에도 훈훈했다. 한쪽 벽에 거의 천장에 닿을 만큼 쌓아놓은 가죽뭉치들에 눈을 주어가며 노인은 계속 침방울을 튀겼다.

"이제 한 삼동(三冬) 되어 산이 말짱 눈으로 덮여 봐라. 나무 열매 하나, 풀뿌리 하나 안 보이게 될 쯤이면 곰이란 놈은 깊은 잠을 자는 게라. 고목등걸 밑이나, 바위틈을 파고 들어가서는 봄까지는 처먹지도 않고 자는 게다. 고게 말이다. 눈이 한 길이고, 두길이고 덮인 속에서도 잠만 자는데 그걸 어떻게 잡는 줄 아냐?"

노인의 권에 다시 호골주를 한 대접 더 마시고, 그는 불 곁에서 반쯤 취한 채로 노인의 이야기를 꿈처럼 들었다.

"곰이 잠자고 있는 걸 찾는 재주로는 날 따를 사람이 없다. 눈이 몇 길이 쌓여도 이걸 찾는데 암, 날 따를 놈이 없고 말고……. 그래 내 이름이 곰이 된 게라. 이젠 곰늙은이가 되었지만 말이다."

눈 덮인 산골짜기에 들어서서 짐작으로 곰이 자고 있겠거니 생각되는 곳을 찾아내는데, 이것이 십 중 육칠은 틀림없다고 했다. 곰이 가늘게 내쉬는 콧김으로 눈 위에 작은 구멍이 숭숭 뚫린다는 거였다. 그 자리를 찾아내면 눈을 살살 걷어내어 곰의 머리 부분이 드러난다 싶으면 큰 활에 화살을 매겨 두 눈 사이를 골 속까지 정통으로 꿰뚫는단다.

도끼나 창을 쓰면 가죽에 구멍이 크게 뚫려 가죽 가치가 떨어진다고 했다. 만약 화살 한 대로 골 속까지 꿰뚫지 못하면 사냥꾼의 몸뚱이는 영락없이 걸레 조각이 된다고 했다.

젊었을 때 경험이 없던 그더러 어느 선배 사냥꾼이 상처 없이 가죽 얻는 법을 가르쳐 준다고 엉뚱한 꾀를 가르쳐 주어 죽을 뻔한 적도 있었다고 했다.

깊이 자고 있는 곰을 찾아서 목 부근을 슬슬 손으로 간질여 주면, 이놈이 잠 속에서 앞발 하나를 쓰윽 내민다는 거였다. 도끼를 준비하고 있다가 내민 앞발을 그 때 덜컥 잘라 버리면 잠결에 그 발을 집어넣고, 다른 발을 또 내미는데, 그쪽 발까지 잘라 버린 다음 몽둥이로 후려 때리면, 앞발 양쪽이 다 잘려 구덩이에서 뛰어나오는데, 이 때는 이미 다 잡은 거나 다를 바가 없고 구멍도 안 뚫린 온전한 가죽을 쉽게 얻는다고 늙은 사냥꾼이 얘길 했다는 거였다.

그럴 듯싶어 그 해 겨울, 자는 곰을 찾아내어 툭툭 목덜미를 건드린 것까진 좋았는데 웬걸, 앞발을 내미는가 하더니 몸뚱이까지 불끈 솟구쳐 그대로 깔아뭉개는 통에 안 죽고 산 것만도 다행이라 했다.

곰노인의 움집에서 등성이 둘을 넘어 깊은 골짜기로 내려서면 양지바른 계곡에 사람 모여 사는 곳이 나왔다. 말이 마을이지, 굴피집 아홉 채가 겹친 등성이와 가파른 계곡 속에 숨어 있어서 한 번 왔던 사람이라도 찾아내기가 힘든 그런 동네였다. 바위 벼랑을 등지고 고목들 사이에 숨어 있는 굴피집들은 원래 처음부터 거기 있던 바위덩어리처럼 보였다.

동경에서야 잘 사는 집이라면 기와집이요, 백성들 집도 기와나 짚으로 덮은 집들이어서 만적은 움집이나 굴피집은 말만 들었지, 실제로는 처음 보는 것들이었다.

그 흩어진 집들 사이에 곰노인의 집은 중간쯤에 있는 셈이었다. 굴피집은 굴참나무 통나무들을 가로로 쌓아 틈새를 흙으로 메워 벽을 만들고 문설주와 서까래도 그대로 통나무였다. 지붕도 통나무를 엷게 잘라 덮고 있었다. 말이 집이고 마을이지, 바위 벼랑에 기대서 있는 그 집들은 곰노인의 움집보다 조금치라도 나을 것이 없었다.

"여기가 바로 극락인 게야. 백 년이 돼도 바깥 세상에서야 이런 곳에 사람 사는 곳이 있겠거니 생각도 못하지. 너같이 미친놈들이야 산신령님이나 부처님이 인도해서 온 줄 알아야 할 게다."

곰노인은 껄껄거리고 웃었다.

그 산 속에는 대부분 옛 신라나 후백제 유민들에, 여러 대째 화전을 일구고 살던 사람들의 후손, 주인 몰래 도망쳐 나온 종의 자손, 여진족 자손들이 섞여 살고 있었다.

사냥 반, 화전 반으로 살고 있는 산 속 사람들은 먹는 일만은 사냥한 짐승고기와 화전에서 거둔 곡식으로 걱정이 없다고 했다. 농사는 가을에 적당한 터를 물색해서 풀이며 나무를 말짱 베어 놓는다.

이른 봄이면 풀과 나무가 바짝 마르게 되는데 거기에 불을 놓는다. 이 때 불을 붙일 때도 아래에서 위로 붙였다간 불길이 거세어서 산불이 날 위험이 있기 때문에 위에서 아래로 불을 붙여야 한다. 그것도 이른 아침 불을 붙여 저녁까지는 완전히 꺼지도록 한다. 그 다음 일곱 밤을 자고 나서 타버린 재를 뒤집어 엎고 이랑을 만들어 곡식의 씨를 뿌린다.

"가실에 푸서리를 베어 놓았다, 새 봄에 불을 놓아 거기다가 서숙이나 강냉이를 심기도 하고……."

여름에 틈을 내어 한두 번 풀을 뽑아주는 것으로 그만이다. 가뭄만 안 들면 가을에 식구들 먹을 양식은 쏠쏠하다. 다음 해 그 자리에 조를 다시 심으면 땅 기운이 약해져서 안 되기 때문에 콩 같이 지력(地力)을 돋아 주는 농작물을 한 해 심고 나서, 삼 년째 조를 또 한번 심고 터를 옮긴다.

그러나 그들은 산을 뒤져 약초도 캐고, 짐승도 잡고, 곰노인 같이 아예 사냥만을 하며 지내는 사람도 있었다. 짐승가죽이 모아지면 한 사람을 뽑아 바깥 세상에 나가 소금을 비롯해 일용품을 구해오고 더러는 은을 바꾸었다가 어려울 때 사용한다.

"이제 슬슬 광대 패거리들이 찾아올 거여."

곰노인이 이어서 설명을 했다.

광대패들은 원래가 일정한 주거 없이 팔도강산을 떠도는 사람들이어서 추워지면 마을에서 굿판을 벌이기 어려워지고 우선 먹는 문제가 힘들어지기 때문에 겨울 한 철 뿔뿔이 흩어져 추위를 나는 게 보통이라 했다. 그 패거리 중 늙어서 아무 연희(演戲)도 못하는 노인들을 저승패라 부르는데, 가족도 친척도 없어 대개 떠돌다 죽게 마련이어서, 이 산골에서도 지난 겨울을 났던 노인들 둘이 죽어 묻혔다고 했다.

"같은 패거리들이 장사를 지내주는데 그 서러워하는 게 제 친부모의 상을 당한 것보다 더 애절허다. 광대패들이 오면 며칠 산골이 시끌덤벙허지. 먹을 것 있겠다, 잠잘 곳 내주는 여기까지만 기어들면 그네들도 한시름 놓거든. 그 때들 장가를 가는 게야."

"장가를요?"

"왜, 장가간다는데…… 이놈의 자식."

노인은 쿨럭쿨럭 기침을 하고 나서 크게 웃어젖혔다.

겨울을 나려고 오는 광대 패거리들은 한겨울 엎드려 있기 위해 오는 사람들이지만, 이 곳에서는 먹을 게 부족하지 않아서 오는 사람들을 모두 환대한다고 했다. 그래서 대개는 왔던 사람들이 다시 찾아오고, 몇 사람이건 해마다 그들이 모여들면 산골 남녀 노소들이 모여서, 마시고 춤추는 잔치가 있기 마련이어서 이 때 처녀총각들이 눈을 맞추어 산다고 했다.

광대패들은 태어날 때부터 핏속에 역마살을 가지고 있어서 장가를 들어 눌러 사는 사람이 없지만, 만적 같이 산 속으로 숨어들어 바깥 세상과 인연을 끊을 사람이면 신랑감으로는 제일로 친다는 거였다.

"색시감이야 있지. 암 있고 말고…… 지금도 서넛은 될 게다."

노인은 무슨 연상을 했는지 혼자 껄껄 웃어댔다.

"그래두 말여. 괜스레 한겨울이나 나고 떠날라치면 계집에게 정을 안 주는 게 좋은 게다. 계집의 원(怨)은 산짐승 정기에 통해 있거든. 허허음."

노인은 좀 엉뚱하게 큰기침을 했다.

만적이 감마라를 만난 것은 곰노인 집에 온 지 사흘째 되는 날이었다. 감마라 역시 곰이 나타난 순간 언덕에서 굴러 떨어져 정신을 잃었던 모양이었다.

"내…… 밤새 헛소리를 하더란다……. 만적이 네놈 이름을 부르고……, 의민이 이름을 부르면서 치를 떨고……, 삼복이 이름도 여러 번 불렀다는 걸 보면 내가 저승 문 앞까지 가서, 죽은 삼복이를 거기서 보고 왔지 싶다."

둘은 잠시 삼복이 생각이 떠올라 목이 막혔다.

"너희 어매 말대로 사람에겐 운이란 게 있지 싶더라."

"나는 참말로 네가 여진 사람들 술안주 된 줄 알았다. 처음에."

"술안주?"

"말 마라, 여진 사냥꾼들이 네 간을 빼서 술안주를 한다고 했다. 곰노인이…… 나는 이마빡에 먹물을 뜬다는 바람에 혼줄 났다. 그 때는 머리통으로 들이받고 튀어야겠다고 생각했다……. 헌데 노인이 무슨 기운이 그리 센지……."

"인제 다시 노비 노릇은 안 한다."

잠시 감마라의 눈에 불길이 일었다.

"너 똥술 안 먹어봤지?"

만적은 누룩으로 켜켜이 덮은 똥항아리 생각이 나서 풀썩 웃음을 터트렸다.

"똥술?"

만적의 이야기를 듣고 나자 감마라도 배를 쥐었다.

"그거 다 되기 전에 산을 떠야겠다. 찾아온다는 광대패라도 따라 떠나야지. 잘못했다간 내가 네 똥물 먹을 거 아니냐?"

"그게 천하 명주라더라, 핫하하."

"그 늙은이 그 똥술 담그려고 널 살려준 거구나."

둘은 잠시 구를 듯이 실컷 웃어댔다. 세상에 나와 어쩌면 처음
으로 웃는 웃음 같았다. 언제 이토록 거리낌없이 웃을 수 있었는
가. 우스운 일이 있어도 금방 소스라치며 주위를 살피고, 웃으려
다가도 가슴이 철렁거려 사방을 돌아보았던 그들이었다.

아주 어려서는 몰랐지만, 조금 자라면서 사람에게는 다스리는
자와 다스림을 받는 자가 있는 것을 알게 되었고, 죽이는 자와 죽
는 자가 따로 있음을 알게 되었다. 신분이나, 계급, 그런 거창한
인식이기보다는 우리 안에 들어 있는 돼지와 먹이 주는 사람이
따로 있는 것같이……, 그런 것으로 그들은 신분을 받아들였다.
짐승이 웃지 않는 것처럼 그들 노비들은 마음껏 웃을 수 없는 것
이거니 그렇게 생각하고 살아왔다. 그런데 지금 그들은 웃고 있
는 것이다.

둘은 배꼽이 빠질세라 배를 쥐고 웃다가 서로 눈을 보았다. 두
사람 다 눈에 가득 눈물이 괴어 있었다. 볼을 타고 그 눈물이 천
천히 흘러내렸다…….

'어매가…….'

그렇게 말하려다가 만적은 그 말을 혼자 삼켜 버렸다.

어머니 생각을 하면 가슴 속으로 찬바람이 소리를 내며 달려가
는 기분이 된다.

…….

또다시 떠오르는 풍경…….

'일터에서 일하던 노인이 무거운 짐을 지고 일어서려다가 쓰

러진다. 젊은 노비 하나가 머뭇머뭇 다가와서 쓰러진 노인을 떠메간다. 좁은 흙방에서 혹은 움막에서 같이 잤던 늙은 노비를 젊은이는 묵묵히 메고 산길을 걸어 골짜기에 내려놓는다. 여기저기 사람 뼈가 보인다. 노인이 돌아서려는 젊은이의 다리를 두 손으로 붙들고 신음한다. 젊은이는 그 때 망연히 먼 산을 잠시 쳐다본다. 까마귀 두어 마리가 맴을 돌고 있다. 언젠가 자기도 이 골짜기에 버려질 것을 생각하며 젊은이는 침을 삼킨다. 그러나 곧 다리에서 노인의 손을 떼어 내고 헐떡거리며, 젊은이는 일하던 곳으로 묵묵히 돌아간다…….'

만적과 감마라는 굴참나무 껍질에 덮인 작은 집들을 둘러보고 겹겹이 겹쳐진 산등성이 쪽으로 눈을 옮긴다.

'잘 도망왔다…….'

감마라가 품 속에서 오랜만에 작은 쇠붙이를 꺼내 들었다.

"정신이 들자마자 품 속에서 이것부터 살폈다."

"그 의민이는 어찌 되었을까? 혹시…….'

"혹시라니?"

"그 지옥 야차가 혹시 이 산 속으로 들어오진 않았을지, 갑자기 그 생각이 들었다."

곰노인 말로야 이 산 속 마을은 백 년이 되어도 찾아낼 사람이 없다고 했지만, 겨울을 지내고 가는 광대패들이 있다면 다른 사람들이라고 못 들어온다는 법이 없지 않겠는가.

더구나 이의민 역시 쫓기고 있는 몸이다.

제 어미까지 주먹으로 쳐죽인 그런 놈이 쉽게 잡히거나 죽진 않았을 것이고, 그 역시 북쪽으로 뻗어나간 이 태백산으로 숨어들 가능성은 얼마든지 있었다. 등성이 어디에서 불쑥 나타나서 그 칼솜씨로 이 곳 선량한 사람들을 한 칼씩에 해칠지도 모른다.

만약 두 사람, 만적과 감마라와 부딪치기라도 한다면 그 찢겨진 눈으로 흘기고 나서, 참나무에 묶어 놓고 활로 눈을 꿰뚫을지도 모르지 않는가. 잊고 있었던 이의민에 대한 상상이 여기까지 미치자 둘은 새로운 불안이 밀려왔다.

"곰노인에게 이의민이 말을 해두는 게 좋겠다."

노인은 덫에서 꺼내온 산토끼 두 마리의 가죽을 벗겨 굽고 있다가 그들이 헐레벌떡 돌아오자 감마라 쪽을 쳐다보곤 히죽 웃었다.

"여진 사냥꾼 술안주로 먹힌 놈이 어찌 다시 살아왔느냐?"

"할아버지 그 똥술 만드시는 데 도와드리려고요."

"뭐여? 이놈."

노인은 눈을 한번 부릅뜨는 척하더니 크게 웃어젖혔다.

"미친놈이구나. 네놈도…… 여진 사냥꾼들이 술안주로 다 뜯어 먹고, 그 주둥이만 남겨두었구먼. 이눔아, 배가 고프면 좋이 고프다고 해라."

"호골주 안 먹고 누는 똥도 술이 되는지, 그걸 여쭤 보려고요. 토끼고기 먹고 누는 똥은 다를 텐데요, 할아버지."

"허, 이놈 봐라. 제법이구나. 헛허허."

노인은 기분이 좋은지 만적에게 하던 대로 움집 안에 있는 술에 대해 같은 자랑을 다시 시작했다.

"가서 밥을 찾아와라. 이놈아. 멍청하게 있지 말고……."

노인은 겉보기보다 다정한 사람이었다. 고기와 좁쌀밥을 내놓고 연거푸 백사주라나, 그 백 가지 뱀으로 담갔다는 술에다 토끼고기를 뜯어가며 그들 이야기를 고개를 끄덕여가며 들었다.

"그래서 어쨌다는 거여? 이놈들아."

이의민의 이야기를 다 듣고 나더니 노인은 가소롭다는 듯이 반문했다.

"칼 솜씨, 활 솜씨가 여간 아니어요. 도망 나오기 전에 깜짝할 사이, 병졸 셋을 베고, 제 어미를 맨손으로 때려 죽였다니까요."

"알았다. 이 미친놈들아."

노인이 나중엔 결국 허허거리며 손을 흔들었다.

골짜기 부근에 의민이 나타날지도 모르니 마을 사람 누구라도 그 자가 나타나면 활로 쏘아 버리라고 사람들에게 얘기하겠다는 거였다.

"이제야 토끼고기가 제 맛이 납니다. 많이 먹고 그 술 만드시는 데 돕겠습니다."

"이 미친눔아. 분주를 아무 때나 만드는 줄 아느냐? 허, 그눔."

"전 언제고 재료만 있으면 만드는 줄 알았구먼요."

"헛허허…… 알았다, 그래, 네눔도 여기서 만적이하고 같이 슬슬 짐승 덫 놓는 거나 배우고, 가죽 벗기는 거나 배워라."

이렇게 해서 그 날부터 노인 혼자 살던 움집의 가족은 감마라까지 셋이 되었다.

산골은 눈이 많았다.

한 번 내린 눈이 다 녹기도 전에 다시 눈이 오고 또 눈이 오고……. 노인의 가죽 벗기는 일을 돕거나 움집 안에 있는 불화로가 꺼지지 않게 돌보는 일 외에 둘은 노인을 따라 짐승들을 같이 잡아오기도 했다.

눈이 소담스럽게 풀풀 종일 내리던 날, 광대패 몇이 반쯤이나 얼어서 마을로 왔다는 이야기를 들었다. 송진이 깊이 밴 관솔조각에 불을 붙여, 밖으로 구멍이 난 움집 벽 한켠에 밝혀 놓고 둘은 노인에게서 이제 곧 마을 사람들이 다 모여 잔치를 벌일 거라는 애길 들었다.

골짜기 아래의 그 굴피집 말고도 노인의 움집 같은 움집이 산 너머에 몇 집 더 흩어져 있어서 광대 패거리들이 기력을 찾아 꽹과리를 두드려 대면 그 날 저녁부터 한 이틀 밤은 누구나 실컷 취하고 춤추며 지낸다는 거였다. 장작불이 기세 좋게 혓바닥을 날름대며 타올랐다.

너무 깊은 산골이었다. 그래서 이 곳에서는 적은 수효의 사람 냄새쯤은 언제고 나무 냄새, 풀 냄새, 겨울바람을 몰고 오는 갈가마귀 떼들 속에 늘 흩어지고 만다.

몇 채 작은 움막들조차 바위나 고목처럼 보이던 마을 냇가 빈터에서 어둠을 향해 불길이 타오르기 시작하자 산 속은 전혀 다른 세상이 되어갔다.

장작불 한쪽에는 술항아리들과 익힌 산짐승고기들. 다른 한쪽에는 잘 마른 잔디를 가로질러 줄타기용 줄이 고목 허리에 묶여 있었다.

꽹과리, 징, 북 소리.

드디어 산골의 정적은 어둠을 몰아내는 모닥불 빛과 풍물 소리에 새롭게 눈을 뜨기 시작했다. 짐승 소리, 빗소리, 바람 소리로만 메워 있던 공간을 꽹과리 소리가 채워 들자 모닥불을 표적 삼아 잠에서 깬 곰들처럼 사람들이 한둘씩 냇가 잔디밭으로 모여들었다. 눈인사만 나누는 사람들, 어깨를 끌어안고 박장대소를 하는 사람, 쭈뼛쭈뼛 남정네들 사이로 비집고 나오는 아낙네들……

광대패는 원래 삼사십 명으로 구성된 대집단이다.

꼭두쇠[代表]를 중심으로 곰뱅이쇠에, 재주 부리는 소임에 따라 선임자(先任者)를 뜬쇠라 하여 뜬쇠만 해도 원래는 열네 명 내외, 상공운님, 장수님, 고장수님, 북수님, 회적수님, 벅구님, 상무동님, 회덕님, 비나리, 얼른쇠, 살판쇠, 어름산이, 덧뵈기쇠, 덜미쇠……. 그 아래로 각각 몇 사람씩의 가열이 있고, 가열 밑으로 대개는 열서너 살 초입자(初入者)인 삐리.

그래서 제대로 된 집단은 가열 이상으로 숫동모[男], 삐리들을 여장(女裝)시켜 암동무[女]라 부르며 얽혀 사는 이색적인 남색(男色)사회가 광대 패거리였다. 그러다 보면 삐리를 사이에 둔 사내들끼리 암투도 있고, 잠시 머무는 마을 머슴들이나 한량들에게 자기 짝인 삐리들을 하룻밤 빌려주고 허우채[解衣債]라 하여 몸값을 받아내는 수도 있었다.

그러나 그러한 조직과 유랑은 봄, 여름, 가을의 일이었다. 모심기가 막 끝난 농촌이나 가을 추수를 끝낸 큰 마을에서는 그들을 환영했지만, 겨울은 그저 길고 삭막한 추위와 굶주림만이 그들을 기다렸다.

그래서 겨울잠을 자는 짐승들처럼 서리가 내리면 눈 녹는 초봄을 약속하고 광대들은 뿔뿔이 흩어져 긴 겨울을 굶지 않고 얼지 않도록 각자가 강구해야 했다.

이번 태백산 산골을 찾아든 사람들 넷, 땅재주 넘는 살판, 줄꾼인 어름산이, 탈놀음을 하던 덧뵈기쇠, 장구치는 고장수 들도 곰처럼 겨울잠을 자러 기어들어온 셈이었다.

뜬쇠에도 못 이르는 이제 가열들이었지만 산골 사람들은 그들을 반겼다. 그들 넷도 같은 패거리로 떠돌던 사람들이 아니었다. 각각 몸담았던 패거리들이 고향으로, 더러는 친척을 찾아 떠나자, 이 산골을 향해 하나씩 찾아들어온 것이 우연하게도 넷이 된 셈이었다.

산골 사람들은 안 가본 곳 없이 떠돌다 온 그 바깥 사람들을 만나 세상 얘기를 듣고, 그들의 한두 가지 재주 구경을 핑계삼아 취하고 떠들면서 잠시 세상 냄새를 맡는 셈이었다. 흩어져 살아가는 산골 사람들은 보통 때는 좀처럼 같이 모이지 않는다. 짐승가죽을 모아서 바깥 세상에 가지고 나갈 사람을 만나는 일, 혹은 맹수 같은 게 나타나는 일이 아니면 그들은 늘 가족끼리거나 그렇지 않으면 혼자로 족했다.

그러나 눈이 많은 겨울이면 누구나 사람 냄새가 그리워지는지도 몰랐다. 그래서 광대패들이 안 나타나면 사람들은 산마루 너머까지 나가 보기도 한다.

　놀이도 제대로 하려면 풍물놀이로 시작하여, 대접 돌리기에, 땅재주, 줄타기, 탈놀음, 꼭두각시놀음까지 여섯 마당이 차례로 있어야 하는 것이지만 이 곳에서야 그들이 한두 가지씩 익힌 재주를 보는 것으로 족했다. 이런 기회에 몸에 밴 짐승 냄새, 풀 냄새 속에서 사람 냄새를 맡는 것으로 그들은 만족하고 충분했다.
　"잘하면 살 판이요……, 못하면 죽을 판이라……."
　드디어 땅재주꾼이 모닥불 곁 빈 잔디밭으로 나와 목청을 돋구었다. 나머지 세 사람은 몇 걸음 떨어져 앉아 박자를 때렸다.
　술렁대던 사람들이 조용해지며 땅재주꾼 쪽을 향해 시선을 모았다.
　"허어…… 이 산골에 무슨 사람이 이리 많이 모였는가. 잘해서 살 판이고, 못하면 죽을 판이라. 잘하면 한 삼동 먹고 살 것이요. 못하면…… 태백산 이 산중에 산중 귀신이 될 것이라……. 이 산속 사람들이 많이 모였으니 먹여주고 재워주든지…… 죽어 묻어주든지…… 그것은 뒷일이고……. 허허…… 그럼 앞곤두, 번개곤두로 놀아 볼거나……."
　"그놈…… 잔소리도 많다, 놀기도 전에. 북망산천 까욱 까욱 저 승사자 오기 전에 어서 한번 놀아보아라."
　덩덩 덩더꿍…… 덩덩 덩더꿍.
　북을 쥐고 장단을 맞추는 사람과 재담을 주고받으며 앞곤두,

뒷곤두, 번개곤두, 자반 뒤지기, 팔걸음, 외팔걸음, 외팔곤두, 앉은뱅이 팔걸음, 쑤세미트리, 앉은뱅이 모말리기, 숭어뜀의 순서로 땅재주가 계속되는 동안 구경꾼들 속에서는 웃음소리, 무릎 치는 소리들이 뒤섞이고, 몇 사람은 앞서 술판 쪽에서 술 사발과 고깃점들을 돌리고 있었다.

"그놈, 아무래도 무릎에 무슨 조화가 붙었구나. 어디 한번 만져보자."

박자를 맞추던 사내가 줄 위에 있던 어름산이의 무릎을 건드리자, 어름산이가 줄 위에서 번쩍 일어섰다.

"고이헌 놈, 어느 어르신네 아랫도리에 손을 대느냐?"

"허어 그놈, 무르팍에도 허우채가 붙은 게로군."

"무르팍 뿐이냐? 발가락에도 허우채요, 손가락에도 허우채고, 콧구멍에도 허우채다. 그건 그렇고 이번에는 무릎 꿇고 풍치기, 꼽치기로 나가는 것이렷다……. 잘못하면 떨어져 북망산으로 바로 가는 재주겠다……. 이번에는 두 무릎을 써먹는 판인데, 두 무릎을 이렇게 꿇고 앉아 있으니…… 앞에 있는 무릎을 내밀면, 뒤에 있는 놈이 나오지 못하는 것이렷다……. 요놈은 왜 못 나오느냐 하면…… 걱정이 많아서 생각하느라고 오지를 못하는데…… 요놈을 요렇게 가만히 잡아댕기겠다…… 에, 또 내밀어라. 장단을 바짝 당악으로 몰아넣고 장단을 치는 사람의 손이 못이 배기나…… 구경꾼들 손바닥이 못이 배기나, 이 녀석 무릎에 못이 배기나…… 삼인이 경쟁이렷다. 절…… 절 궁덕……."

앞으로 가기, 장단줄, 거미줄 늘이기, 뒤로 훑기, 콩 심기, 화장

사위, 참봉댁 맏아들, 언석 에미, 처녀총각 허궁잽이…… 줄타기 재주는 점점 신이 오른 듯 열기를 더해 가고 줄 위의 사내 얼굴은 무아지경으로 빠져들고 있었다.

"봐라, 저런 신명에 빠져들면 못할 게 없겠다."

어느 아낙네가 건네준 술 한 대접에 얼얼해 있던 만적은 반쯤 넋을 놓은 채, 감마라의 음성을 들었다. 어름산이의 얼굴 표정은 이상한 감동을 주었다.

술에 취한 듯, 꿈 속을 돌아다니듯 어름산이의 눈빛은 이미 자기를 쳐다보고 있는 이 산 속 사람들을 보고 있지 않는 듯했다.

"폭포수 밑, 그 여자 눈도 저랬었다."

토끼라도 잡힐까 해서 오늘 낮 만적과 감마라는 둘이서 등성이를 넘어갔다가 바위들이 뒤엉킨 낭떠러지의 얼어붙은 폭포를 발견하고 잠시 주저앉았었다. 열 길도 넘어 보이는 얼음 기둥 위에 햇빛이 눈부시게 반사되고 있었다.

"쿠후후우 후후후……."

그런데 그 때 등뒤에서 간드러진 여인의 웃음소리가 들려왔던 것이다.

"이 산 속에서야 다 집안식군 걸, 놀라긴 왜 놀라?"

그들이 놀라 일어섰을 때는 중년여자 하나가 그들 가까이 다가와 푸수수 웃고 있었다.

그들은 얼떨결에 한 걸음씩을 물러났다.

흰 얼굴의 여자였다.

산 속에 어울리지 않게 흰 얼굴이 이상하게도 섬뜩했다. 입고 있는 옷이야 산 속 사람들이 다 그렇듯 털가죽 옷이었지만 여자는 경주에서나 볼 수 있는 그런 흰 얼굴을 하고 있었다.

"옛날엔 선녀들이 저 폭포에서 목욕을 했지. 쿡쿠쿠쿠…… 왜, 여우가 둔갑이라도 한 것 같은 게로구먼. 저게 우리 집이다. 내려가자, 어서. 아, 이 태백산 신모(神母)를 만났는데, 요기도 안 시키고 보낼 수야 없지……, 크크흐흐……."

여인이 가리키는 곳에, 그들이 미처 보지 못했던 작은 움막 하나가 폭포 곁에 웅크리고 있었다.

"돌아가자. 아무래도 기분이 좋지 않다."

만적은 선뜻 걸음이 옮겨지지 않았다.

여자는 그들을 향해 손짓을 해 보이더니 폭포가 있는 바위 벼랑 쪽으로 벌써 여러 걸음을 가볍게 앞서가고 있었다.

"둔갑한 여우라면 가죽도 보통 여우가죽보다는 훨씬 쓸모가 있을 걸."

감마라가 피식 웃었다. 감마라는 이 이상한 여자를 만나게 된 게 재미있는 듯한 표정이었다.

"신모(神母)? 신모가 뭐 하는 게냐?"

"내가 그걸 어떻게 아누?"

만적은 그냥 돌아갔으면 싶었으나, 감마라가 호기 있게 앞장서서 여자 뒤를 따라가는 바람에 머무적거리며 뒤를 따랐다.

생각해 보면 두 사람 사이 사소한 일에도 항상 감마라가 앞을 섰다.

손님방에 계집종이 불려들어 갔을 때, 방문에 손가락으로 침질을 앞서 한 것도 감마라였고, 더 어렸을 때 노비들의 시체를 버리는 골짜기에 가보자고 했던 것도 감마라였다. 어른들도 멀리 돌아다니는 그 골짜기를 감마라는 만적의 손을 끌고 사람 뼈다귀들이 발끝에 부딪는데도 겁없이 들어섰다. 이번에도 창 하나와 활을 미리 훔쳐두었다가 가지고 나온 것이 감마라였다.

그래서 만적은 때때로 둘이 같은 나이인데도 감마라가 서너 살은 더 먹은 것 같은 느낌이 드는 거였다.

"뭐라도 좀 얻어먹고 가자."

감마라가 빠른 걸음으로 앞서 내려가면서 만적을 향해 히죽 웃었다.

얼어붙은 폭포 곁, 몇 백 년은 된 듯싶은 느티나무가 있고, 그 느티나무 가지에 울긋불긋한 헝겊들이 잔뜩 매달려 있었다. 나무에 붙은 헝겊조각들 사이를 지나 새까맣게 그을린 작은 집 추녀 앞에 다다라 그들이 잠시 망설이자 여자가 손짓으로 그들을 불렀다.

진흙으로 다진 온돌바닥은 훈훈하게 열기를 품고 있었다. 벽 귀퉁이 관솔불을 밝히는 작은 구멍 주변 벽은 까맣게 연기로 그을려 있었다.

"우리는…… 다 식구들이야. 이 산 속…… 숨쉬는 것, 숨 안 쉬는 것, 다 식구들이지. 폭포님도, 나무님도, 다 식구들, 오늘 아침 …… 백마 탄 장군님이 신령님 인도로 오시겠다 하더니……

총각들이 왔구먼, 그래."

여자는 중얼중얼하면서 한동안 부엌에서 달그락거렸다.

어두운 방 북쪽 벽에 호랑이를 거느린 젊은 여자 그림이 그들을 쳐다보고 있었다. 눈꼬리가 위로 치켜올라간 그림 속 여자의 얼굴에서 유독 입술만이 빨갛게 칠해져 있었다.

"다 식구라고……. 사람도 식구고, 짐승도, 산천초목, 오방세계, 팔방세계가 다 식구라고……. 배들 고프지?"

여자는 준비라도 해 놓았던 것같이 좁쌀밥에 산나물, 고깃국이 차려진 밥상을 그들 앞에 내려놓았다.

"어서들 들어. 걱정 말고…… 난 여기 가만히 앉아서도 이 세상 어디서 누가 무얼 하는지, 누가 드나드는지 말짱하게 다 알고 있으니…… 가만 있자……."

여자는 방문을 열고 나가더니 주둥이가 긴 술병 하나를 들고 나왔다.

"이 술, 보통 술 아니야……. 송홧가루 받아 삼 년, 이슬만 받아 삼 년. 이 술을 들면 마음 속 구름이 다 걷혀. 어서 한 잔씩 해."

여자의 얼굴은 밖에서 희게 보이던 것이 방안에서는 푸르스름한 느낌이었다. 벽에 붙은 여자 그림과 점점 닮아가는 듯했다.

"…… 백마 타고 오신 장군님들…… 동서남북 방방곡곡 한 걸음에 동경이요, 두 걸음에 서경이요, 넓디넓은 천하세계 가는 곳이 피보라요…… 가는 곳이 영광이요……."

여자는 뭐라고 계속 웅얼거렸고, 그 웅얼거림이 멀리서 듣는 바람 소리 같은 것으로 화해서 윙윙 소리를 내는 듯싶었다.

"자칫 잘못…… 상사 원귀, 이승이고, 저승이고 문전에서 쫓겨나서 꺼이꺼이 울어야 할 걸 산신령님 인도 받아…… 이내 몸은 원을 풀고……. 훗날 훗날 크게 되라, 신령님께 발원(發願)하던 계집 하나 있었던 일, 잊지나 마소."

두 사람이 그 음산한 무당집에서 뛰어나왔을 때는 이미 겨울 해가 뉘엇거리고 있었다. 둘은 헝겊조각들이 어지럽게 걸려진 그 커다란 느티나무 고목을 뒤로 두고 정신없이 그 골짜기를 빠져나왔다.

"헛허허, 너희놈들 안 죽고 온 것만도 다행이다, 이놈들아. 태백산 철골녀(鐵骨女)에게서 안 죽고 살아나다니……, 허허허."

그들이 곰노인에게 얼음 폭포 얘기까지를 하자 곰노인은 무릎을 치면서 껄껄거리고 웃어댔다.

"잘못했으면 너희 두 놈 뼈다귀만 고스란히 두고 오는 건데, 왓 헛허…… 운은 좋은 놈들이다……."

한 대접 술을 들이키고는 곰노인은 자꾸만 헛허…… 웃어댔다.

6, 7년 전, 이 산골로 들어온 무녀(巫女)라 했다.

생김새도 예쁘게 생겨 산골 사람들은 그 여자를 그저 따뜻이 맞아주었다고 했다.

"그런데 그게 남자 피만 빨아먹는 요물이여. 그것이…… 사내놈들 잘못 걸려 들었다간 허리 뼈다귀가 안 남어."

그 무녀가 산 속 사람 누구에게 피해도 주지 않고, 그저 화전 일

구어 제 먹을 것 먹고, 사람들이 나누어 주는 고깃점이나 받으면
서 살았는데, 어느 날 외지에서 온 젊은 사내가 그 집에 들게 되
었다는 거였다.

남녀의 일이어서 별다르게 생각을 안 했는데, 한 열흘 지나 피
골이 상접한 그 사내가 그 집을 도망쳐 나왔다고 했다. 상사병 걸
린 여귀(女鬼)가 실렸던지 그 젊은 남자를 방 밖에도 못 나가게
해놓고 이상한 술을 먹여가며 이레 밤낮을 붙잡고 있는 동안 젊
은이가 송장이 다 된 거라고 했다.

젊은 사내가 그 후, 시름시름하다가 죽고 말았는데 그 때부터
그 무녀는 산 속 사람들에게서 냉대를 받게 되었다고 했다.

"장마 들고 가뭄 드는 것도 내다보고, 감추어 놓은 패물까지 훤
히 내다본다는 게야. 쿨룩쿨룩. 거야 난 모를 소리고 아무튼 그
일 있고 한 2년 뒤였나…… 그런 일이 또 있었지……. 어느 스님
이 지나가다가 그 이야길 듣고 철골녀라고 호를 내렸던 게라."

"그 남자도 또 죽었는가요?"

"아녀. 이 남자는 도망 나와 바로 산골을 떴으니 죽었는지 살았
는지……. 사내를 잡았다 싶으면 이레 밤낮을 안 놓아준다는 게
야. 워낙 네놈들이 어리고 별 볼일 없을 것 같았으니 놓아 보냈
지, 흐흐흐. 아예, 백사주(百蛇酒) 한 대접씩 퍼먹고 다시 가보
련? 흐흐흐흐."

영 기분이 찝찔했다.

"그 여자가 감마라 네놈이 마음에 들었던 모양이긴 했다."

만적이 쿡쿡거리면서 감마라의 옆구리를 찔렀다. 멀리서 들리

는 바람 소리가 매서웠다. 어쩐지 오늘 오후 일이 꿈이었을까 생각도 되었다. 백마 위에 높이 앉아 투구빛도 찬란한 전장(戰場)을 누비는 두 사람, 만적과 감마라…… 이상한 술 한잔씩을 얻어 마시고 입술이 빨갛던 그 벽에 붙은 그림을 보면서 무녀의 주문 소리를 들으며 이상하게 떠올라오던 환각…….

"그 여자, 점을 잘 친다는 얘기 들었지?"
감마라가 속삭였다.
"지금 저 줄을 타는 사람 보면서 생각했다. 사람이 한 우물만 파면 못할 게 없는 게라고."
"그 여자 얼굴…… 언뜻 언뜻 저 사람 얼굴…… 꼭 저랬었다."
취해서였을까, 감마라의 눈빛이 번쩍번쩍 빛을 내고 있었다.
"저 사람들 따라나설 생각은 아니지? 너."
"병신아, 뒷구멍 안 남아나려고?"
키득키득 웃고는 감마라는 술독 쪽으로 가서 술을 퍼 올리고 있었다.
감마라가 고깃점과 술그릇을 들고 다시 만적의 곁으로 왔다.
"한데…… 이상한 생각이 든다. 이런 걸 구경하고 있으니까…… 잘은 몰라도…… 내 핏줄 속에서도 말발굽 소리, 칼 부딪치는 그런 소리 같은 게 들려오는 성싶다. 이상하게 눈앞에 그런 것이 떠올라 보인다."
열에 들뜬 헛소리처럼 감마라는 줄 위의 어름산이에게 시선을 준 채 중얼거렸다.

흉칙한 옴탈바가지를 쓴 덧뵈기쇠가 줄타기가 끝난 모닥불 주변을 히죽거리며 한 바퀴 빙 돌았다.

땅재주 넘던 살판이는 꺽쇠탈을, 어름산이는 양반탈에 장죽을 물고 부채를 든 채 옴탈바가지 뒤를 따라 역시 모닥불 주변을 휘 한 바퀴 돌고 있었다.

"…… 그러나저러나 네 얼굴을 보아 하니…… 우툴두툴하고, 땜장이 발등 같고, 보리 먹은 삼잎 같고, 콩 멍석에 엎어진 것 같으니 도대체 너는 어디서 온 물건인지 내력을 들어야겠다."

옴탈을 바싹 따라붙어 얼굴을 들여다보던 꺽쇠탈이 질겁을 하는 척 물러서면서 주워 섬겼다.

옴탈이 제 흉칙한 얼굴을 사람들 쪽으로 들이대고 덩더꿍 장단에 맞추어 우쭐거리면서 여기저기 아낙들의 '에구구' 소리를 즐기고 나더니, 목청을 돋우어 다시 사설이다.

"어험 내력을 들어보아라. 해동(海東)에 고려 땅을 훌쩍 떠나 중원 땅으로 들어갔것다. 중원 땅 방방곡곡을 구석구석 살펴보고 뭐 가지고 나올 게 있던가, 호구 별성 손님마마님을 모시고 나오다가 내 상판이 이 모양이 되었것다."

"호구 별성 마마님이라…… 이놈 가만 있거라. 내 채검을 해야겠다."

이번엔 꺽쇠가 옴탈바가지를 한 번 긁어보는 시늉을 하더니 질겁을 하고 물러선다.

"허! 손 사이가 왜 이리 가려우냐? 호구 별성을 모시고 나왔다더니…… 어찌 끄트머리가 노르끄럼 하구나. …… 이놈이 어디서 옴을 차독 같이 묻혀왔구나.”

“히힛! 옴, 옴, 옴 봐라, 옴…… 히힛…… 옴이다. 이놈…… 옴
춤 한 번 보아라.”

“얼럴러 제기럴거…… 태백산이 좋단 말을 바람 풍편에 넌짓
듣고…… 절수 절수 절수…….”

옴탈이 덩더꿍 가락의 춤에 휩싸이자 산골 사람들도 너나없이
하나 둘, 춤판에 끼여들어 보는 자와 보이는 자가 따로 없이 뒤섞
여 버렸다.

산 속의 고요와 정적은 타오르는 장작불의 불길을 따라 끝없이
뒤끓는 열기 속에 휘감겨 점점 녹아 들어갔다.

탈을 쓴 광대들도 사설에 지쳤는지 꽹과리, 징을 집어들고 두
드려대기 시작했다.

쟁쟁…… 쟁쟁…… 쟁쟁…… 쟁쟁.

궁덕 궁덕 궁덕궁 궁덕궁덕.

광란의 열정이었다.

만적 역시 어느 새 같이 뒤섞여 흔들리고 있었다. 마치 거센 물
결이나 바람 속에 밀려가는 듯싶었다. 골짜기는 서서히 뒤끓어
오르고 넘쳐나고 어디론가 흐르고 있었다.

얼마만큼이었을까. 소리가 멎고 사람들은 꿈에서 깬 듯 주변을
둘러보고 손등으로 이마의 땀을 훔뿌리며 다시 술독 곁으로 모
여들고 있었다.

“미친놈의 자식. 어서 먹어라, 이놈.”

한 손에 구운 꿩고기 조각과 다른 손에 술 한 뚝배기를 들고 곰

노인이 내밀었다.

"취하는 게 바로 이런 날 이 산 속에서 살아가는 법도인 게다."

"계집은 젊었을 때 한때 뿐인 것이라……, 계집하고 살을 섞으면 인연이 귀찮은 게야."

옴탈도 지치고 취했는지 장작불 바로 곁에 큰 대(大) 자로 누워 혼잣말로 중얼거리고 있었다.

"계집 얻어서 자식 낳고 한 세월 사는 것도 한세상 되지만도 그게 다 헛것인 게라. 그눔의 인연, 한번 얽혀지면 빼도 박도 못하는 게라."

"……"

"나랏님 생신이라…… 후궁들 생신이라…… 관원들이 뺏어가고 지주놈이 뺏어가고…… 급기야는 한 됫박 저녁거리에 계집년은 풀밭에고, 흙바닥에고, 치맛자락 걷어올리고, 굶주린 자식새끼 배고프다고 우는 꼴…… 그런 인연이 싫은 게라. …… 그런 꼴 저런 꼴 안 볼라면 우리 같은 상것들은 그저 앞곤두, 뒷곤두, 몇 가지 재주나 배워 구름처럼 떠돌아 다니면서 똥구멍 맛이나 보는 게지."

"……"

"나랏님 하룻밤 술상으로 백성들 한 해 먹을 양식이 날아가것다. …… 나랏님 길 한번 지나는데 한 동네 집들을 왼통 헐어내것다. …… 나랏님 하룻밤 땜에 수십 계집 사내 냄새도 못 맡아보고 귀밑머리가 파뿌리가 되는 게라."

옴탈의 사내도 지쳐 나가떨어져서 반듯이 누운 채 한참을 중얼 거리더니 잔디 위에 팔베개를 하고 있던 만적에게 슬그머니 한 팔을 뻗쳐왔다.

"니눔…… 내 암동모해서 구름 같은 한세상 훨훨 살아갈 생각 안 해볼래?"

만적이 후다닥 몸을 굴러 술 냄새를 뿜어내는 옴탈의 아랫배를 오른발로 한번 내질렀다.

"허, 그놈…… 허우채를 달랠라면 달래지…… 젊었을 때 엉덩 이 빌려주는 것도 다 적선인 게여. 망할 자식…… 그게 뭐 닳아지 기라도 한다더냐?"

사내는 배를 쥐고는 몸을 굴려 만적에게서 멀어져 버렸다.

인연의 질긴 끈 하나

개울물은 단단하게 얼어 있었다. 만적은 냇가에 쭈그리고 앉아 얼어붙은 얼음 아래로 졸졸 소리를 내며 흐르고 있는 물소리를 들었다. 그는 손에 쥐어지는 돌멩이 하나를 찾아 얼음을 깨뜨리기 시작했다.

모닥불 쪽에서 처량한 뿔피리 소리가 바람같이 들려왔다. 술을 너무 마셨는지 가슴 속이 쓰리고 아팠다. 눕고 싶었다. 술은 늘 말썽이었다. 낮에 감마라와 무당집에서도 그 여자가 준 술 때문에 잠시 꿈 같은 헛것들을 보았던 듯싶었다. 그는 입 속이며 얼굴을 얼음물로 씻어냈다. 문득 그는 고개를 들어 하늘의 별을 바라보았다.

별이 많았다.

노예가 죽으면 그 혼이 하늘로 올라가 별이 된다는데……, 별이 가득 깔린 겨울밤 하늘은 깊고 넓었다. 어쩌다 술이 생겨서 겁없이 얻어 마시고 난 뒤, 술이 깨면서 새벽을 맞아보면 낮하고는 전혀 다른 세계가 움직이는 것을 느낀다.

낮 동안 움직이던 것들이 깊은 잠 속에 빠져들면 밤은 밤대로 새로운 생명으로 눈을 뜨고 수런거리기 시작한다. 겨울 새벽, 쓰려오는 뱃속과 함께 머릿속이 하얗게 맑아지면서 만적은 잠시 잊고 있던 아릿아릿한 슬픔들이 다시 살아나는 것을 느낀다.

만적은 분이를 생각했고 같이 지냈던 노비들의 얼굴들을 하나씩 떠올렸다. 알고 지낸 노비들 중 누군가가 삼복이처럼 별이 되어 또 하늘을 떠돌지도 모른다는 생각도 들었다.

열여덟.

겨울이 지나고 나면 이제 열아홉이 된다.

"아아……."

산짐승같이 나직하게 그는 겨울밤을 향해 울음 같은 신음을 내뱉었다.

"모닥불 옆에 엎어졌더니…… 없어졌더라…… 사내가 뭐 그리 시답잖으냐?"

여자 목소리에 만적은 불에 댄 듯 놀라 상념 속에서 깨어났다.

며칠 전 혼자 토끼덫을 보러 갔던 산등성이에서, '네가 암곰 서방이라며?' 그렇게 히죽거리면서 앞서 말을 걸어왔던 또래의 여자애, 매영이었다. 만적을 찾아다녔던 모양이었다.

여자아이는 스스럼없이 만적 곁에 털썩 주저앉았다.

"너, 술, 엄청 퍼먹었구나."

만적은 대답 대신 두 손으로 무릎을 싸안은 채 새벽 하늘을 보았다.

"우리 움막에 가면 벌꿀이 있다……. 술 많이 먹은 데는 벌꿀 덮을 게 없다……. 지난 가을 산 너머 참나무 둥치 아래에서 큰 벌집을 팠다…… 엄마는 내일까지 안 들어온다. 잔치가 끝나는 날이나 돌아올지 모르겠다……."

야매영의 눈이 잠시 들고양이와도 같이 만적의 눈 속으로 파고들었다.

"너, 주인집에서 도망 나왔다면서?"

"내 친구…… 어디 갔는지 모르겠다."

"별 시꺼운 소리…… 이런 날, 누구하고 눈 맞아서 같이 잠자러 간 네 친구를 내가 어떻게 아냐?"

"산에서 사는 너희 사람들은 모른다."

"모르기는 무얼 몰라?"

"몸이 많이 아파서 일을 하다가 넘어져서 못 일어나는 노비가 생기면 그대로 떠메다가 내다 버리는 골짜기가 있는 것을……."

만적이 내뱉듯 중얼거렸다.

"귀한 집, 벼슬 높은 사람이 죽으면 저승에서도 부려먹으라고 살아 있는 노비들을 사다가 산 채로 흙구덩이에다 같이 밀어 넣고 흙으로 덮는 것…… 그런 걸 너는 모른다."

"제 친부모도 늙어서 병들고 못 일어나면 가죽부대에 담아 나

무에 매달아 놓고 화살로 쏘아서 숨통을 끊어주는 우리 법도는
그럼 어쩌냐?"

"그래, 그건 내가 모른다."

매영도 만적처럼 무릎을 싸안고 만적의 시선이 가 있는 허공으
로 눈을 보냈다.

"이 산 속 법도를 너는 모른다……. 이 산 속에서 이런 술잔치를
왜 하는지……."

"……."

"여기 산 속에서는 잔치 동안 식구를 서로 안 찾는다……. 제 좋
을 대로 잠자고, 짝을 찾고 한다……. 잔치 끝나면 살던 집이나
식구가 바뀌기도 하고…… 여기는 옛날부터 그래 왔다……."

바람이 윙윙거리며 새벽을 가르며 지나갔다.

"…… 엄마도 내 나이 때, 아버지를 만났다고 했다……."

"네 아버지는 그럼?"

"딱 한 번 엄마가 아버지 이야길 했다. 내게 첫 월경이 있던
날……, 엄마가 날 부르더니 말했다……. 너도 이제 계집이 되었
다. 여진 계집은 맘에 맞는 사내를 자기가 골라야 한다……. 그리
고는 아버지 애길 했다."

"……."

"소나기 쏟아지던 날, 사냥꾼들이 얽어놓은 갈대 움막으로 엄
마가 비를 피해 들어갔다고 했다. 강에서 창으로 물고기를 잡느
라 비가 몰려오는 걸 몰랐었다는데……. 옷이 다 젖어서 훌훌 옷
을 벗어 쥐어짜서 걸어놓고 빗소리를 들었는데……, 그 때 생각

지도 않게 눈앞이 뽀얗게 되면서 빛나는 구슬 하나가 엄마에게
로 왔고, 그래서 엄마는 나를 배었고, 그 뒤 먼 빛으로 아버지를
몇 번 더 보고 그렇게 살았다고 했다.”

“나도 아버지는 모른다, 어매밖에는……. 어려서 죽어 얼굴도
잘 생각 안 나고…… 구정물 냄새만 생각이 난다.”

“나한테서는 무슨 냄새가 나는가 맡아 봐라.”

매영이 그의 손을 찾아 쥐었다.

“이 산 속에서는 나이 들면 사내를 만나고…… 애기 낳고……
애기는 여자가 키운다.”

만적은 울컥 설익은 산과일 냄새에 섞인 어머니의 냄새를 꿈
속같이 잠시 맡았다.

어머니와 분이의 모습이 잠깐 매영의 얼굴에 뒤섞이고 있었다.

“니가 암곰 서방이라며?…… 다 들었다.”

며칠 전 처음 매영과 부딪쳤을 때, 그녀는 몸을 앞뒤로 흔들면
서 키득거리며 웃었다. 모른 척 만적이 몇 걸음을 지나치려 하자,
휙 소리와 함께 귓가를 스친 표창 하나가 바로 코앞 소나무에 꼬
리를 떨며 박혔다.

그가 흠칫 놀라 고개를 돌리자 소녀는 금방이라도 또 다시 던
질 것 같이 표창 하나를 오른손에 쥔 채 웃고 있었다.

만적의 오른손이 빠르게 움직였다.

그러나 웬걸, 그녀가 재빨리 몸을 비키는 바람에 만적은 제 몸
을 가누지 못해 쓰러질 뻔했다. 그러자 이번에는 그녀가 가죽신

신은 발로 만적의 허벅다리를 걷어찼다.

야매영은 그 때 제 어미와 둘이 살고 있다는 이야기를 했다.

"설익은 풋밤 냄새가 난다, 너한테서는……."

"나는 무술을 배울 거다……. 바람이나 안개같이 오고가는 그런 도사님이 한 분이 산 속에 가끔 오신다. 하루에 천 리도 가고, 비바람도 부리고…… 사람 속마음도 손바닥같이 꿰뚫어 본다고 한다……."

"……."

"언제 그래도 나는 아버지를 꼭 한번 봤으면 싶다."

이미 동쪽 하늘이 밝아지고 있었다.

한낮이 되어서야 잠에서 깬 만적은 움집 곰가죽 자리에 쭈그리고 앉아 집안을 둘러보았다. 곰노인도 감마라도 보이지 않았다. 매영이 한 주발이나 되는 벌꿀을 저희 움막에서 가져와 먹으라고 했던 생각과 술보다 더 아득하게 꿀에 취해 잠이 든 듯했다.

술항아리들은 같은 자리에 가지런히 놓여 있고, 한쪽 귀퉁이엔 곡식을 담아둔 항아리와 차곡차곡 쌓아 놓은 짐승가죽들……. 아무것도 잔치 전날이나 바뀐 건 없는데도 전혀 낯선 곳인 것처럼 느껴지는 것은 무슨 까닭일까. 만적은 매영의 목덜미에서 새벽녘 잠시 맡았던 풋과실 냄새를 떠올렸다.

곰노인은 옛친구나 광대 패거리와 계속 취해서 옛날 사냥 이야기를 하고 있을지 몰랐다. 혹은 옛 인연의, 어떤 아낙의 움집이나 굴피집 온돌에 누워 젊은 시절 힘깨나 쓰던 이야기를 되풀이하고 있을지도 모를 일이었다.

해가 중천이었다.

야매영의 말대로 산 속 사람들은 잔치를 기회로 새로운 인연의 생활을 시작하는지도 알 수 없었다.

만적은 문득 지난 밤, 탈바가지를 쓰고 추던 모닥불 곁의 탈춤 생각을 다시 했다.

탈.

제 진짜 얼굴을 덮은 채, 한 가지 표정으로만 얼굴을 덮는 탈바가지, 옴탈을 쓰고 있으면 옴 옮은 얼굴로, 양반탈을 쓰고 있으면 그 양반 얼굴로, 각시탈을 쓰고 있으면 각시 얼굴로……. 탈은 쓰고 있는 사람의 본 얼굴과는 상관없이 한 가지 표정만 보이는 탈…….

본래 제 얼굴은 웃거나, 신명나게 춤추느라 땀에 젖어 있을 수도 있으리라. 어떤 사람은 제 떠돌이의 신세에 눈물을 쏟고 있을지도 모를 일이었다. 그런데도 밖으로 드러난 얼굴에는 아무런 변화도 없다는 것……. 사람은 어차피 누구나 무슨 탈이건 그렇게 얼마간 탈을 쓰고 있는 것이 아닐까. 웃고, 떠들고, 마시고, 큰 소리를 치고, 그러면서도 속마음은 쓰리고 괴로운 서러움으로 가득차 있을 수도 있으리라.

제 본 얼굴을 술로 만든 탈로 덮어씌우고 있을지도 모를 곰노인. 속마음은 저 겨울 새벽을 달려가는 황량한 바람 소리, 아리고 아프면서도 어떤 사람은 입이 찢어지게 웃고 있는 탈을 쓰고 있을 수도 있지 않을까.

'혹시?'

갑자기 만적은 주위를 돌아보았다.

그가 잠든 사이 감마라가 몸에 지니고 다니던 쇠붙이 조각만 들고 앞서 서경(西京)으로 밤길을 떠난 건 아닐지……. 그러나 그 생각에는 금방 고개를 저었다. 둘이 서로 탈을 쓰고 있다고 해도 두 사람 사이는 탈 안쪽 속 얼굴을 너무 뻔히 볼 수 있을 것이라는 생각이었다.

그러다 그는 곰노인의 집을 후다닥 튀어나왔다. 갑작스레 불길한 생각이 들었던 것이다. 얼굴빛 푸르스름하던 그 이상한 여자, 남자의 피를 말려 죽인다던 그 여자의 얼굴이 떠올라서였다. 가슴이 쿵쿵 소리를 내었다.

초저녁, 감마라가 취해서 그 여자 얘길 했었던 것이 생각나 마음에 걸렸다. 그 퍼렇게 빛나던 눈빛. 어둑한 방안 벽에 걸린 이상한 그림하며 그 뜨뜻하던 온돌방.

그는 곧바로 산등성이를 치달아올라가기 시작했다.

'장군님, 말 탄 장군님, 절 버리지 마시어요.'

바람 소리같이 이상한 음성을 내면서, 취기에 젖은 감마라 허리에 손을 돌려 그 여자가 그를 데리고 갔을지도 몰랐다. 왜 그 생각을 못했을까. 잊고 있었던 셈이었다.

'안 돼.'

오래 있어서는 안 된다. 바깥 세상에서 왔던 다른 젊은이들이 비실비실 죽어 나갔다지 않는가. 그는 귓가에서 씽씽 바람 소리가 나도록 산마루를 달렸다. 지금쯤 감마라가 방안에 갇혀 있을 것 같은 기분이었다. 불길한 생각이 한번 떠오르자 그것은 점점 심해져서 끝없이 나쁜 상상만을 더해갔다.

'이놈들아, 백사주 한 그릇씩 퍼먹고 다시 가보련? 왓헛허.'

배를 쥐고 웃던 곰노인의 웃음소리가 귓가를 뱅뱅 돌았다. 허옇게 얼어붙은 낭떠러지의 얼음 폭포가 눈에 들어왔을 때쯤 해서 만적은 등이 축축하게 땀에 젖어 있었다. 헝겊 조각들이 매달린 늙은 고목나무 곁으로 그 무당네 작은 집이 눈에 들어왔다.

만적은 잠시 땀을 식히며 숨을 몰아쉬었다. 그리곤 도둑고양이같이 조심조심 그 나무를 목표 삼아 계곡으로 내려갔다. 마른 풀과 칡덩굴들이 뒤엉켜 그 고목나무는 눈앞에 보이면서도 걸음이 생각보다 더뎠다. 그는 살금거리며 집 앞으로 다가갔다.

만약 감마라가 이 곳에 와 있다면 여자 눈에 띄지 않고 그를 불러내었으면 싶었다.

그는 나무 뒤에 몸을 움츠리고 부엌 쪽을 노려보았다. 집안은 쥐 죽은 듯 고요했다. 가끔 바람이 나뭇가지들을 흔들며 달려가는 소리, 쌓인 낙엽들이 서로 부딪쳐 나는 바스락 소리뿐이었다.

더없이 불길한 생각이 겹쳐 들었다.

감마라에게 그 동안 정말 무슨 일이 생긴 것은 아닐까. 그러나 영 인기척이 나지 않았다. 어쩌면 감마라가 이 곳에 온 적도 없는데 지레 짐작을 한 것은 아니었을까. 잠시 고개를 갸우뚱거리고 있을 때였다.

그 때 죽음 같던 정적 속에서 여자의 날카로운 비명이 창에 찔린 짐승 울음처럼 집안에서 새어 나왔다. 만적은 앞뒤를 생각할 겨를이 없었다. 그는 숨어 있던 나무 뒤로부터 몸을 빼내어 연기에 그을린 부엌문을 향해 뛰어나갔다.

다시 여자의 비명이 들렸다.

벌컥 부엌문을 열어 젖혔다. 어두컴컴한 부엌 한가운데 기둥에서 사람의 모습을 알아낸 건 어둠에 눈이 좀 익은 후였다.

"너?"

감마라였다. 손을 뒤로 돌려 부엌 가운데 서 있는 기둥에 묶인 채 입에 수건이 처박힌 감마라의 얼굴이 간신히 만적 쪽으로 돌려졌다.

눈이 마주쳤다.

"어찌된 일이냐?"

감마라가 괴로운 듯 다급하게 고개를 내저었다. 입에 처박힌 수건을 빼내자,

"의민(義旼)이다…… 지옥 야차, 의민이……."

감마라가 신음처럼 내뱉었다.

그가 소리를 내는 순간 방으로 연결된 쪽문이 열리며 한 줄기 검광이 써늘하게 어두컴컴한 부엌 쪽으로 쏟아져 나왔다.

"왓핫하하 왓핫하하……. 요놈의 쥐새끼들, 한꺼번에 아주 잘 기어들었다."

그 동안 더욱 무성해진 구레나룻의 얼굴로 천장을 향하여 이의민이 웃음을 쏟아내었다.

"왓핫하하……."

만적 쪽으로 칼끝을 똑바로 향한 채 의민은 방을 나와 그 앞에
바짝 마주 섰다.

꿈에도 잊을 수 없는 얼굴. 크게 벌렸던 입이 닫히며 흘겨보는
의민의 눈꼬리에 만적은 풀썩 주저앉을 듯만 싶었다.

"안다…… 네놈 눈구멍을 내 안다. 그래…… 너희놈들끼리 이
무릉도원에 숨어 들어서 한세상 그럴 듯이 살려 했던 모양이지?
핫하하, 좋지…… 네놈들을 내가 그렇게 살도록 해주지. 계집년
살맛도 더러 보아가며 살게 해주지……."

"무술 능한 장정들이 이 마을에 우굴거려."

묶여 있던 감마라가 기가 죽지 않으려고 이를 악물며 한 마디
를 내뱉었다.

"머지않아 다들 이리로……, 몰려올 걸."

"무술이 어째? 으허허허…… 요것들이…… 지 애비, 에미 누워
있는 골짜기에 같이 못 누워서 환장을 했구나. 이리 와. 이놈아.
좋은 구경 시켜줄 게니…… 으허허허."

어느 새 의민이 만적의 팔목을 우악스럽게 거머쥐었다.

"좋은 구경 시켜준대니께."

"놔, 이거……."

의민이 놀려대듯 만적의 코앞에 칼끝을 다시 들이대며 크게 웃
었다.

"더러 계집년 살맛도 보아가며 무릉도원에서 잘 살게 해준다
는데……."

"우리……, 피차 같이 쫓기는 신세에……."

간신히 우물거리는 만적의 등은 이미 서늘한 땀으로 다시 젖고 있었다.

"왓하하하…… 요놈 맹랑하다. 그래 나하고, 너희들 쥐새끼들이 같이 쫓겨?…… 같이 쫓긴다고? 왓핫하."

붙잡았던 팔목을 앞으로 끄는 듯하면서 아래로 꺾는 바람에 만적은 부엌 흙바닥에 그대로 널브러져 버렸다.

"우리? 이놈아. 핫하하."

칼날에서 풍기는 싸늘한 검광이 만적의 눈앞에서 현란하게 아롱졌다.

"네놈들도 세 끼 밥을 먹는다고 우리라고? 이놈아. 밥 먹고 잠 자고 계집 품는다고 다 같어? 이놈아? 같이 쫓겨? 핫하하."

의민의 이마 위로 퍼런 힘줄이 꿈틀거리며 기어올랐다. 의민이 거칠게 만적의 멱살을 잡아 일으키더니 제 얼굴 가까이로 바짝 끌어가서는 두 눈을 똑바로 쏘아보았다. 그 눈이 퍼렇게 불꽃을 내고 있었다.

"가르쳐 주지, 네놈의 쥐새끼들과 이 의민이가 다르다는 것을 내가 가르쳐 주는 게야."

의민이 어금니를 힘주어 어드득 무는 소리가 만적의 귀에까지 들렸다.

만적 역시 감마라 곁의 기둥에 손을 뒤로 한 채 나란히 묶여 버렸다.

어떻게 해 볼 도리도 없이 그는 의민이가 하는 대로 몸을 맡겨

둘 수밖에 없었다.

"니놈들과 내가 뭐가 다른지를 내가 오늘 가르쳐 줄 게다. 니놈들 간덩이하고 내 간덩이하고, 니눔들 뼉다귀하고, 내 뼉다귀하고, 무엇이 어디가 다른지 서서히 가르쳐 줄 게다."

"저……."

갑자기 주먹이 입술로 날아왔다.

"묶어 있는 놈과 묶는 놈이 어떻게 다른 지부터를 배우는 게야. 이놈아."

입술이 금방 찢어져 입안에 가득 피가 고였다.

"그 날 밤 너희 두 놈들 눈깔을 화살로 꿰뚫었더라면 내가 산에서 고생을 덜했을 게다. 김정이 놈, 그 말은 옳았다."

그는 돌아서려다가 발 밑에 떨어진 걸레 조각을 집어올려 두 개로 부욱 찢었다.

"다스리는 자와 다스림 받는 자, 죽이는 자와 죽는 자, 노비와 주인이 다른 것같이, 너희놈들과 이 의민이는 다른 게야. 네놈들 눈깔을 화살로 꿰었더라면……, 그래. 김정이 놈 그 말은 옳았었어. 네 스스로 출생의 줄에 화살을 날려라. 그 말을 산짐승같이 산 속을 헤매면서 깨우쳤다."

찢은 걸레 조각 하나를 만적의 터진 입술을 벌려 구겨 넣고, 다른 한 조각을 그는 감미리의 입 속에 처넣었다.

"계집을 아무라도 끌어안는 게 아니다."

어둠에 눈이 익으면서 열린 방문으로 방바닥에 나동그라진 여자의 희멀끔한 허벅다리가 드러나 보였다.

이렇게 죽는 것이리라.

아무도 보아주지 않는 곳에서 이렇게 죽어가는 것이리라.

목구멍으로 입안에 고였던 피가 넘어들었다. 어금니를 꽉 앙다물었다.

"니 새끼들도 물건을 달고 있을 테니 배우라는 게다. 어째서 내가 네놈들과 다른지 배우라는 게야."

벌겋게 달아오른 의민의 두 눈이 두 사람을 다시 한번 흘기더니 칼끝으로 그들의 턱을 한 번씩 치켜올려보고 열린 방안으로 들어갔다.

문이 닫혔다.

입안에 고여드는 찝찌름한 피가 뱉어낼 수도 없이 목구멍으로 계속해 넘어들었다. 여자는 죽은 것일까. 널브러져 있는 것을 보면 죽었든지, 죽지 않았더라도 정신을 잃은 성싶었다.

간신히 고개를 돌려 감마라의 얼굴을 보았다. 감마라의 얼굴은 죽은 사람같이 시퍼렇게 변해 일그러져 있었다. 감마라가 눈만 치뜬 채 고개를 저었다. 고개를 젓고 있는 그 표정에 한 가닥 살기가 감돌고 있었다.

할 수만 있다면 만적 역시 의민을 죽이고 싶었다. 죽여서 골짜기에 그 시체를 갈기갈기 찢어 버려 두고 싶었다. 그래서 밤이 깊어지면 살쾡이, 너구리, 여우들이 의민의 살점들을 나누어 씹었으면 싶었다.

조금씩 철이 든 후, 그 이의민과 같은 집에서 살아가기 시작했을 때부터 자주 싹터오던 생각이었다.

“으으음.”

감마라가 무겁게 신음을 했다.

아마 감마라와 여자가 같이 있었겠지……. 이상한 술을 나누어 마시고 몽롱한 기분으로 벌거벗고 있었을지도 모르지……. 그때 문이 열리고 뛰어들어온 의민이 여자를 한 주먹에 때려눕히고 감마라의 멱살을 단숨에 거머쥐어다 기둥나무에 묶어 놓았는지도 모른다.

혹 알 수가 없었다. 저 여자가 칼을 들고 뛰어든 의민의 장승같은 키와 구레나룻 앞에 앞서 콧소리를 내었을지도 모른다.

'장군님, 말 타고 오신 장군님. 사내하고 계집하고 잠깐 섞는 살이라도 수십 겹 인연 속에 점지되지 아니하면 맺어질 수 없답니다.'

그렇게 흥얼거리며 감마라가 기둥에 묶이고 있는 것을 여자는 힐끔힐끔 바라보며 웃었을지도 모르지.

“이런 상것이.”

의민의 볼멘소리였다.

푸드득거리며 여자가 몸을 도사리는 듯 싶었다. 정신을 잃었다가 깨어난 모양이었다.

“아니 된다. 아니 된다…… 이 태백산 신모가…… 신령님 인도 없이 함부로 들어온 불한당에…… 산신령에, 지신령에, 사해 용왕, 한꺼번에 두 눈에 불을 켜고 한 손에 불칼 들고…….”

여자가 높은 소리로, 그러나 여전히 그 꿈꾸는 듯한 음성으로 중얼거리는 소리가 밖으로 들려왔다. 감마라의 눈빛에서 이는 퍼런 불꽃도 점점 타들고 있었다.

"아악!"

여자의 비명이었다.

감마라의 입에 물린 걸레 조각 사이에서도 비명이 흘렀다.

또 한번 방안에서는 여자를 잡아채어 내동댕이치는 소리가 들렸다.

"아악!"

"왓하하하, 계집이야 버둥대는 맛이 없으면 송장인 게다. 왓하하하, 버둥대는 맛도 없으면 진흙 밭에 좆 박기지. 이년아……."

"아니 된다…… 아니 되어…… 산신령에 지신령에, 처녀 죽어 몽취귀, 총각 죽어 몽달귀, 과부 죽어 원혼귀, …… 사각귀, 넙적귀…… 이 산 속, 내가 부리는 신장들이 한꺼번에 두 눈에 불을 켠다. 네 이눔…… 어디라고 감히…… 네 이눔."

주술 실린 무녀의 발악 같은 목소리가 집안 전체를 겨울 폭풍같이 음습하게 휘감아대고 있었다.

"네 이누움…… 감히…… 내가 누구라고…… 네 이누움."

"왓핫하하…… 귀신들린 계집년 살맛이 어떤가, 고게 보고 싶은 게야…… 왓핫하하, 미친년."

다시 비명이 들렸다.

감마라의 이마에서는 식은땀이 송송 배어 나오고 있었다. 뒤로 묶인 두 손을 기둥에다 열심히 비비대며 손을 뽑아내려 해보았지만 온몸에 땀만 배어날 뿐, 손목이고 발목이고 빠져나와지질 않는다.

"나를 내질러 놓은 내 에미도 이 주먹으로 때려죽인 놈이다……. 죽이고, 죽이고…… 죽여서…… 바삭바삭 뼈까지 다 부쉬 먹어야 내 한이 풀리는 게다. 이년아."

연거푸 주먹 내리치는 소리였다. 뒤이어 이상한 의민의 웃음이 이어지면서 방안이 조용해져 버렸다. 신음하던 감마라도 제풀에 지쳤는지 눈을 감은 채 고개를 꺾어 버렸다. 집 밖으로 달려가는 바람 소리가 들렸다.

그 날 밤 김풍 장군댁 후원에서 나무에 나란히 묶여 의민이 활을 겨누었을 때, 떨리던 가슴이 멍해지면서 아무 생각도 없어지던 것처럼 만적은 머릿속이 텅 비어 편안해진 기분이었다. 그 시간에도 그는 눈을 감고 바람 소리를 들었지 싶었다. 그 때였다. 갑자기 문이 벌컥 열렸다.

그 순간 비릿한 열기가 확 풍기는가 싶더니 흐트러진 여자의 몸뚱어리가 그들 발 밑에 내동댕이쳐졌다.

"망할 계집년."

걸레 조각같이 여자의 몸뚱이가 두 사람 바로 발 앞에 떨어진 뒤에야 만적은 귓속을 지나던 바람 소리 속에서 깨어났다.

"왓하하…… 야, 네놈, 감마라. 정 붙이던 계집년 나자빠진 꼴이 어떻누? 어떻게 할련? 너도 한 주먹에 처죽여 나란히 묻어줄까?…… 아니면 가만 있어라……."

의민이 히죽 웃더니 부엌 바닥으로 내려왔다. 속살이 거의 드러난 여자의 몸뚱어리가 감마라의 발 밑에서 어깨를 가늘게 푸르르 한 번 떨더니 잠잠해졌다.

“그래 귀신 붙은 계집년하고 귀신 타령하던 재미가 어떻든?”

무슨 생각을 했던지 의민은 구레나룻 속에서 벌건 잇몸을 내놓고 히죽 웃더니 허리춤에서 작은 단검 한 자루를 뽑아내었다.

“주인집에서 노비가 도망을 하면 어찌 되는지, 니놈들도 그건 알고 있는 일…… 그걸 묵형(墨刑)이라 일컫는 게다.”

만적의 이마에 보송보송 배어 나온 땀방울을 내려다보던 의민의 입가가 한쪽으로 비뚤어졌다. 그와 동시에 단검 끝이 만적의 이마를 옆으로, 그리고 다시 위에서 아래로 부욱 그어 내렸다. 만적은 이미 눈을 감고 있었다. 땀방울에 섞여 눈썹 위로 주르르 핏물이 흘러내렸다.

“가만 있자…….”

의민은 벽에 매달린 무쇠솥 밑바닥을 손바닥으로 우악스럽게 한번 쓸어 그 검은 손바닥을 만적의 이마 상처에 사정없이 문질러 대었다.

“먹이 있으면 바늘로 곱게 수를 떠 주겠다만…… 이빨 없으면 잇몸이고, 계집 없으면 사내 뒷구멍도 할 수 없는 게야. 핫하하.”

단검으로 그어진 상처 속으로 솥 검댕이 배어 들도록 의민은 두 번 세 번, 검댕을 긁어다가 만적의 이마를 문질렀다.

“종놈은 종놈 표시를 해야 살아가는 게 편한 게야. 종놈이 종놈 아니라고 버둥대면 사람을 해치게 되고, 저승사자가 그림자가 되어 따라다니거든…….”

만적의 이마에 검댕을 문질러대며 그는 혼잣말인 것같이 중얼거렸다. 그러다가 무슨 생각을 했던지 한쪽에 쌓아둔 낙엽들을 아궁이에 밀어 넣고 부싯돌을 쳤다. 아궁이에 불이 붙으며 매캐한 연기가 부엌 안을 휘감아왔다. 불은 아궁이 쪽에서부터 바닥에 흩어져 있는 낙엽들에도 옮겨 붙었다. 골짜기로 씽씽거리며 겨울바람이 달려갔다. 만적은 어금니를 문 채 그 바람 소리를 들었다.

아궁이 속에서 툭툭 소리를 내며 타들고 있는 낙엽이 타는 냄새가 아련하게도 분이에게서 잠시 맡았던 살 냄새를 생각나게 했다.

"감마라, 네놈한테는 무얼 그려 줄까?"

"살아나기만 하면……, 내 갚아줄 게다, 기어코."

입 속에 박혔던 헝겊 조각이 빠져나갔는지 감마라가 이를 갈며 소리쳤다. 만적은 구레나룻 수염 속에서 벌겋게 드러난 이의민의 잇몸이 감마라의 얼굴 앞에 드러나 있는 것을 보았다.

감마라의 얼굴은 전혀 다른 사람 같았다. 산다든가, 죽는다든가, 그런 생각이 떠나 버린 듯 일그러진 얼굴에 눈만 이글거리고 있었다.

"그 날 밤, 김정의 칼에 의민이 네놈이 안 죽고 그대로 도망친 걸 다행으로 생각했다."

훨훨 타는 눈으로 감마라가 의민을 치켜올려보며 씹어뱉듯 말했다.

"ㅎㅎㅎㅎ…… 그래, 고맙다."

"그 날 밤…… 네놈 칼에 김정이 안 죽은 것도 부처님께 감사드렸고……."

"헛흐흐흐…… 고놈…… 바로 멱을 딸까 했더니 귀여워서 안 되겠네."

아궁이 불빛에 반사되어 번쩍거리는 칼끝을 의민은 감마라의 눈앞에서 빙글빙글 돌리며 고양이가 쥐를 구슬리듯이 연신 낄낄거렸다. 그러나 감마라의 눈빛은 죽을 각오를 해서인지 지지 않고 의민을 맞쏘아보고 있었다.

"김정이 다른 사람한테 죽는 건 싫었다."

"그래?"

"의민이 네놈도 다른 사람한테 죽어서도 안 되었고……. 내가 무술을 배워 꼭 내 손으로 둘을 다 죽이겠다고, …… 열 번이고 백 번이고 북두칠성님께, 부처님께 맹세를 했다……. 노비들의 뼈다귀가 굴러다니던 골짜기에서 맹세했다."

"그놈, 제법 귀여운 소리를 할 줄 아는구나. 종놈은 종놈 표시를 하고 살아가는 게 편하다고 일렀는데……. 이마빡에 뜸을 뜨고, 주는 거나 받아먹고 안 주면 굶고…… 그러다가 골짜기에 눕혀져 썩는 게 제일 편한 게야. 그렇지 않으면 제 명에 죽질 못해."

"이 골짜기, 너도 살아 빠져나가진 못한다. 사냥꾼들이 화주에 네 간을 안주 삼겠다 했다."

"귀신 붙은 년과 잠시 있더니, 헛뵈는 게 많아진 게로구나……. 그래, 어디 보자? 네놈 이마빡엔 칼이 안 들어가나?"

의민의 손에 들렸던 단검 끝이 감마라의 앞이마를 옆으로 부욱 그었다. 핏물이 금방 칼끝을 따라 한 줄로 배어 나왔다.

"으아아……."

그 소리가 너무 크고 처절해서 의민이도 멈칫 한 걸음을 물러
서서 감마라를 노려보았다.

"미쳐도 아주 미쳤구나."

"미쳤다. 아주 미쳐서 눈이 뒤집혔다."

감마라가 이를 부드득 갈면서 울부짖었다.

바로 그 때 조용히 부엌문이 열렸다.

"아!"

그리고 짐승가죽옷의 날렵한 소녀가 앞서 부엌 안으로 뛰어들
었다.

"누구냐?"

의민이 소리쳤지만 소녀, 야매영은 민첩하게 만적의 손목을 묶
은 새끼줄부터 단검으로 잘라내고 있었다.

"세상사가 다 수십 겁 업보의 일들……. 그래, 오늘은 만나야
할 사람들이 거의 만나진 셈인가 보구나. 허허허허."

야매영 바로 뒤를 따라 한 사람 초로(初老)의 사내가 껄껄거리
며 부엌 안으로 들어서고 있었다.

"헤어진 지 벌써 여러 날이 지났지, 아마? 헛허허."

의민의 손에 들린 긴 장검이 다시 좁은 부엌 안에 날카로운 섬
광을 뿌리며 그 초로의 사내 쪽을 향했다.

"허허허……, 못난놈. 그래 동경에서 몇 달을 뛰어 기껏 여기
냐? 이놈아. 기어서라도 개경까지는 갔겠다."

의민의 장검이 희끗한 머리털의 사내를 향해, 목에서 옆구리
쪽을 향해 엇비슷이 내리쳤다.

"못난놈……. 팔방 세계, 십방 세계를 휘돌고 왔다던 악귀가 기껏 부처님 손바닥 안을 날아다녔다더니만 너 같은 놈한테 하는 소리였구나. 그래, 그 칼로 내가 베어질 성싶으냐? 못난놈."

대사 허정(虛靜).

사내가 가볍게 몸을 피하는 바람에 의민의 칼끝은 다시 천장으로 치솟았다가 허공을 갈랐다.

"칼날이란 미움만으로 사물을 자르지는 못하는 게다."

의민의 칼끝이 새롭게 사나이에게 접근해 갔지만 두세 번 창! 창! 하는 쇳소리와 함께 사나이는 들고 있던 대나무 퉁소로 칼끝을 받아냈을 뿐 거의 몸을 베이지 않은 상태였다.

온몸의 힘을 실어 다시 내려친 의민의 장검이 사나이가 살짝 몸을 비키자 만적이 묶였던 기둥을 후려 찍었다.

그 순간 사나이의 발길이 의민의 아랫배를 호되게 걷어찼다.

"가려거든 개경이나, 서경……, 좀 멀리로 가야지. 기껏 안방 나가 건넌방, 건넌방 나가 사랑방이어서야 어디……, 이놈아."

만적이 묶였던 기둥을 반이나 자르고 그대로 기둥에 박힌 의민의 긴 칼이 아궁이의 불빛을 반사시키며 파르르 떨고 있었다.

"못난 녀석!"

그 때까지 묶여 있던 감마라의 손에 묶인 줄을 툭툭 끊어주고 나서 사나이는 아랫배를 부여잡고 넘어진 이의민을 흘겼다.

"아."

감마라는 이 낯익은 사내, 가끔 꿈 속에서도 떠올렸던 머리카락 희끗거리는 초로의 사내를 우러르며 잠시 표정마저 잃었다.
넘어졌던 의민이 잠깐 고개를 들더니 그대로 부엌문을 박차고
밖으로 튕겨나갔다.

"서라, 이놈."

사나이도 밖으로 나서며 명령했다. 야윈 몸뚱이 어디에서 그런
큰 목소리가 나오는지 사나이의 호령은 계곡을 울리고, 골짜기
를 맴돌아 메아리가 되고 있었다.

튀어 도망가려다 고개를 돌려 뒤를 돌아보던 의민의 몸이 앞으
로 꺾였다. 사내의 손을 떠난 대나무 통소가 의민의 앞정강이를
후려친 것이었다.

"또 살려 주셨습니다, 저희를."

감마라가 몸을 던져 사나이 앞에 무릎을 꿇었다.

"그래, 알아보겠느냐?"

"그 날 밤 구원을 받은 후로 쭈욱……."

"바늘에 꿰어진 실은 수십 수백 겁 인연으로 얽혀, 꿈을 꾸고,
또 꿈꾸며 그 꿈 속에서 한 겹 이승의 인연을 살아가는 게다."

만적도 사나이 앞에 같이 엎드렸다. 사나이의 얼굴에 한 줄기
회한 같은 것이 스쳤다. 그는 자기 앞에 무릎을 꿇고 있는 두 청
년을 물끄러미 내려보더니 몸을 굽혀 만적의 턱을 치켜올렸다.

솥 검댕과 피가 뒤범벅된 만적의 이마 위에 그의 서늘한 시선
이 머물면서 그의 얼굴에 한 가닥 깊은 그늘이, 밀려오는 땅거미
처럼 스쳤다.

그는 만적의 이마 상처와 자기 뒤에 걱정스럽게 서 있는 매영

의 얼굴을 번갈아 바라보더니 낮게 숨을 한 번 내쉬고 얼어붙은 폭포에 시선을 보냈다.

장군댁에서 잔치가 있던 밤, 의민의 화살에 눈이 꿰어지려던 순간, 후원 쪽에서 너털거리며 나타나 김정의 칼날 앞에 마주 섰던 사나이. 그리고 집안에서 다시 눈에 띄지 않던 그가 그들의 위급 앞에 다시 나타나 준 거였다.

"인연이란 한 치도 벗어나지 못해."

사나이는 벌겋게 변해가는 황혼을 배경으로 정강이를 감싸쥔 채 곰처럼 웅크리고 있는 의민을 향해 걸어갔다.

"네놈의 살겁(殺劫)은 하늘에도 뻗치고 내세에까지 뻗쳐 있기에 싹을 베어 버리는 게 좋을 듯도 싶다만, 내가 널 베어도 너를 따라다니는 그 살겁이 소멸될 듯싶지가 않다."

사나이는 쭈그리고 앉아 있는 의민의 머리를 내려다보며 혼잣말같이 다시 입을 열었다.

"네 목을 베어 살겁을 소멸시킬 수 있다면 살생도 때론 자비가 되겠지. 끝없이 사람을 죽이고, 그래서 네가 너마저 죽이고, 그 죽인다는 생각마저 죽여야 끊길 업보이니 괴로운 일이다."

"살려 주십시오."

털투성이 의민의 얼굴이 위로 젖혀졌다.

"헛허허, 너한테서 그 살겁을 소멸시킬 수만 있다면 그 무엇이라도 하겠다만, 네 목을 쳐 본들 없어지지 않을 그 업화를 이제 와서 어찌하겠느냐?"

"저한테도 무술을 가르쳐 주소서."

"네 칼에 죽는 자들, 고통을 덜 받고 쉽게 죽게 하는 것도 자비
라면 네 무술이 높아지는 게 자비가 되는 것인지, 헛허허."

어두워지고 있었다.
골짜기는 안개 같은 어둠이 스물거리며 휘감겨 들었다.
"불이에요! 불."
그 때 매영이 뒤쪽에서 날카롭게 소리쳤다. 그들이 한꺼번에
고개를 들었을 때는 무녀집 부엌 쪽에서 불길이 솟구쳐 오르고
있었다. 모두의 시선이 사나이를 향했다. 그러나 사나이는 왼쪽
눈썹을 한 번 찡긋 올렸을 뿐 아무 말도 하지 않았다.
"사람이 있어요. 집 안……."
맨 앞서 불길을 향해 뛰쳐 일어난 것이 감마라였다.
"그 여자는 이미 한참 전에 이 골짜기를 떠났다."
그가 묵직하게 말했다.
"아닙니다. 부엌바닥에."
감마라가 미친 듯 불길이 이미 지붕을 치솟는 부엌 쪽으로 뛰
어들고 있었다.
"마음대로 하거라, 것도 인연이라면."
이번엔 만적이 감마라를 말리려 소리쳤지만 감마라가 집안으
로 뛰어든 뒤였다.
"그대로 둬라."
고개를 돌리며 사나이는 깊숙이 숨을 내쉬었다.
사나이만 제외하고 모두의 눈길이 불타는 집을 향했다. 불길은

맹렬하게 지붕 꼭대기로 치솟고 있었다. 잠시 후 감마라가 불길을 헤치고 무녀의 시체를 안은 채 밖으로 나왔다.

저녁 노을과 감마라의 이마 위로 흘러내리는 피, 거기 조화되어 속살이 드러난 흐트러진 여자의 모습은 그 순간 처절하기보다 이상하게 아름다웠다.

"오는 길에 골짜기를 떠나는 철골녀를 이미 보았다. 그 여자, 이 골짜기에 너무 오래 있어서 이제 떠날 때가 된 것이다."

사나이는 밑도 끝도 없이 허공을 응시하고 생각에 잠긴 듯하다가 갑자기, 호령하듯 커다랗게 공중을 향해 소리를 내질렀다.

"할(喝)!"

"묻어 주어라."

벌겋게 물들어가는 노을을 노려보던 그는 아직도 감마라가 그녀, 늘어져 있는 시체를 안고 있는 것을 보고 말했다.

"누구도 우주의 질서를 바꾸거나, 정해진 인연을 피할 수도 없는 게다. 이제부터 너희들 모두, 손끝에 피 냄새를 풍기며 이 골짜기에 남아 있어서는 안 된다. 근 이십 년…… 나, 이 산골을 아끼며 살았다. 그 동안 이 곳은 물 속 같았다. 시기심도 증오심도 명예욕도 아무 소용없는 흘러가는 구름 같은 곳. 철마다 꽃 피고, 열매가 맺듯 여기 사람들은 그렇게 살아왔다. 바깥 세상에서 쫓겨 들고, 숨어 들고, 그래서 처음에야 한을 품고 들어오지만 한 철만 지나면 얼음 땅이 풀리듯 마음 속 시비지심(是非之心)이 다 맑디맑은 명경지수가 되어 누구나 신선이요, 부처인 게 이 곳 사람들이다. 태어날 때 본래의 선심으로 누구도 다 돌아갈 수밖에 없는 곳이 이곳이다. 헌데 너희놈들이……."

"……."

"이십여 년, 이 곳은 피 냄새가 나지 않았다. 온몸에 상처를 입어 피가 흘러도 이 골짜기 바람은 상처에서 나무 냄새, 풀 냄새가 나게 했다. 피가 피를 부르고, 다시 그 피가 또 다른 피를 부르는 그런 속된 피 냄새가 없었다. 그런데 너희들, 세 놈이 여기 들어와 있다. 한 계절 엎디어 살아, 마음 속 한이고, 업화(業火)의 불길이고 눈 녹듯이 재처럼 살라 버리고 여기서 바람이거니 물이거니 살아갈 그런 놈들이 너희는 되지 못해. 것도 따지면 수십 겁, 수백 겁 피하지 못할 인연의 줄 탓이겠지만."

"……."

"이 곳이 바람이거나 물이거나……. 그럴 수 있게 너희 모두가 이 곳을 떠나야 한다."

"……."

"세 놈 다 한꺼번에."

의민과 만적, 감마라 셋이 한꺼번에 사나이를 올려보았다.

점점 어두워지고 있는 하늘 아래, 낼름거리면서 노을빛에 어울려 마지막 빛을 뿜어대는 불꽃을 배경으로 허정은 꼼짝 않고 서쪽 하늘을 응시하고 있었다. 희끗희끗한 머리에 깡마른 몸채 위로 치올라간 눈썹과 형형히 빛을 내뿜는 써늘하면서도 강렬한 눈빛.

셋은 침을 삼키고 고개를 돌렸다.

"매영아."

허정은 한참만에 엄숙하게 야매영을 불렀다. 매영이 움찔했다. 일 년에 한두 차례, 혹은 한 해 걸러 서너 차례 이 산 속을 찾아와 하루 이틀, 머물다 가는 사람. 더러 스님이라고도 하고, 더러는 도사님, 혹은 신선이라고도 불리는 사나이. 그러나 매영은 그가 나타났을 때마다 우연하게도 그녀 매영을 잠깐이라도 스치고 갔음을 생각해냈다.

"넌 앞서 가서 곰노인에게 내가 왔다고 알려라. 그리고 이 세 놈들과 내가 같이 있다고 해라."

"곰노인에게요?"

허정은 천천히 고개를 끄덕였다.

"내일 아침 날이 밝기 전에 내가 셋 다 데리고 떠나겠다는 말도 하고……."

매영이 잠시 만적 쪽을 쳐다보며 머뭇거렸다.

"알았다. 너도 앞서 같이 가라."

만적이 머뭇대며 일어서자 허정은 물끄러미 만적의 이마 상처를 다시 건너다보았다.

"이마의 먹물보다 마음 속 먹물을 지울 수 있으면 하나의 업화는 사라질 것을……."

허정은 혼잣말로 중얼거리고 나서 고개를 돌렸다.

매영과 만적이 떠나고 나자 무녀의 집은 마지막으로 지붕이 풀썩 내려앉고 있었다. 잘 마른 지붕이 내려앉으며 불길은 다른 곳으로 번지지 않고 그대로 숨을 죽이기 시작했다.

"너희 두 놈이 같이 묻어줘라."

아직 고개를 떨구고 있던 의민을 향해 허정이 말했다.

울긋불긋 헝겊이 걸렸던 커다란 고목 곁 바위틈 사이에 무녀의 시체가 놓이고 그 위에 작은 돌무덤 하나가 만들어져 갔다. 허정은 꼼짝 않고 팔짱을 낀 채 어두워오는 하늘만을 바라보고 있었다. 의민도, 감마라도 말이 없었다. 저 노인이 바로 곁에 바위처럼 버티고 있는 이상 말도 생각도 정지되어 그저 허깨비같이 육신만이 움직여지는 느낌이다.

앞으로 어떤 운명이 기다리고 있을지, 오늘밤 당장 어떻게 될는지 알 수가 없었다. 그러나 감마라는 어렴풋이 이제야 안개 속 그림자처럼 떠돌던 작은 줄 하나를 찾아 쥔 느낌이었다.

무녀를 만난 것은 한낱 꿈이었는지 몰랐다. 끊임없이 일던 마음 속 욕정이 응어리가 되어 그림자로 잠시 어른거렸는지도 모를 일이었다. 그러나 막상 여자의 몸뚱이가 돌무더기에 완전히 덮여 버렸을 때, 마라는 소스라치듯 어드득 어금니를 물며 이의민을 노려보았다.

세상에 나와 처음으로 그를 따뜻이 받아주었던 여자였다. 그 여자가 죽은 것이다. 감마라는 온몸을 우박처럼 격렬하게 후려 지나는 분노를 간신히 안으로 물어 삼켰다.

'언젠가는 꼭 죽이고 말리라. 이마에다 세 겹, 네 겹 증오의 먹물을 그어 놓고 내 손으로 널 죽이고 말리라.'

"명년 봄엔 쑥이 참 잘 되겠다. 봄비가 와서 땅을 촉촉하게 적시면 폭포도 녹아서 풀어지고 쑥 뿌리가 뻗어 무성하게 쑥이 자라

날 게다.”

밑도 끝도 없이, 마지막 벌건 헛바닥을 내밀고 사위어 가는 불꽃을 바라보며 노인은 바람 소리같이 말했다.

“아무것도 없었던 게다. 이 골짜기에는 원래 사람이 살지도 않았고 칡덩굴에 엉겅퀴까지 얽혀 토끼란 놈도 잘 들어오질 않는 곳이다. 자, 가자. 곰노인네 술이 잘 익었을 게다. 따라 오너라.”

노인은 뒤도 돌아보지 않고 앞서 휭 하니 등성이로 올라가기 시작했다. 의민 역시 엉거주춤 노인의 뒤를 따랐다. 노인의 걸음은 말로만 듣던 축지술을 하는 것인지 헉헉 숨을 몰아쉬는데도 따라갈 수 없도록 빨랐다. 감마라는 등성이에 올라서면서 잠깐 골짜기를 돌아보았다. 작은 불꽃이 아직껏 날름대고 있었다.

“왓헛허허…… 이 미친놈들, 운이 좋긴 좋은 눔들이었구려. 곰한테서 살아나고, 무당한테서 살아나고……. 저 살쾡이같이 생긴 친구 손에서도 살아나고, 헛허허……. 내가 이놈들에게 쓸데없이 백사주 이야기를 잘못했던 모양이지요. 하기야 음양지도란 인력으로 어찌하지도 못하는 것이지. 헛허허.”

곰노인은 움집 안에 늘어놓았던 술항아리들을 안아다가 불 곁에 놓아두고 쿨룩거려가며 모여든 사람들을 쳐다보면서 껄껄거렸다.

“천하 명주(名酒)를 담갔는데……, 대사님 주복(酒福)이 부족해 아직 거를 때가 안 되었구려. 헛허허…… 자, 여기 있는 술이라도 듭시다.”

"좋은 술이야 혼자 드시려고 감추어 두신 게 아니오? 소제(小弟), 자주 오는 것도 아닌데요."

"허허허, 대사도 더러 들어는 보셨으리다. 분주(糞酒)라고."

"나도 말만 들었지, 그 분주라는 건 먹어보지를 못했지요. 헌데 날더러 거 대사, 대사 하지 마시구려. 한두 해 알아온 사이도 아니고……. 더구나 불도(佛道)에서 금하는 오계(五戒)를 골고루 범하고 다니는 망나니가 아니던가요?"

"그게 바로 탈계(脫戒)지요."

"탈계라고요?"

"계(戒)에 얽매임은 소인배들의 일. 신라 때 원효는 해골에 괸 물을 먹고 득도를 했다 들었지만, 대사야 해골 물이나 분주를 안 마시고도 하는 일, 가는 길이 다 무상(無常)이요, 구름이니 대대사(大大師)가 아니오?"

투박스런 오지그릇 가득 화주를 부어 허정 앞에 내밀어 놓고 곰노인은 다시 심하게 기침을 했다.

"너희도 많이 먹어 두어라."

의민과 만적, 감마라 앞에도 술잔과 고기들이 놓여 있었지만 그들은 감히 술 쪽에는 손을 대지 못하고 두 노인의 눈치만 살피는 형편이었다.

"그렇게 따지면 나보다야 영감님이 앞서 득도를 하셨고, 극락도 앞에 가실 거요."

"맞지요. 암 거야…… 헛허허, 이 날까지 짐승 탈을 쓰고 살아가는 뭇생명들이 하루라도 빨리 허울을 벗도록 사냥을 해왔으니

환생을 돕는 자비를 베푼 셈이지. 헛허허."

"맞습니다."

"거기다 취해야 할 술을 마시고 나는 바로 취하고, 대사는 취하지 않으니…… 어린애 같은 맑은 심성(心性)으로 술을 마시면 바로 취해야 하는 것, 하니 대사님 극락행은 쉽지 않으리다."

"마시지요. 술로 만드는 한 꺼풀 환(幻)이야 오죽이나 좋습니까? 헛허허."

두 사람은 여러 해째 서로 의기가 투합되어 온 듯, 고기 안주를 뜯으며 오지그릇의 술독을 연거푸 기울여 댔다.

술잔이 빈번하게 오가며 두 사람의 이야기는 점점 선문답(禪問答)처럼 오묘해지고 의민의 표정은 더욱 곤혹스러워 갔다.

결국 의민이 곰노인이 안겨준 화주에 고깃점을 앞서 뜯기 시작했고, 만적과 감마라도 머루주로 입술을 적셨다.

야매영이 정성 들여 닦아준 만적의 이마는 검댕은 가셨지만 벌겋게 부어올라 있었고, 감마라는 한 줄로 그어진 상처의 핏자국이 그대로 말라붙어 있었다.

"처음에는 몰랐는데 묶여 있었습니다. 이 허정이, 동아줄에 팔이고 다리고, 칭칭 묶여 있어요. 안 되겠다 싶어 묶인 줄을 애써 하나 툭 끊고, 또 하나 툭 끊고……. 허허허……, 그 줄이 어찌나 단단한지 영 끊겨져야지요. 그래도 죽을 힘을 다해 끊었지요. 다 끊었다 싶어 잠시 크게 한번 웃었습니다. 어떻게나 시원한지 세상이 떠나가라고 실컷 웃어대고 기지개를 쭉 폈는데…… 하, 아뿔싸! 아, 이놈의 내 웃음소리가 꼬리를 물고 뱅글뱅글 돌다가 또

나를 옭아 묶더란 말씀입니다. 헛허허…… 원 이런…… 미망(迷
妄)이었지요. 내가, 나를 벗어야 하는데, 이십여 년을 떠돌며 살
아도 내 껍질을 벗어나질 못합니다. 벗어났다 싶어 마음을 놓으
면 다른 한쪽이 붙잡혀 있고, 이제야 벗어났다 싶으면 발가락 한
끝이 또 매달려 있고……. 어렵고도 어려운 것이 거미줄같이 매
달린 연줄인 듯싶습니다.”

허정도 취해가는 듯싶었다. 간간이 노지(爐址)의 숯불을 응시
하는 허정의 몸이 조금씩 흔들렸다.

“내가 줄을 다 끊었구나, 싶다가도 다시 보면 새 줄에 한 발이
칭칭 감겨 있으니. 헛허허……, 그래 가지고야 내가 누구를 시도
하며 내가 무엇을 구할 수 있겠습니까?”

“짐승들 환생시키느라고 평생을 보냈으니 내 쪽이 대사보다는
극락에야 앞서 쉬이 갈 거요. 어떻소? 대사. 왓헛허허.”

“이 허정보다는 곰노인이 부처에 가까우시리다.”

“대사도 나하구 사냥이나 하며 이 곳에서 눌러 사시지. 극락이
어디 따로 있겠소?”

곰노인은 몇 번 쿨룩거리고 기지개를 길게 하더니 의민을 돌아
보고, 꽥 소리를 질렀다.

“네놈들도 어서 퍼먹고들 자!”

노인은 다시 술을 한 대접 마시고 그대로 벌렁 눕더니 앞서 코
를 골기 시작했다.

노인의 코고는 소리가 움집 안을 울렸다.

“미망이야, 미망…….”

허정은 눈치를 보고 있는 셋을 돌아보며 혀를 끌끌 찼다.

"너희 세 놈은 내일부터 당분간 나를 따르거라. 감마라 네놈은 제일 끊기 어려운 바깥 세상 연줄에 걸린 놈이고, 의민이 네놈은 네가 끊어간다고 생각한 검연(劍緣)에 걸린 놈이고……, 만적 네 놈은……."

허정은 벌겋게 부어오른 만적의 이마를 다시 눈여겨보았다. 의민이 칼끝으로 그어 검댕을 짓이겼던 이마 위에는 정(丁)자 모양이 검붉게 부풀어 있었다.

"네놈은…… 이승 육신의 줄 위에 뛰어들어 한 꺼풀 환(幻)을 만든 놈이다. 자라. 날이 새기 전에 떠날 것이다."

세 사람 역시 벽을 향해 모로 누웠다. 만적은 눈을 감았지만, 그러나 잠이 들 것 같지 않았다. 얼마 동안 너무 많은 것을 겪은 듯했다. 더구나 의민이와 한 자리에 누우리라고는 생각지도 못했던 일. 오늘 하루 지난 일만 해도 꿈 속 같고 거짓말 같았다.

불현듯 상처가 난 이마가 욱신거리며 아파왔다. 앞서 곰노인집에 돌아와 매영이 헝겊에 물을 묻혀 숯검댕을 지우면서 했던 이야기를 다시 떠올렸다.

"퍼뜩 불길한 생각이 들어 여기로 와 보았더니 아무도 없고, 그래 널 찾아 나섰다가……. 꼭 바람같이 나무 뒤에 도사님이 그 때서 계셨다. 엉겁결에 '만적이가 짐작으로 감마라를 찾으러 갔는데요.' 했다. 그랬더니 도사님이 내 얼굴을 잠시 물끄러미 바라보시더니 곧장 무당집 골짜기로 내려가셨고……, 나도 그 뒤를 쫓아갔다……."

만적은 누웠던 자리에서 빠져나와 밖으로 나왔다.

밤하늘은 언제 구름이 몰려왔는지 별 하나 없이 깜깜했다. 이마의 상처에 써늘한 바람이 와서 부딪쳤다. 만적은 매영이 사는 움집을 어림잡아 그쪽을 향해 쭈그린 채로 앉았다.

"만적아."

잠시 후, 서너 걸음 앞 어둠 속 늙은 소나무 뒤였다. 매영이 들고양이같이 소나무 밑동에 붙어 숨어 있었다.

"널 못 보고 가는 줄 알았다."

엉겁결에 만적이 매영의 두 손을 찾아 쥐었다.

"나도 너를 다시 못 보지 싶어서 나왔다……. 너는 도사님께 여기서 산다고 그래 보아라……. 여기서…… 짐승 잡고, 화전도 하고 그리 산다고 말씀드려 봐라."

매영은 혼잣말처럼 나지막한 소리로 중얼거리더니, 잠시 후 고개를 흔들며 도리질을 했다.

"아니다. 그냥 해본 말이다"

만적의 두 손이 매영의 얼굴을 감싸자, 그녀의 손이 만적의 손을 덮었다.

"그냥 해본 말이다……. 참말 그냥 해본 말이다. 이거, 멧돼지 어금니다. 갖고 있어라."

새끼손가락 크기의 멧돼지 어금니 한 개를 만적의 손에 쥐어주고 매영은 살쾡이처럼 금방 그의 품을 빠져나가 어둠 속으로 묻혀 버렸다.

다시는 매영을 못 만날지도 모른다는 생각이 들었다.

만적은 분이하고 헤어질 때 느끼지 못했던 또 다른 서늘함, 얼음 조각을 삼킨 것같이 가슴 속을 뚫고 지나는 써늘한 찬바람 소리를 들었다. 그는 어둠 속 어디만큼인가에 남아 있을 그녀의 냄새를 기억해 내려고 힘껏 숨을 들이켰다. 한 사람의 사내와 계집이란 그렇게 만나고 그렇게 헤어지고 마는 것인가. 그녀의 어머니가 강가 갈대집 움막에서 꼭 한번 만났다는 그네 아버지와의 인연처럼…….

"으아악!"

갑자기 곰노인의 움막 쪽에서 비명 소리와 함께 쿵 하고 사람 넘어지는 소리가 났다.

"못난 자식! 자거라. 이놈아."

뒤이어 찌렁하게 울리는 허정 노인의 목소리였다.

만적이 놀라 움집 안으로 뛰어들어갔을 때는 의민이 얼굴을 감싸쥐고 움집 입구 쪽에 엎어진 후였다. 정신을 잃은 듯 의민의 곰같이 큰 몸뚱어리가 꿈쩍도 안 했다.

곰노인이 코를 골기 시작하자 살그머니 일어난 의민이 허정 노인을 단검으로 내리찍었던 모양이었다. 그러나 순식간에 의민이 나뒹굴어 떨어진 거였다. 언제 그런 일이 있었느냐 싶게 금방 허정은 누운 채 기지개를 켜고 있었다.

"언제고 내 손으로 저놈을 죽이고 말겠다. 두구 봐라."

감마라가 목구멍 소리로 말했다.

"어디를 가건 우리는 대사님을 따라가서 무술을 배워야 한다."

감마라가 품 속에 간직했던 쇠붙이를 꺼내 만적의 손에 잠시
쥐어주었다.

"안다."

만적은 고개를 끄덕이면서도 다른 쪽 손에 쥐고 있던 멧돼지
어금니를 힘주어 움켜쥐었다.

만적에겐 어둠 속에서 웃고 있는 매영의 얼굴이 부유스름하게
자꾸만 떠올라왔다.

쑥과 마늘의 시간

어두워지기 시작하면서 바람까지 거칠어졌다.

내리던 싸락눈 가루가 바람에 뒤섞여 석굴(石窟) 앞에도 흩뿌려 왔다. 싸락눈 가루가 목덜미며, 소매 속까지 기어들어 어금니를 악물고 있는데도 앞니가 마주쳐 닥닥닥 소리를 냈다. 그러나 사부 허정의 자세는 깎아 놓은 돌처럼 움직이지를 않는다.

꼭 사흘째.

암자 뒤편 석굴 입구에 가부좌의 자세로 앉아 눈을 감고 사부 허정은 사흘째 물 한 모금 마시지 않고 앉아 있는 거였다. 무슨 변이 일어나지 않을까 걱정스러워 그 앞을 서성이고 있는 만적과 감마라는 사흘째에는 그들이 앞서 지쳐 쓰러질 것만 같았다.

마지막 추위인가.

이 작은 암자로 허정을 따라와 사부님이라고 불러온 게 석 달. 추위가 풀려갈 듯하더니 오늘 따라 바람까지 불며 뿌려대는 싸락눈이 어두워지기 시작하면서 칼끝처럼 뼛속으로 스며드는 것 같았다.

허정은 가끔 이런 말을 하였다.

"모든 것은 마음이다. 춥고 덥고 배고프고 배부른 모두가 다 마음에서 나오는 게야. 즐거운 마음으로 들을 땐 산새 소리가 노래로 들리지만 서러운 마음으로 들으면 울음으로 들리는 이치……. 바로 그 이치로 모든 걸 생각하면 쉬워지는 게다."

싸락눈을 뿌리는 겨울 저녁, 살을 죄어드는 한기도 마음에 생각하기 따라서는 사오월 봄바람일 수도 있다는 것이 사부의 말씀이었다.

"한 사흘 어디 다니러 갔거니 그리 잊고 있으면 되는 게다."

참선을 시작하며 허정이 한 말이었다.

그러나 그들로서는 뼛속까지 파고드는 추위 속에 눈을 감고 앉아 있는 사부를, 그저 어디 잠시 다니러 가셨거니 하고 생각할 수만은 없었다. 무술이 뛰어나고 도가 높다 해도 야위고 나이든 노인이었다. 그 노인이 딱딱한 돌바닥에 앉아 먹지도 마시지도 않고 잠자는 것도 아닌 상태로 이 추위 속에 꿈쩍 않고 사흘을 있는 걸 보면서 모른 척할 수는 없는 일이었다.

스승은 두껍지도 않은 흰색 누비옷 한 벌, 희끗희끗한 머리칼 위로 눈송이들이 쌓여가는데 자신들만 평소같이 불 지핀 방에서 편히 잠들 수가 없었다. 무릎을 세워 끌어안은 채 만적과 마라는 어금니를 여러 번 힘주어 물었다. 눈발이 얼굴에, 목덜미에 자꾸 와서 달라붙었다.

가끔 골짜기 전체를 흔들며 산이 우는소리도 들렸다.

웅, 웅, 웅-.

깊은 동굴 속에서 울려나오는 바람 소리 같은 산울림을 그들은 간밤에도 들었다.

웅, 웅, 웅-.

눈발은 계속 거칠어지고 바람 때문에 눈가루는 꼼짝 않고 앉아 있는 허정의 이마나 목덜미에도 뿌려댔다. 희끗희끗한 머리 위로도 소복하게 눈가루가 쌓여갔다.

그러나 허정은 사흘 전 아침 나절, 앉았던 자세대로 굳어져 돌이 된 듯 미동도 하지 않았다. 도(道)가 높은 스님이 앉은 채로 입적(入寂)한다는 말을 들은 적이 있어서 행여 스승이 그대로 굳어져서 돌이 되어 버렸나 걱정이 되어 가까이 가보면 온화하고 안온한 얼굴빛은 여느 때보다 더 불그스레 화색이 감돌았다.

"암만해도 안 되겠다."

떨고 앉았던 감마라가 휭 하니 부엌 쪽으로 가서 장작을 한아름 안고 왔다. 금방이라도 앉은자리에서 산골짜기가 떠나가도록 호령이 내릴 것 같아 걱정도 되었지만 만적도 너무 떨고 있던 참이라, 힐끔 스승 쪽을 돌아보고는 입을 다물었다.

잘 마른 장작은 곧 불이 붙었다. 불을 피우자 굵어지기 시작한 눈발들이 빙글빙글 맴돌면서 수십 수백 개씩 한없이 나방이떼가 되어 불을 향해 모여드는 것같이 보였다.

"불기운이 좀 가야 할 텐데……."

둘은 스승 쪽으로 불기운이 가도록 비켜앉아 장작을 두 개, 세 개씩 연달아 집어넣었다. 이윽고 불 있는 곳만 빼고는 어둠이 몰려와 주위를 채워 버렸다.

암자 옆으로는 추위에 얼어 버린 연못의 수면이 불빛을 받아 유리알처럼 번들거렸다. 둘의 눈은 똑같이 그 연못으로 향했고 부르르 한 번씩 몸을 움츠렸다. 연못 안에 떠다니던 나무통들도 이젠 얼어붙어 제자리에서 움직이지 않고 있었다.

석 달 전, 곰노인집을 떠나 이 암자에 도착했을 때, 허정은 말없이 앞서 연못에 떠 있는 나무통들을 사뿐사뿐 밟아 연못을 건넜었다. 그들이 연못가에 주춤거리고 있자 연못을 건너간 사부가 갑자기 골짜기가 울리도록 소리를 쳤었다.

"무엇들 하느냐? 빨리 따라오지 않고?"

연못에는 얼었다가 녹은 얼음 조각들이 둥둥 떠다니고 있었다. 둥글둥글한 나무통들이 그 얼음 조각 사이로 조금 전 허정이 밟고 지났는데도 조금도 움직이지 않고 일직선으로 칠팔 개가 그대로 떠 있었다.

감마라가 앞서 나무통에 한 발을 내디뎠다. 그러나 다음 발이 두 번째 통에 닿기도 전에 그는 물 속으로 처박혀 버렸다.

허정은 머뭇거리고 있는 만적 쪽을 재촉하듯 건너다보았다.

만적 역시 더 머뭇거릴 수도 없어 첫발을 딛자마자 곧바로 얼음 연못 속으로 굴러 버렸다.

"마음 속에 물이거니, 잘못하면 빠지겠거니 하는 생각을 지워야 한다. 사람은 눈이나 마음이 간사한 것이어서 맨땅 위의 좁은 곳을 걸으면서도 담벼락이고, 절벽 위에서는 그보다 더 넓은데도 걷지 못하고 비칠거리다 굴러 떨어진다. 높은 곳이라서 떨어지면 다치겠거니 하는 그 생각을 미리 지우지 못하기 때문이다. 그 생각을 지우는 것, 그것이 바로 무(武)의 출발이 되는 게다."

물에 빠지지 않고 연못 속 나무통들을 사뿐히 밟고 건너는 훈련이 그들에게 주어진 첫과제였던 셈이다.

그로부터 석 달.

석 달 동안 둘은 한겨울 얼음 연못에 하루에도 수십 번씩 빠져 들어 살 껍질이 갈라지면서도 나무통을 건너는 연습을 했다. 위험스럽게나마 물 속에 처박히지 않고 뒤뚱거리며 연못을 건너게 된 것이 두 달하고도 열흘이 넘은 뒤였다.

잘 마른 장작이 툭툭 튀는 소리를 내며 불꽃을 낼름거렸다.

잔뜩 떨고 있다가 불기운이 온몸에 스미자 잠이 몰려왔다.

"옛 스승 달마(達麻)선사는 잠을 쫓기 위해 손톱으로 눈꺼풀을 뜯어 내셨다. 눈꺼풀이 없으면 눈을 덮을 수 없으니 잠을 쫓는 방법으로는 제일 좋은 방법이었을지 모르지……."

사부 허정의 가르침이 바람결에 들려왔다.

만적은 멍이 들 만큼 허벅지를 꼬집었다. 감마라는 부엌 쪽에 쌓아놓은 장작들을 연신 가져다 나르면서 잠을 쫓고 있었다. 바람은 여전히 눈발을 휘몰다가 불 쪽에다 쏟아 놓았다.

몰려오던 눈송이들은 불 가까이 와서는 형체도 없이 사라져 버리고 다시 사라지면서도 끊임없이 저 무한 공간 어둠 속으로부터 불 쪽을 향해 쏟아져 내렸다.

석 달 전 새벽이 되기 바쁘게 곰노인의 움막을 빠져나오며 인사도 하지 못하고 떠나오는 것이 걸려 머뭇거리는 만적에게 허정은 손을 내저었다.

"제행무상(諸行無常)……, 인연의 줄이 끊기지 않으면 곧 만나게 마련인 게다."

곰노인은 드르렁거리며 코를 골고 있었는데, 허정은 벌써 걸음을 옮겨 딛고 있었다. 그 앞에서 감히 매영을 한 번이라도 더 보고 싶다는 눈치를 보일 수는 없었다. 그저 서너 번, 그녀가 살고 있는 움막의 방향을 뒤돌아보았지만 어둠이 가시지 않은 골짜기는 그간의 인연을 어스름 속에 묻어둔 채 교교롭기만 했다.

생각하면 혼자 남아 야매영의 풋과일 냄새가 나는 살 냄새를 맡으며 머물렀으면 싶기도 했다. 오리를 잡고 덫을 놓아 짐승가죽을 벗기고, 화전 일구는 법을 배워 조를 뿌리며 움막집에 엎드려 있고도 싶었다.

아무도 말이 없었다.

허정은 벌써 여러 걸음을 앞서가고 있었다.

구름처럼 휭 하니 등성이를 앞서 걷는 허정을 종종거리며 숨이 차서 헐떡여가며 셋은 뒤따랐었다. 미련이고 뭐고 생각할 여유가 없었다. 전혀 힘들이는 것 같지 않게 훌훌 앞서 걷는 노인의 뒷모습을 놓치지 않기 위해 셋은 우선 필사의 힘을 다해야 했다.

밤이 되어 바위 밑에 불을 지피고 같이 앉았던 때까지 의민이도 감마라도 말이 없었다. 의민이는 고개를 떨군 채 감히 허정을 마주 보지도 못하고 한쪽에 곰처럼 웅크리고 있었다.

허정은 잎이 조밀한 소나무 가지 몇 개를 툭툭 끊더니 작은 가지 하나씩을 그들 앞에 밀어놓았다.

"씹어라. 공복이 가실 게다."

"아침에는 제가……, 아침거리를 구해오겠습니다."

소나무 가지를 집어들고 고개를 숙인 채 의민이 털북숭이 얼굴로 퉁명스레 말했다. 허정은 고개만 끄덕였다. 솔잎을 씹다 보니 냉기 어린 땅바닥에 큰 대(大) 자로 누운 허정은 코를 골고 있었다. 불이 꺼지지 않도록 밤새 나무를 밀어 넣으며 쭈그리고 있던 만적도 설핏 잠이 들었던 듯싶었다.

감마라가 어깨를 흔들었다.

불은 이미 꺼져가고 있었고 어슴푸레 새벽녘이 가까워 왔다.

"의민이가 아침거리를 구한다고 골짜기를 내려갔다."

감마라가 골짜기를 가리키며 소근거렸다.

"뛴 것 같다."

으음 하더니 허정이 냉기 오르는 흙바닥에서 몸을 뒤채였다.

그들은 해뜰녘에 그곳을 떠났다.

독수리가 채가다 놓친 것같은 머리 떨어진 꿩 한 마리를 주워다가 구워먹고, 솔잎을 씹은 다음 바위 밑을 떠나면서도 허정은 사라져 버린 의민의 말을 하지 않았다.

"만날 사람들은 또 만나게 된다. 다시 만나 이승의 못다 푼 매듭을 풀게 될 게야."

  먼지만 부옇게 쌓인 낡은 암자에 도착하고도 며칠이 흘러간 뒤 허정은 의민이 이야기를 그렇게 꼭 한 번 했다.

  눈발은 계속됐다.

  웅, 웅, 웅ㅡ.

  은은하게 산이 또 울고 있었다.

  무릎을 세워 깍지를 낀 채 행여 당장 사부가 눈을 부릅뜨고 불을 피우고 있는 그들을 향해 호령을 할 것만 같아 계속 허벅지를 꼬집어가며 눈치를 살폈으나 돌부처가 된 듯 사부의 얼굴은 표정조차 변화가 없었다.

  석 달 동안 이 암자에서 같이 생활하면서도 사부 허정은 그들에겐 영 알 수가 없는 그런 사람이었다. 새벽에 암자를 떠났다가 사흘이고 나흘이고 돌아오지 않기도 하고, 어떤 날은 바랑 속에 화주병과 작은 산짐승이며, 꿩 같은 것을 넣어오는 때도 있었다.

  그런 날이면 그들 둘을 마주 앉혀 놓고 고기에다 술까지 실컷 먹고는 나무로 깎아 모셔 놓은 불상을 내려다 그것을 베개삼아 작은 법당이 울리도록 드르렁 드르렁 코를 고는 때도 있고, 새벽에 베고 있던 그 불상 앞에 단정히 꿇어앉아 눈을 감고 염주를 굴리는 때도 있었다.

  그들이 연못 속에 굴러 떨어지지 않고 무사히 나무통을 건너던 날은 어디에 두었던지 활 한 자루씩을 내주며 말했다.

  "화살에도 마음이 실려야 하는 게다. 죽이는 것이 문제가 아니라, 때로 상대방 털끝만 스칠 수도 있어야 하고 적의 손목이나 어깨에만 가볍게 상처가 나게 그렇게 쏠 수도 있어야 한다.”

“상대를 쏘아 죽이는 것은 쉬워도 상처만 입혀 전의를 잃게 하는 일은 쉽지가 않다. 그러려면 우선 마음이 화살과 하나가 되어야 하는 게야.”

그 날 그들이 처음으로 활을 받고 뛰어나가 토끼 두 마리를 잡아다가 저녁을 마련했을 때는 나직하게 말했다.

“우선 먹어야 무술도 있고 학문도 있고 도(道)도 있지만, 필요 이상의 살생은 머잖아 되받아 치러야 하는 업보가 된다.”

그 때 문득 만적은 산 속에 있을 때, 매영이 갈대밭에서 올가미에 걸린 물오리들을 날려주던 것을 떠올렸다. 그 날 먹을 두 마리 외에는 발에 걸린 올가미를 풀어 날려보내며 매영은 그들이 날아가는 것을 오래오래 바라보았다.

그러나 둘은 활을 받고 나서는 너무 신이 나 매일을 골짜기를 뛰어다니며 사냥감을 찾았다. 털끝만 스치든지 상처만 입혀본다는 생각은 짐승을 발견하는 순간 까마득히 멀어져 버려서 그들은 거의 지쳐 쓰러질 때까지 산을 뒤지는 게 일쑤였다.

그런데 이상한 것은 많이 뛰어다니건 조금 뛰어다니건 암자로 돌아올 때 그들 손에 들린 짐승의 수효는 대개가 같은 양이라는 거였다.

안 자야지. 안 자야지.
계속 허벅지를 꼬집으며 장작 조각을 불 속에 집어넣었지만 사부 곁에서 쭈그리고 이틀밤을 꼬박 새운 탓인지 둘 다 깜박 잠이 들어 버렸다. 온몸이 얼어붙어 오는 듯싶어 눈을 떴을 때는 이미 해가 솟고 있었다.

사부 허정은 여전히 꼿꼿한 가부좌의 자세였다.

그토록 거칠게 몰아쳤던 눈바람이 언제 잠잠해졌는지 하늘은 가을하늘같이 맑고 푸르렀다. 불은 소복하게 흰 재만 남기고 꺼져 있었고, 높푸른 하늘 밑 산등성이와 골짜기에는 하얗게 눈이 덮여 있었다.

둘은 꼼짝 않고 앉아 있는 사부 허정에게로 조심스레 다가갔다. 불그스레한 얼굴은 간밤 추위도 전혀 모르는 듯했다. 아니 몇 날을 흩뿌려 이마에 내려앉았던 눈송이가 녹아서일까, 이마에서는 가늘게 모락모락 김이 오르고 있지 않은가.

그들은 발걸음 소리를 죽여 뒷걸음으로 사부 앞을 물러나왔다.

"오늘은 아마 아침을 드실 게다. 내 얼른 한 바퀴 돌아 뭐든 잡아올 테니 넌 장작 좀 쪼개놓아라."

지난 밤 장작을 너무 많이 태워 버렸다. 사부님 말씀대로 그저 며칠 어디를 가셨거니 생각하고 방에서 잤다면 안 태워도 좋을 장작을 여러 아름 태운 거였다.

만적은 은빛으로 빛나고 있는 산골짜기를 향해 깊이 숨을 들이마시고 나서 통나무를 끌어내다가 장작을 패기 시작했다. 얼어붙은 듯싶던 온몸이 풀리며 전신이 땀으로 흥건히 젖어갔다. 잡다한 머릿속 생각들이 온몸을 휘감는 땀 기운 속에서 얼음처럼 투명해지기 시작했다.

"헛허허허."

사부의 웃음소리에 놀라 만적은 도끼를 내리고 황급히 한 걸음 물러서서 읍을 했다.

"대단하구나. 이걸 보아라."

만적이 쪼개놓은 장작 조각 속에서 허정은 날카롭게 번쩍거리는 조각난 쇳조각 하나를 들어올렸다.

"놀라긴 이놈아. 뭘 그리 놀라?"

허정은 다시 한번 골짜기가 쩌렁하게 울리도록 호탕스럽게 웃었다.

"사부님, 그게?"

"그래, 헌 도끼날이다."

"……."

"네가 내리찍은 도끼날에 다른 도끼가 무 베어지듯 베어진 게다. 쇠로 쇠를 무 베듯 베는 것은 무공 중에서도 상승 무공에 속하는 게지, 허허허."

사흘 동안 물 한 모금 안 마시고 앉아 있던 사람으로는 보이지 않게 여느 때보다 맑아 보이는 혈색으로 허정은 잔잔히 미소를 지으며 그윽이 그를 건너다보았다.

무 조각처럼 두 쪽으로 잘린 쇳조각의 단면에 아침햇살이 반사되어 번쩍거렸다.

"도끼날로 도끼를 무 베듯 자르게 되면, 부드러운 나뭇가지로도 나무를 자르게 되고, 그 나무로 쇠를 쪼갤 수도 있게 되는 거지. 대나무 퉁소로 칼날을 막아내는 이치다."

"어찌 그런 일이 일어날 수 있습니까? 저는……."

"허허허…… 그래 남은 쇳조각을 한번 더 쪼개어 보아라."

"예."

만적은 대답은 했지만 가슴이 쿵쾅거려오고 눈앞이 부옇게 흐려왔다. 다리마저 후들후들 떨려왔다.

'쇠가 쇠를 잘라낼 수 있다니…….'

깊이 숨을 들이쉬어 얼만큼 가슴을 진정시키고 그는 쇳조각을 나무토막 위에 올려놓았다. 조금 전 베어져 나간 단면이 햇볕을 쏘아대고 있었다.

"어서."

귓속에서 왕왕 소리들이 났다.

야매영의 소리 같기도 하고, 분이의 소리 같기도 하고 노비의 골짜기에 누워 있는 수많은 억울한 원혼들의 함성 소리 같기도 한 소리들이 그를 향해 몰려오는 듯싶었다. 그는 어금니를 악물고 그 쇳조각을 노려보았다. 다음 순간 그는 있는 힘을 다해 도끼를 내리찍었다.

"쨍그렁."

그러나 웬 일인가.

둔한 쇳소리였다. 나무토막 위에 올려졌던 쇳조각이 도끼날에 맞아 아래로 굴러 떨어졌다.

"잘 보아라. 무엇이 어찌 되었는지."

눈앞이 캄캄해왔다. 내리쳤던 도끼날은 듬성듬성 이가 빠져 달아났고 도끼날에 맞아 굴러 떨어진 쇳조각은 가벼운 흠집만 나 있었다.

"사부님."

그는 그대로 사부 허정 앞에 무릎을 꿇었다.

눈물이 쏟아질 것 같았다. 분명 조금 전에 매끈하게 쪼개진 쇳조각이 왜 이번엔 도끼날만 버려 놓고 쪼개지지 않는 것인가. 가슴 속의 그 왕왕거리던 격동들이 뜨겁게 목구멍을 타고 오르며 눈물이 되고 있었다.

"이번엔 내리친 도끼날만 상하게 했다. 그것이 무엇 때문이라고 생각하느냐?"

"가르쳐 주십시오."

이상하게도 눈물이 양쪽 볼을 타고 흘러내리고 있었다.

"조금 전 분명 쪼개졌는데 이번에는 도끼날만 상했다. 이상하지 않느냐?"

"사부님."

만적은 꿇어앉은 채 말을 잇지 못하고 겨우 사부님 소리만을 되뇌었다.

"연못 속에 떠 있는 통나무를 밟고 연못을 건너는 이치를 다시 생각해 보아라."

도끼날이 쪼개진 것을 안 순간 잠시 귓속을 울려오던 함성과 가슴의 고동 소리가 일순간에 그를 향해 히득거리며 비웃는 소리로 변해 몰려오는 걸 그는 들었다.

'무술을 배우기는 틀린 일이 아닐지. 아무래도 종자가 다르고, 씨가 천한 노비가 되어 영영 깨우침을 못 얻고 마는 건 아닐지.'

마음 속에 컴컴한 먹구름이 몰려오고 골짜기에 누운 수많은 노비의 뼈들이 일어서서 그를 향해 손가락질을 해대는 듯싶어 그는 눈을 뜰 수가 없었다. 만적은 오래도록 그렇게 엎드려 있었다.

그러다가 문득 분이의 애잔한 얼굴, 매영에게서 풍겨오던 풋살구 냄새가 가슴 깊은 곳에서 아련히 살아나 움직이기 시작했을 때 그는 다시 자리에서 일어났다.

온 세상은 흰 눈뿐, 사부 허정은 그 앞을 이미 떠나고 없었다.

도끼날에 매끄럽게 쪼개져 나간 쇳조각의 하얀 단면이 여전히 햇빛을 반사하며 번쩍거렸다. 그는 깊이 숨을 내쉬고, 다시 그 쇳조각을 나무토막 위에 올려놓았다. 그리고 온 정신을 다해 쇳조각을 노리면서 또다시 도끼를 내리찍었다.

쨍그렁.

그러나 쇳조각은 다시 나무토막 아래로 굴러 떨어졌고 도끼날만 또 엉성하게 빠져나갔다. 그는 또 한번 쇳조각을 올려놓고 이번엔 이를 악물고 도끼를 휘둘렀다.

쨍그렁.

여전히 흠집만을 남기고 쇳조각은 저만큼 또 튕겨나갔다.

세 번, 네 번, 다섯 번…….

이마에 땀방울이 흘러내리는 것도 잊고 어금니를 악물고 도끼질을 했으나 도끼날만 상해갈 뿐 쇳조각은 꿈쩍도 안 했다. 여섯 번째를 내리찍고 나서 그는 털썩 그 자리에 주저앉아 버렸다.

눈에 괸 눈물 때문에 눈꺼풀에 와 닿는 햇볕이 다섯 빛깔, 여섯 빛깔, 일곱 빛깔들로 찬란히 갈래갈래 쪼개지면서 오색실이 되어 뒤섞이고 있었다.

"재수 없는 날은 할 수가 없다."

언제 왔는지 마라가 멍청히 앉아 있는 만적 곁에 털썩 주저앉았다. 아침거리를 잡아오겠다고 나갔던 감마라는 빈손이었다.

"손안에 잡힌 거나 마찬가지였던 토끼 새끼가 화살에 안 맞아주는 데야 어떻게 하냐? 눈이 쌓여 도망도 제대로 못 가는 놈들을 세 번이나 쏘았는데……."

감마라는 혀를 끌끌 차다 이가 다 빠져 버린 도끼날을 집어들더니 어처구니가 없는 듯 벌떡 일어서며,

"너 미친 거냐? 지금."

만적은 대답 대신 잘려져 나간 쇳조각을 집어 감마라의 코앞에다 밀어 주었다.

"사흘을 못 자더니 뭐가 잘못된 모양이구나. 장작 좀 패 놓으랬지, 언제 내가 도끼날 파먹으랬냐?"

그러나 감마라는 번쩍 햇빛을 반사해대는 잘린 쇳조각을 눈여겨보다가 다른 조각을 집어 맞추어 보았다.

"어찌된 거냐? 이게."

"도끼로 그 도끼쇠를 쪼갰다. 단번에 쇠가 쇠를 무 베듯 쪼개 버렸어."

만적이 자초지종 이야기를 들려주었다.

"비켜봐라, 저만큼."

감마라가 나무토막 위에 쇳조각을 올려놓고 힘을 모아 도끼를

내리쳤다. 쇳조각에는 겉으로 또 하나의 흠집이 났을 뿐 도끼날만 더 빠져나갔다.

"거, 이상하다."

감마라는 한 번을 더 내리찍더니 부엌으로 내달아서 날이 시퍼런 다른 도끼 한 자루를 찾아내왔다.

"비켜봐라."

마라의 손이 새로운 쇠도끼를 무시무시한 힘으로 내리찍었다.

그러나 결과는 마찬가지였다.

"분명 잘라졌단 말이지?"

"나무토막 사이에다 나도 모르게 사부님이 이 쇳덩이를 올려놓으셨다."

"장작만 찍고 있었는데?"

어렴풋하게나마 사부 허정이 가끔 얘기하던 그 가르침. 그 마음이라는 것이 떠오르긴 했으나 어떻게 해야 쇳조각을 보고 나무토막이라고 생각할 수 있는지는 그저 막연했다. 쇳조각인 줄 알면서 어떻게 그것을 나무토막이라고 생각할 수 있겠는가.

나무토막이다. 나무토막이다. 나무토막이다. 열 번, 스무 번……, 백 번을 중얼거려본들 맨 마지막엔 다시, '아무리 그래봐야 쇳조각이다' 하고는 생각을 지울 수가 없을 것 같았다.

"뭣들 하느냐? 이놈들, 오늘은 내가 아침을 지어 놓았다."

"어찌 해서 그것이 안 되옵니까?"

"열 번, 백 번 생각을 해도 그것이 어찌 지워지지 않습니까?"

감마라가 똑바로 사부를 향했다.

"안 되는 게 아니다. 백 번 해서 안 되면 천 번, 천 번으로 안 되면 몇 만 번, 하루로 안 되면 열흘, 열흘로도 안 되면 한 달. 그것이 안 되면 일 년, 그래도 안 되면 십 년, 그 마음 속 미망에서 벗어나도록 노력하는 게 문제인 게다. 물론 이승의 인연이 다할 때까지 끊임없이 노력해도 미망의 그물에서 헤어나기 힘든 것이지만. 그래, 네놈들이 보기에 너희 스승은 미망에서 벗어난 걸로 보이느냐?"

"오늘 새벽, 사부님 이마에서 김이 올랐었습니다."

"허허허, 못난놈들. 허나 나도 아직 멀었다. 불상(佛像)을 베고 코를 골다가도 잠이 깬다. 진리란 멀고 크고 끝이 없는 거지. 어서들 들어가자."

커다란 국그릇에 꿩고기가 담기고 보리 섞인 좁쌀밥엔 김이 오르고 있었다.

석 달을 지내오면서 느껴왔지만 사부 허정은 자상하고 다정하다가도, 며칠씩 말을 않고 지내기도 하고, 아침 문안을 드리러 사부가 쓰는 방 앞에서 기침을 하면 방안이 비어 있기도 했다.

어떤 날 아침은 좀 늦게 깨는 그들 방문 앞에서 언제 암자에 돌아왔는지 벽력같이 호령을 내리기도 했다.

"이놈들, 잠이 그렇게 많아서야 언제 무술이고 학문이고 있겠느냐?"

도끼날로 쇳조각을 잘라낸 일에 대해서는 그 뒤 서로 한번도 더 말을 꺼낸 적 없이 암자 골짜기 아래를 흐르는 개울물이 졸졸거리는 소리를 내기 시작했다.

둘은 각각 틈이 나면 쇳조각을 앞에 놓고 나무토막이다, 나무토막이다, 마음 속으로 중얼거려보지만 머릿속에서는 한 걸음 앞서 쇳조각이다, 생각되어지는 것을 다시 경험해 가며 얼음 녹는 소리를 들었다.

그 날은 얼음이 제법 녹았는지 졸졸거리는 물소리가 한결 크게 들려왔다. 사부 허정이 새벽에 훌쩍 암자를 떠나 돌아오지 않은 것이 또 이틀째였다. 참나무 몽둥이를 깎아 가르쳐 줄 사람도 없는 칼 쓰는 흉내를 숲 속에서 해보기도 하고, 얼음 풀린 연못에 떠 있는 통나무를 딛고 건너기도 하다가 그 날 그들은 졸졸거리는 개울물 소리를 따라 냇불 쪽으로 내려갔다.

봄이 오고 있었다.

녹아가는 얼음 덩어리 곁으로 버들강아지가 피고 있었다. 만적은 버들개지를 꺾어 꽃망울처럼 부스스한 새 눈을 가만히 손끝으로 쓸어보았다. 가끔 떠올라오는 매영의 귀 밑 솜털 같다는 생각이 들었다. 만적은 꿀꺽 침을 삼켰다. 갑자기 매영에 대한 기억이 가슴을 촉촉하게 적시면서 목구멍을 막아왔다. 잠깐이었지만 매영과 같이 있었던 그 산 속의 깊은 밤, 그녀에게서 풍겨오던 편안하던 살 냄새.

만적은 잘근잘근 입술을 깨물면서 매영이 쥐어주었던 멧돼지 어금니를 으스러지게 손아귀에 쥐었다. 마라와 눈이 마주치자 그가 애써 픽 웃었다. 그런데도 얼굴이 화끈해 왔다.

"너, 또 그 매영인가, 여진 계집 생각했지?"

감마라도 히죽 웃었다.

봄이었다.

졸졸졸졸.

바위틈 사이, 계곡 얼음 밑으로 흘러가는 물소리가 제법 크게 들렸다. 눈 녹아 흐르는 물소리를 들으며 만적은 들고 있던 버들 개지를 팽개치고 가슴을 열어 찬 공기를 힘껏 들이마셨다.

감마라는 돌멩이 하나를 집어 골짜기 아래로 힘껏 내던졌다.

"참 이상한 여자였다."

감마라가 돌멩이를 아까보다 더 멀리로 내던졌다.

"의민이한테 고맙다고 그래야 되는 게다. 마라 너는……."

"뭐?"

"그 때 의민이가 안 뛰어들었으면 지금쯤 너도 그 철골무당 옆에서 죽어갔을지도 모르잖어?"

"매영이, 분이…… 그 애들이야 기껏 젖비린내나 가셨지……넌 모른다."

감마라는 계속 골짜기 아래로 돌멩이를 내던졌다. 건너편 등성이에서 아지랑이가 모락모락 연기처럼 올라가고 있었다. 아직 날씨야 쌩쌩했지만 이젠 봄이다.

열아홉 살.

겨울 동안은 몰랐지만 절기의 변화 속에 그들 핏줄 속에서도 봄이 꿈틀대고 있었다.

"분이나 매영이는 더러 날 생각할 게다. 날 다시 못 만나도."

"돌아오는 삼동에는 그 산골에 광대패들이 안 온다든? 사내 냄새 맡아본 계집은……, 임마……."

"막말하는 거 아니다."

"산 속에서 땅굴 파놓고, 짐승이고 풀뿌리고 찾아먹고 사는 신세들이 이짝 저짝 가리게 되었냐? 인연 닿으면 치마 걷어올리고 고의춤 까내리는 게지."

"너, 무슨 입이 그리 더러우냐?"

만적의 얼굴이 시뻘개져 있었다.

감마라도 기가 막힌 듯 그를 돌아다보았다. 마주 노려보던 둘의 눈빛이 잠시 이글거렸다. 그들 사이에 처음 있는 일이었다. 한바탕 싸우기라도 하고 나면 좀 풀릴 듯싶게 온몸을 스물스물 간질여 오는 충동. 만적의 입술이 푸르르 한번 떨었다.

마침 그 때 그들 곁 풀숲을 뭔가가 바람처럼 재빠르게 빠져나가고 있었다.

"산돼지 새끼다."

동시에 감마라의 손에서 이십여 보 위쪽 비탈의 마른 풀섶을 향해 화살 한 대가 씽 날아갔다.

"산돼지라니까."

만적도 잠시 꿈에서 깬 듯 후다닥 서 있던 자리에서 튕겼다. 별로 크지 않은 산돼지 한 마리가 풀썩 거꾸러지는 듯하더니, 화살을 설맞았던지 잽싸게 마른 풀을 헤치고 돌진해 도망가기 시작했다. 둘은 동시에 화살을 시위에 끼운 채 산돼지가 튀긴 방향으로 내달았다. 감마라가 쏜 화살에 맞았는데도 씩씩 소리를 내며 멧돼지 새끼는 그들보다 빠르게 골짜기를 구르듯 내려가고 있었다. 호랑이나 표범 같은 것은 직접 안 잡아보아서 몰라도 멧돼지만큼 지독한 놈도 드물리라 싶었다.

그래서 산돼지 큰 놈은 아예 안 건드리는 게 상책이다. 설맞았다 싶으면 이놈은 물불을 안 가리고 아무것이나 들이받아오기 때문이다. 만만한 놈을 만나도 가까운 곳까지 접근해서 머리통을 맞추어야 했다. 아니면 다리를 꿰뚫어 도망가지 못하도록 해놓고 다시 머리나 가슴을 쏘는 게 좋았다.

한데 이놈은 틀림없이 배를 맞았지 싶었다. 핏방울이 떨어진 걸로 보아 상처를 입긴 입었는데 도망가는 속도가 대단한 것으로 보아 머리통이나 다리를 못 맞춘 것이 확실했다. 마른 풀숲을 휘젓고 굴러가듯 흙먼지를 일으키는 것을 뒤따랐는데 작은 등성이를 넘고 나서 그들이 숨을 몰아쉬고, 이마에 밴 땀을 옷소매로 닦을 때쯤엔 영 종적이 없었다.

둘은 조금 전 서로 노려보았던 일 같은 건 까마득히 잊고 멧돼지가 도망갔을 듯싶은 방향의 골짜기를 향해 나란히 내달리기 시작했다. 산돼지란 놈은 으슥한 곳에 몸을 감추거나 하는 일이 없이 대개 일직선으로 내닫는 것을 아는 때문이었다.

얼마를 그대로 달렸을까. 다시 등성이 하나를 치달아올랐을 때는 숨이 가빠 더 이상 달릴 수가 없었다. 그들은 약속이나 한 듯 마른 풀 위에 벌렁 누워 버렸다.

"귀신 붙은 요물 계집 생각이나 하는 놈 화살에 멧돼지가 맞겠냐? 그게."

"누가 할 소릴?"

"야아, 죽지만 않았으면 보고 싶긴 그래도 한번 보고 싶다."

“핫하하…… 병신.”

둘은 마른 풀 위에 반듯이 누워 하늘을 보았다. 이른봄 같지 않게 하늘은 청명하고 높았다.

눈을 감았다.

흐르던 땀이 땅에서 올라오는 냉기와 이마를 스치는 바람에 식으면서 온몸으로 청량한 산의 정기가 스며들었다. 겨울산 한가운데 눈을 감고 누워 보면 평소에는 생각지도 않은, 살아 움직이는 갖가지 산의 소리들이 들린다. 작은 방울새며, 박새 울음소리, 소나무 가지 끝을 흔들고 지나는 바람 소리, 뜨드둑 뜨드둑 솔방울이 열리는 소리, 낙엽 사이를 잽싸게 기어가며 부스럭대는 꿩의 발자국 소리…….

“사부님이 어째 우릴 제자로 맞아 여기까지 데려왔는지 그런 생각 너 안 해봤냐?”

감마라가 물었다.

“꼭 죽었구나, 싶을 때 우릴 두 번이나 구해주고 여기까지 데려온 건 무슨 까닭이 있을 거란 생각이 들 때도 있기는 하다.”

감마라가 몸을 뒤쳐 엎드리면서 낮은 소리로 말했다.

“구름처럼 사는 이가 하필이면 종놈 새끼 둘을 제자로 받았는가 말이다.”

“그걸 전생 인연이라 안 하드나?”

“인연이겠지, 그런데…… 어렴풋이 짐작 가는 일이 생겼다.”

“짐작?”

만적도 몸을 뒤쳐 엎드리며 눈을 떴다.

솔잎 사이를 높게 스치는 바람 소리, 솔방울 열리는 소리……
사람과 사람 사이에 얽혀 있는 인연을 벗어나 산 속에 누워 자연
의 소리를 들으면 두려움도 걱정도 미움도 스치는 바람 속에 풀
려 버리고 만다. 그러나 둘에겐 사부 허정이 그들을 구해준 인연
에 대한 의혹이 언제고 머리 한 구석에 있었다.

"잘못 짐작한 건지도 모르지만."

감마라가 가슴 속에 품고 다니는 그 쇠붙이를 다시 만적이 앞
에 꺼내놓았다. 너무 자주 손으로 만져 양각된 글자 부분이 번쩍
번쩍 햇빛을 되쏘았다.

"어저께 사부님 방에 걸레질하러 들어가서였다. 먼지를 닦다
가 책을 놓아두는 서안(書案)에서 이상한 글을 봤다. 너나 내나
그것이 우릴 죽인다는 글귀라도 알 턱이 없지만 이상하게 눈에
익은 글자가 보였다. 이상하지. 글자를 배운 적도 없고, 글 같은
걸 자세히 본 적도 없는데, 어째 글자가 눈에 익을까 곰곰이 생각
하다가 품 속에서 이걸 꺼냈다."

"그래서?"

만적이 엎드렸던 자리에서 후딱 일어나 앉았다.

"그런데 거기…… 크게 씌어 있는 네 글자가 이것하고 똑같은
글자였다. 이모저모 놓고 보았는데 같은 글씨가 분명했다."

"그럼 어찌 되는 거냐?"

"모르겠어. 그걸."

"그럼, 사부님하고 너하고?"

"내 핏줄이나, 내 출생이나, 좌우간 그런 걸 사부님이 짐작하고

계시지 않나, 그런 생각만 언뜻 했다. 혹부리영감 죽을 때 부탁하던 말로 봐서……."

둘은 둥그런 쇠붙이를 손바닥에 올려놓고 아무리 들여다보았지만 글씨를 읽거나 글 뜻을 알아낼 턱이 없었다.

'대위(大爲), 천개(天開)'

네 글자였다. 그들이 글을 읽고 글 뜻을 풀어본다 해도 그것은 막연한 뜬구름 같은 것일 수밖에 없었다.

지금 임금이 즉위하기 삼십여 년 전, 나라에 커다란 변란이 있었다.

전왕 인종(仁宗) 때 묘청이란 인물이 일으킨 서경 천도 운동이 그것이었다. 개경 정부에 반기를 들고 일어서면서 붙인 국호가 '大爲', 연호가 '天開'였다. 전 임금 인종 14년의 일이었으니 그들에게는 너무나도 까마득히 다른 세계의 일이었다.

높은 하늘에서 독수리 한 마리가 맴을 돌고 있었다.

"네 품에서 떨어진 것을 주워 보시고 사부님이 어떤 인연이 있는 징표로 생각하셨을지도 모른다."

"혹부리영감이 누구한테고 이걸 잘못 보이면 살아남지 못하리라는 소리를 한 걸로 보면 집안이 도륙을 당하고 나만 살아남아 노비가 되었나 싶기도 하고."

사부 허정은 아직 그들에게 글을 이야기한 적이 없었다.

나무통을 밟고 연못을 건너도록 시킨 일, 말없이 활을 내준 일, 장작을 쪼갤 때 우연히 잘라졌던 쇳조각, 그 외에 사부는 그들을

데리고 글자를 가르치거나 칼이나 창을 쓰는 일을 말한 적이 없
었다.

"글씨가 눈에 익는다 싶어 이걸 꺼내 맞춰보고 나서 어찌나 떨
렸는지, 안 볼 걸 본 듯도 싶고 괜스레 땅벌 구멍을 쑤신 것 같아
서 어제께는 너한테도 그 말을 하지 못했다."

"가자, 어째 으스스하다."

땀이 식자 추워졌다. 배도 고파왔다. 그들은 손쉬운 토끼 같은
것이라도 눈에 띌까 하여 두리번거리며 등성이를 천천히 내려가
기 시작했다.

감마라에게서 그 이야기를 듣고 나자 만적도 걸으면서 별별 생
각이 다 머리를 스쳤다. 조금 전 온몸에 팽팽하게 와 휘돌던 야매
영에 대한 생각도, 설맞아 뛴 산돼지를 뒤쫓을 때의 긴장감도 풀
리고 허전하고 불안한 기분만이 무겁게 머리를 짓눌러 왔다.

'어느 날 사부가 홀연히 감마라만 불러서 떠나 버리는 것은 아
닐지. 또 어느 날 불현듯 감마라가 비단옷에 말을 타고 그를 못본
척, 어디로 가버리는 것은 아닐지.'

만적은 문득 이마에 손이 갔다.

의민이 칼로 그어대고 솥 검댕을 문질렀던 상처자국은 지렁이
처럼 남아 있었다. 감마라의 상처는 자세히 보지 않으면 모를 정
도로 가셨는데 그의 상처는 죽을 때까지 흉으로 남을지도 모르
는 일이었다. 그래서 훗날 다른 곳에서 숨어 산다 해도 사람들은
그를 향해 '저놈은 노비다, 원래부터 천한 노비새끼다' 손가락

질을 해댈 것 같았다.

"저게 뭐냐?"

묵묵히 걷고 있던 만적의 옆구리를 감마라가 쿡 찔렀다.

"계집이다, 그렇지? 분명 계집이야."

감마라의 손끝을 따라 눈길을 돌린 만적도 흠칫했다.

젊은 여자가 분명했다. 뒤로 묶어 오른쪽으로 내려뜨린 머리카락 끝이 바람에 날리고 있었다.

금방 얼굴이 상기된 감마라가 히죽 웃더니 주저앉아 팔을 불쑥 내밀었다.

"팔씨름이다."

"팔씨름?"

"그렇다니까. 단판은 싱겁고, 삼판 이승이다. 이긴 놈이 차지하기다."

"미친놈."

만적도 입으로는 그렇게 말하면서도 팔을 내밀었다. 온몸이 후끈 달아올라왔다. 실제로 그런 일을 보진 않았어도 동경에서 다른 사람들이 하는 이야기를 들은 적은 있어서 만적도 감마라의 팔씨름이 무엇을 뜻하는지 짐작이 갔다.

깊은 산골. 얼음도 풀려가는 봄날, 한창 나이의 사내들 앞에 혼자 나타난 젊은 여자라면……. 갑자기 얼굴이 후끈 달아올랐다.

둘은 엎드린 자세로 손을 마주 쥐었다. 처음엔 히죽거리며 손을 잡았지만, 점점 둘은 어금니를 악물고 온몸의 힘을 오른팔에 모으며 얼굴이 상기되어 갔다.

만적은 이를 악물고 눈을 감는다. 발끝에 훈훈하게 와 닿던 움집 안의 불화로. 분이의 까칠하던 속살, 매영에게서 맡았던 살 냄새……. 머릿속은 또다시 잠시 잊었던 꿈 속 같던 산 속으로 되돌아가고 있었다.

"이긴 거지? 다른 말 없지?"

감마라가 손을 털며 소리를 질렀다.

"사내는 한 입으로 두 말은 못하는 게다."

마라의 눈이 이글거리고 있었다.

두 번째 역시 마지막 힘을 쓰는 순간 만적의 주먹이 아래로 깔려 버렸다. 감마라는 시뻘건 얼굴로 제자리에서 껑충 뛰어오르며 웃음을 터뜨렸다.

"미안하다."

허옇게 이를 내놓고 손등으로 이마를 훔치며 마라가 골짜기를 향해 앞장을 섰다. 마른 억새풀들이 앞을 가렸다. 여자는 조금 전까지는 두 손을 허리에 돌리고 서 있었는데, 이젠 마른 풀 위에 앉아 있었다.

"아니, 저게?"

삼십여 보.

여자가 앉아 있는 풀밭과 거리가 좁혀졌을 때 잠시 멈추어 바위 뒤에서 동정을 살피던 둘은 같이 놀랐다. 여자 앞에 멧돼지가 놓여 있었다. 자세하게 보이지는 않아도 그들이 뒤쫓아온 멧돼지가 확실하지 싶었다.

"어어?"

가죽옷에 허리띠를 질끈 동여맨 여자의 허리 부분에는 수십 개
의 표창이 꽂혀 있었고, 여자는 지금 막 작은 칼로 멧돼지의 배를
가르고 있었다.

"저건 우리 거야."

마라가 바위 뒤에서 앞서 튀어나갔다. 갑자기 튀어나온 두 사
내를 힐끗 올려다보고도 젊은 여자는 표정조차 변하지 않고 멧
돼지의 배에서 간을 꺼내 들었다.

손과 작은 단검이 피로 뒤범벅이 되었다. 가무잡잡한 젊은 여
자의 손과 단검에 뒤엉킨 피에 둘은 잠시 움찔했다. 여자는 사내
들이 몇 걸음 안 떨어진 곳에 와 서 있는 것을 전혀 개의치 않고
미리 꺼내놓은 소금에 간 조각을 찍더니 그대로 입으로 가져갔
다. 서너 점을 그렇게 씹는 동안 여자의 입술에도 피가 묻었다.
그녀는 앞에 와 서 있는 그들이 눈에 보이지도 않는 것 같았다.
몇 점을 그렇게 씹고 나서 허리에 매달았던 호리병 마개를 열더
니 병째로 입에 댔다. 만적과 마라는 뛰어내려오던 호기를 완전
히 잊은 채, 그녀가 두어 모금을 맛있게 들이키는 화주병만을 망
연히 쳐다보았다.

"날거 먹을 때는 화주가 제격 아니겠어?"

그녀가 갑자기 깔깔 웃더니 그들을 건너다보고 입을 열었다.
잘 아는 사이거나, 전혀 무시하는 그런 얼굴을 하고 그녀가 피묻
은 칼끝을 까닥거려 그들을 부르는 시늉을 했다.

"배고파 보이는데…… 왜, 잡아먹기라도 할 듯싶어?"

나이는 그들보다 조금 더 되는 듯 보였고, 햇볕에 그을린 피부

가 단단하고 날렵해 보였다.

"그건 우리가 잡은 거요."

감마라가 성큼 다가가 멧돼지의 옆구리를 뒤집었다. 부러진 활촉이 아직 거기에 삐죽 박혀 있었다. 부러진 화살이 드러나자 여자는 깔깔깔 높은 소리로 몸을 흔들어 웃었다. 그 바람에 그녀의 허리에 매달린 표창들도 함께 흔들려 소리를 냈다.

"그래서?"

장난기 어린 눈을 깜박거리며 여자가 물었다.

"배에 화살 한 대 설맞고 죽은 멧돼지를 나, 아직은 못 봤는데, 하기야 그렇지. 어쩌다 새끼라 해도 돼지 잡았다는 소리 한번 듣나 보다 했더니……. 엉뚱한 여자가 앞서 간을 꺼내 먹으니, 부아가 나긴 날 게야. 그래도 인기척 인사를 하고 사정 이야기를 했으면 다리 하나라도 베어줄 수 있지만, 안 그래?"

여자는 눈을 깜박이며 피식 웃었다.

"가서 토끼 같은 거나 잡지 그래? 난 이 돼지 털끝 하나라도 갈라줄 생각이 없으니까."

"말 다했수? 뭘 믿고 큰소리지?"

감마라는 여자가 높은 소리로 웃어댈 때부터 얼굴이 시뻘개져서 씨근거리다가 버럭 소리를 질렀다.

생각 같으면 그저 한 주먹에 때려눕혀 놓고 천천히 자초지종을 따지고 돼지를 가져갔으면 싶었다. 그러나 상대방이 예사로 보이지를 않아 함부로 덤벼들 수도 없는 일이었다.

"왜? 토끼 같은 건 운 좋으면 잡을 텐데. 내가 말을 잘못 했나?

훗호호, 남 시장해서 요기하는데 어디서 굴뚝같이 생긴 것들이 뛰어들어 시비를 하지?"

"남이 잡은 사냥감 훔쳐놓고도……, 보자보자 하니까 정말로 끝이 없네, 허."

"훔쳐? 훗호호."

여자의 웃음이 멎자 두 사람의 눈이 맞부딪쳐 불똥을 튀겼다.

"야, 만적, 넌 저쪽에 좀 가 있어."

감마라가 만적 쪽에다 소리를 질렀다.

힐끔, 구김살 없이 낄낄거리며 웃는 여자의 모습을 보자, 어느 날 웃던 야매영의 장난스런 얼굴이 생각나 만적은 고개를 저으며 몇 걸음 물러나 바위 뒤쪽으로 갔다. 우선 소변이 마려웠다. 오줌줄기가 화살 날아가듯 멀리 뻗쳐 나갔다. 큰소리가 오가는 듯하더니 갑자기 어이쿠 하는 소리가 들렸다. 만적은 엉겁결에 고의춤도 제대로 추스르지 못하고 되돌아와 허리에 손을 짚고 있는 여자에게로 돌진했다. 어떻게 된 셈인지 감마라가 벌렁 나가 떨어져 눈만 멀뚱거리고 있었다.

"한꺼번에 오지 않고 왜 따로따로 와? 귀찮게."

몸으로 들이받는다고 뛰쳐나갔는데 몸을 비킨 여자가 비웃듯이 중얼거렸다. 그가 주먹으로 여자를 후렸을 때는 그 역시 조금 전 마라가 쓰러진 바로 곁에 나란히 나가 떨어져 버렸다. 얼마나 날쌔게 들어왔는지 생각할 겨를도 없이 아랫배를 걷어 채인 거였다.

"토끼나 쫓아다녔으면 봉변은 안 당하지. 눈알이나 하나씩 후벼줄까 보다. 사람도 못 알아보는 눈은 두 개씩이나 뭘 해?”

여자가 손바닥에 단검 날을 가는 시늉을 하며 뇌까렸다.

“이놈의 눈알이 언젠가 뽑히긴 뽑힐 모양이다. 무슨 일만 터지면 활로 눈알을 쏘겠다는 놈이 없나, 칼로 눈알을 후벼판다는 여자가 없나?”

벌렁 누운 채 일어날 생각도 않고 감마라가 씹어 뱉듯 말했다.

뺨을 후려치고 나서 어깨를 움켜잡을 생각이었는데 턱을 한 대 맞는 순간 동시에 아랫배를 채인 듯했다.

“볼 줄도 모르는 눈을 갖고 뭘 해, 그것도 두 개씩이나?”

여자는 까르르 높은 소리로 웃고 나서 배를 갈라놓은 돼지 곁으로 다가가 먹다 둔 간 조각을 다시 씹으며 화주병을 기울였다.

나가 떨어져 있는 두 사람을 이미 잊은 듯한 동작이었다.

“빌어먹을.”

누워 있는 자세로 마라의 손이 곰실거리며 움직여가다가 떨어져 있는 활을 끌어 쥐었다. 여자는 다시 화주병을 입으로 가져가고 있었다.

“그대로 있어, 성하려면……. 눈알이고 골통이고 그대로 바숴 버릴 테니.”

참으로 눈 깜짝할 순간이었다.

땅바닥을 박차고 뛰쳐 일어난 마라의 손엔 불과 열 걸음 정도인 여자의 얼굴을 향해 시위가 팽팽히 당겨진 활이 들려 있었다.

“그대로 있어. 골통을 바숴 버릴 테니까.”

감마라의 눈에 형형하게 불꽃이 일었다.

여자도 일순간에 일어난 일이었고, 이쪽을 너무 얕잡아 안심하고 있던 터여서 순식간에 자기 얼굴을 정통으로 겨누고 있는 화살촉 앞에 얼굴이 해쓱해졌다.

"내가 네 발에 채여 떨어진 줄 알았지? 우리도 죽을 고빌 몇 번씩 넘긴 놈들이야. 이 깊은 산 속에 일이 없어 떠도는 줄 알아? 멧돼지라, 흐흐흐…… 멧돼지 다리 하나를 줘? 여봐. 우린 팔씨름을 했어. 그리고 내가 이겼어. 눈앞에 여자를 두고 젊은 사내놈들이 팔씨름을 했다면 무슨 일인지 짐작은 되겠지? 그런데 뭐 내 눈알을 후벼? 그래 후벼 보시지?"

여자의 눈에다 시선을 꽂은 채 감마라는 한 걸음 한 걸음 앞으로 다가갔다. 팽팽히 잡아당긴 줄이 손만 놓으면 그대로 여자의 얼굴에 정통으로 화살촉을 박아 버릴 그런 거리가 되었다.

"내 말을 들을 건지, 이마빡이 꿰어질 건지 똑똑히 이야길 해. 나를 시꺼운 눈으로 쳐다보는 놈들…… 몇십 명이고, 몇백 명이고 갈아 씹어먹을 한이 맺힌 놈이야. 보라고, 내 눈을 똑바로."

여자의 창백해졌던 얼굴이 서서히 본래의 얼굴빛으로 돌아가고 있었다. 잘 그을린 검은 색의 피부 위에 진한 눈썹과 콧날. 여자의 이마가 찡그려졌다.

"그래, 뭘 어떻게 했음 좋겠어?"

"몰라서 묻는 거야?"

"큰소리하고 있지만 정말 나를 쏘아 버릴 생각을 하는 건 아닐 테니……."

"건방지게 굴지 마. 머리통을 부숴 버리겠어."

"활을 내려. 나도 표창을 풀어놓을 테니까."

여자는 표창이 매달려 있는 허리띠를 풀어 서너 걸음 저쪽으로 집어던졌다.

"이제 그쪽도 활을 내려."

여자는 제 무기들을 다 내려놓고 일어서서 커다란 바위 뒤쪽으로 걸어갔다. 눈빛과 상기된 얼굴로 보아 사내가 지금 무엇을 원하는지, 여자는 직감으로 알고 있었다. 정말 미련스럽게 활줄을 잘못 놓아 버릴지도 모를 일이었다. 여자는 바위를 돌아 늙은 참나무에 몸을 기대고 그의 눈을 까만 눈으로 빤히 올려다보았다.

눈이 마주쳐 오자 감마라는 그 눈 속에 빨려들어가듯 숨이 헉 막혀왔다. 그로서야 철골녀로 불린 무녀말고는 이렇게 가까운 거리에서 젊은 여자를 대해 본 게 처음이었다.

"난, 여진 계집이야……. 여진 계집이 고려 아낙들과 다르단 얘기 들은 적이 있을 거야. 여진 계집은 어떤 경우도 사내가 옷을 벗기도록 하지를 않아. 그래. 한 해쯤 일찍 그쪽을 만났으면 내가 앞서 옷을 벗었을지도 모르지. 하지만……."

여자는 똑바로 그의 얼굴을 주시하며 말하더니, 그 자세대로 살포시 먼 하늘로 시선을 보냈다.

감마라는 귓속이 왕왕 우는 것 같았다.

"미안해, 난 아이를 가졌어. 지금."

여자가 쓸쓸한 목소리로 말했다.

"아이 가진 여자가 다른 사내의 몸을 받을 수는 없잖아?"

감마라는 순간 뒤통수를 한 대 얻어맞은 것같이 눈알이 핑그르

돌았다.

"하지만 누구에게도 그 얘기만은 하지 마. 가, 사부님께서 기다리고 계실 텐데……."

"사부?"

"허정선사, 그 분말고 이 골짜기에 다른 분이 계시나?"

또다시 뒤통수를 얻어맞은 것같이 멍청해 있는 마라를 그대로 둔 채 그녀는 가벼운 걸음으로 돼지 곁으로 돌아갔다.

"그쪽이 만적?…… 가, 어서."

너무 어처구니없는 일이었다. 그녀는 팽개쳤던 표창 꽂힌 허리띠를 다시 매고는 앞서 걷기 시작했다.

"소예야. 너, 또 장난을 한 모양이로구나."

사부 허정은 그들 셋이 한꺼번에 암자에 들어서자 높은 소리로 유쾌하게 웃었다.

"아무래도 소예, 너……. 저놈들 떫은 상판을 보니……, 헛허허허."

"잘못했으면 화살에 제 머리가 부숴질 뻔했어요. 쿡쿡쿡……."

금소예에게서 대강의 얘기를 들으며 허정은 껄껄거리며 웃고나서 아직도 떨떠름한 기분에 젖어 있는 마라의 어깨를 툭툭 두들겼다.

"많이 날쌔진 모양이로구나. 화도 났겠다만 이쪽은 아녀자이니 네가 봐 주어라. 헛허허…… 가만 있어. 이쪽은 금소예, 너희에게는 누님뻘이다. 그리고 아직 너희들로서는 맞싸우기에 벅

찰 게다. 허허허."

"내가 장난이 심했어. 미안해, 정말."

잡아온 멧돼지로 푸짐한 음식이 만들어졌다.

그들이 멧돼지를 잡아올 것을 알기라도 한 듯 허정의 바랑 속에서 화주병만 한 아름이 나왔다. 그들은 모처럼 사부와 마주 앉아 실컷 배를 채웠다. 더구나 뜻하지 않았던 식구 금소예가 끼게 되어 자리는 훨씬 화기애애했다.

"자칫 했으면 저 마라에게 시집갈 뻔했어요. 쿡쿡쿡……."

감마라는 쥐구멍이라도 찾고 싶었지만 소예는 부끄러움 같은 건 본래 타지 않는 듯 대수롭지 않게 낮 이야기를 털어놓았다.

"아직도 늦지 않았다."

사부는 그저 유쾌한 듯 껄껄거렸다.

"소녀는 이미 앞서 마음 준 사내가 있는 걸요."

"여진 핏줄들은 어찌 그리도 마음들을 일찍 주는 게냐? 그것 참……."

허정은 슬쩍 만적 쪽을 바라보고 다시 홍소를 터뜨렸다. 만적과 마라는 사부 앞이라 돌아앉아 잔을 비우고 했지만 금소예는 전혀 개의치 않는 듯 큰 눈을 깜박이며 사부 허정과 계속 대작을 했다. 더구나 마라와 만적이 취해가는데도 소예는 전혀 취하는 기색이 보이지를 않았다.

금소예는 그들보다 서너 해, 앞서 사부 허정과 인연을 맺고 있는 것이라 했다. 더구나 오늘은 같이 암자를 향하다 허정이 몇 걸음 앞서왔고, 허정에게서 두 사람이 와 있는 것을 들어 알고 있었던 셈이었다.

밤이 늦도록 스스럼없이 멧돼지간을 꺼내먹던 이야기며, 인분으로 담는 분주 이야기, 사냥 이야기, 곰노인…… 사제의 격을 떠나 모두가 편하고 즐거운 자리가 이어졌다.

얼마만큼 밤이 깊었을까, 자정이 다 된 듯싶었는데 갑자기 사부 허정이 어흠, 큰 기침을 하면서 자세를 바로잡았다.

"잠깐 일러둘 말이 있다."

"……."

"지금 당장은 몰라도 상관이 없지만 너희가 무술을 배우고 세상에 나가게 되면…… 아니다. 무술을 배우더라도 왜 배우는가, 왜 배워야 하는가를 생각해야 되는 거고……. 금번 나는 개경엘 다녀왔느니라. 임금님이 계시는 곳이지."

"……."

"너희가 훗날 산을 내려가 어떻게 살고 무엇을 할지는 다 너희들의 얽힌 인연을 따라가겠지만 그러나 알아두어야 할 게 있어."

허정은 금방 다른 사람이라도 된 듯 정좌를 하고 형형한 눈빛으로 그들을 하나하나 둘러보았다.

이 때까지 연거푸 들이킨 화주 기운이 연기가 되어 날아가 버린 것일까. 허정은 전혀 술을 마신 것 같지 않은 얼굴이 되어 있었다.

안개 같은 취기에 휘감기던 그들도 허리에 힘을 주며 자세를 가누었다.

'마음인 게다. 취하고 안 취하는 것도 마음인 게다.'

그렇게 다짐을 하면서.

"마라, 만적 너희들은 사내들이다. 그리고 금소예, 넌 고려 핏줄은 아니지만 이 고려에서 고려의 정기를 받고, 고려의 물을 마시고, 고려 하늘을 보며 살아왔으니 너도 이 고려의 인연을 벗어나진 못할 게다."

허정은 잠시 말을 끊고 자기 앞에 긴장된 눈동자가 된 세 사람을 한 사람, 한 사람 다시 그윽한 눈빛으로 둘러보면서 고개를 끄덕였다.

"지금 우리가 숨쉬는 이 땅은 남북이 삼천 리, 동서가 천 리. 크다면 크고 좁다면 좁은 땅덩어리다. 그러나 이 고려국이 서기 전에는 이 땅에 세 나라가 있었다."

허정은 옛 고구려, 백제, 신라가 정립하여 있었던 역사를 대강 이야기하고 나서 특히 고구려의 영토와 기백에 대해서는 힘주어 말을 이었다.

"드넓은 만주벌판을 바탕으로 중국 천지를 넘보던 기개가 고구려엔 있었다. 고구려의 기백은 말을 달려 넓은 중원 땅을 수중에 넣으려고 했고, 그 땅에 있었던 수나라며, 당나라는 이 고구려와의 싸움으로 나라가 쇠해져 결국은 망했다. 고구려에는 광개토대왕, 을지문덕, 연개소문 같은 명장들이며, 일 당 백의 장수들이 있어 말발굽에 흙먼지를 일으키며 요동벌을 달렸다. 그러나 아침이 있으면 저녁이 있는 법, 백제가 망하고 고구려도 망하고, 신라까지 망하면서 금조(今朝)에 들어 태조 왕건께서 이 고려국을 창건하신 게다. 한낱 무부의 몸에서 대업을 일으키신 대왕께서는 그 고구려의 피와 혼이 펄펄 끓고 계신 분이었다. 밖으로는 저 고구려의 웅비하던 기개를, 안으로 신라의 농익은 문물을 조화시켜 이 고려국의 기틀을 다지셨지. 여러 임금님께서 그 후 국경을 넓히시기도 하고, 나라 안의 여러 일들을 마련하시고, 그래서 오늘 이 나라가 세워진 것이다. 그러나 세월이 흐르면서 임금님들도, 우리 백성들도, 태조대왕의 가슴 속에 숨었던 그 기백을 잊어가고 있다. 사람이란 배가 부르면 몸이 느려지고, 거기에 남녀의 색정에 빠지다 보면 바깥 세상 일은 어찌 되든 한없이 게을러지는 게 상정이다. 맨흙바닥에서 자다 움집으로 옮기면 우선 몸이 편해지고, 온돌방에 옮겨보면 따뜻한 아랫목에서 일어나기 싫어지는 게지.”

“……”

“지금의 임금님은 태조께서 꿈꾸시던 저 요동벌을 흙먼지로 뒤덮으려던 생각을 잊어가고 계시다. 시 읊고, 불공 드리고, 격구나 구경하시면서 백성들 사는 것도, 조선(祖先)들이 꿈꾸시던 그 웅비하던 포부도 점점 잊어가고 계셔. 옛 고구려 장수들이 말 타고 달리던 만주벌에 금나라가 서고,

중원에는 송나라가 있어. 모두가 황제라 칭하는데, 우리 임금님은 한때 오랑캐로 깔보았던 그들에게 이제는 동생 나라요, 자식 나라요, 변방의 한 제후로 취급받으면서도 그저 시를 읊고, 격구를 구경하고 계시는 게다. 지금의 임금님께서도 원래 영민하시던 무부로 활 쏘고 말 달리기 좋아하셨지만, 옥좌에 앉으신 지 햇수로 20여 년……”

　허정의 눈빛은 사뭇 불을 뿜어내는 것 같았다. 목소리마저 달라져 있었다. 그러한 사부의 모습은 그들에겐 사부의 새로운 또 다른 한 면모를 보는 것이었다.

　"사람의 한세상, 움집에 엎드려 살기도 하고, 나같이 구름처럼 떠돌며 살아도 좋은 게지만…… 제 태어난 나라의 뿌리, 나라의 혼만큼은 알고 있어야 하는 게다. 그것도 덧없는 무상(無常)이긴 해도 이승의 한 인연을 그대로 보낼 수야 없는 거지."

　허정은 앞에 놓여 있는 빈 잔을 들더니 감마라 앞에 내밀었다.

　"받아라."

　"……."

　"소예야. 네가 아우들에게 한 잔씩 따라 주어라."

　감마라는 무릎을 꿇고 새로운 감동 속에 두 손으로 잔을 받아 돌아앉아 마셨다.

　"만적이도 받아라."

　머뭇거리며 만적이 거북스럽게 잔을 비웠다.

　처음 듣는 이야기이고 자기들의 생활과는 너무 까마득하게 먼 곳의 이야기였다. 나라가 있고, 나라를 다스리는 임금님이 계시거니 짐작을 했어도 그들로서는 오늘 밤 사부에게서 처음으로 나라의 혼이라든가 기백이라든가 하는 이야기를 들었다. 사부의 입에서가 아니었으면 귓가로 흘리고 말았을 이야기였는지도 몰랐다. 그러나 사부의 눈빛과 떨리는 목소리에서 그들은 가슴을 쥐어짜고 칼질해오는 감동과 흥분을 맛보았다.

　허정은 잠시 말을 끊었다가 이야기를 계속했다.

"지금의 임금님이 용상에 오르시기 전 인종 임금님이 계셨다. 삼십여 년 전 일이지. 그 때 묘청이라는 선사님 한 분이 계셨다. 워낙 바르고 강직한 분이셔서 임금님도 사부로 떠받들고 백관들도 그 분 앞에서는 감히 고개를 바로 들지 못했다. 그 묘청선사께서는 옛 태조대왕이 생각하시던 고구려의 혼, 중원을 내려다보고 천하를 호령하려던 옛 고구려의 혼을 다시 찾기 위해 신명을 바치셨다. '어째서 우리가 송나라의 아우 나라입니까? 어째서 우리가 오랑캐나라, 금나라의 자식 나라입니까?' 선사께서는 틈만 나면 누구에게나 우리의 그 혼을 되찾아야 한다는 말씀을 하셨다. 허나 어디에고 사람이 사는 곳엔 소인배들이 있게 마련이다. 어느 때고 임금의 총명을 가리고 임금의 위세를 빌려 제 욕심만 채우려는 소인배들이 있는 게야. 그런 속에서 묘청선사는 옛날 고구려가 못다 푼 한을 풀고 중원을 넘볼 수 있는 서경으로 도읍을 옮기자고 주청을 하셨다."

"……."

"임금님의 총명을 흐리는 소인배들을 물리치고 새 기운 돋는 서경으로 천도한 뒤, 사해에 나라의 위세를 다시 펴시도록 선사님은 수없이 간하시었다. 임금님께서도 그 말씀이 옳은 건 아셨지. 드디어 이 나라가 새 모습으로 다시 거듭나게 되려던 무렵, 몇몇 못난 소인배들의 요설에 임금님은 우선 편하고 쉬운 데로 다시 주저앉고 말았다. 고구려의 혼, 태조왕께서 품으셨던 그 기개는 한갓 연기가 되고 급기야는 그 아깝고 패기에 찬 수많은 젊은 충신들은 역적으로 몰려 고혼(孤魂)이 되었다."

잠시 허정의 눈이 감마라에게 머물렀다. 사부의 시선이 와 닿자 마라는 온몸에 소름이 좍 돋아 몸을 떨었다.

"그 후손들은 다들 도륙을 당했거나, 노비가 되었고……."

"……."

"감마라."

"예."

"내 얘기에 짚이는 것이 없느냐?"

"모…… 모르겠습니다."

소예와 만적의 눈이 창백하게 변한 마라의 얼굴을 향했다.

"너, 지니고 다니던 그 쇠붙이를 꺼내 보아라."

"예?"

"언젠가 네가 떨어뜨려 내가 찾아준……."

품 속에서 쇠붙이를 꺼내든 마라의 손끝이 눈에 띄게 떨리고 있었다.

"이걸 읽을 줄 아느냐? 무슨 말인지."

"모릅니다. 사부님."

이젠 그의 목소리까지 덜덜거리며 떨렸다.

"허나, 이건 네 것이 아니더냐?"

잘못하면 목이 열 개라도 살아남지 못하리라던 그 쇠붙이.

남의 눈에 잘못 띄면 큰일이라던 쇠붙이였다. 온몸에 얼음물을 좍좍 퍼부어대는 것같이 써늘한 소름이 돋는 걸 느끼며 그는 간신히 그 쇠붙이가 손에 들어온 사연을 이야기하였다. 대강의 이야기를 끝내고 그는 소매깃으로 이마의 식은땀을 훔쳤다.

허정은 그 쇠붙이 글자들을 그윽히 들여다보고 나서 천천히 고개를 끄덕였다.

"이 쇠붙이는 내가 이 때까지 이야기한 그 묘청선사님과 관련이 깊은 것이다."

"예?"

감마라의 얼굴은 창백하다 못해 급기야는 푸르스름하게 변해버렸다.

"여기 쓰인 네 글자는 대위(大爲)·천개(天開)다. 역적으로 몰린 후, 무력으로라도 서경으로 도읍을 옮기기 위해 개경의 못난 소인배들과 맞서가며, 그 고구려의 혼을 다시 살리기 위해 새로 지은 나라 이름이 대위요, 연호가 천개. 이 쇠붙이는 당시 서른 개가 만들어졌다고 들었다. 혼이 제대로 박힌 사람들 서른 명이 나누어 간직한 거지. 그 서른 개의 쇠붙이 중 하나가 네게 있는 것이다."

"설마, 사부님……."

"자세한 사연이야 인연의 소산이니 나도 알 길이 없다. 허나 네 핏줄에는 나라의 뿌리와 혼을 찾던 한 줄기 혼백의 인연이 얽혀 있느니라."

"사부님, 저는……."

감동과 불안이 뒤범벅된 밤 불꽃놀이 때의 불꽃같은 전율에 감겨 감마라는 쓰러지듯 허정 앞에 고개를 묻었다.

"사부님."

"고구려의 혼을 찾는 건 지금으로는 역적의 길이다. 알겠느냐,

무슨 말인지? 당분간 깊이 감추어 두고 잊고 지내거라. 이승의 목숨은 우선 한 개밖에 없는 것이니."

마라 뿐 아니라 만적과 소예도 그 이야기를 듣고 나자 온몸에 소름이 돋았다. 역적의 주모자로 몰렸을 서른 명. 그 서른 명의 누군가와 인연이 깊이 닿아 있는 감마라.

"내일부터는 쉬운 것부터 한 가지씩 무술을 익혀라. 배운 뒤 그것이 어디에 쓰이든지 그것은 그 때 너희들 각자가 할 일이지만 우리가 사는 이 땅, 이 나라의 혼백만은 잊지 않아야 한다."

이미 새벽이 되고 있었다.

"그리고 너희 셋은 훗날 어떤 인연으로 서로 칼 뿌리를 마주 대는 일이 있어도, 그 때는 어떤 증오로도 못 막을 오늘밤 인연을 앞서 생각해야 한다. 아예 이 밤으로 의형제를 맺도록 해라."

그 새벽으로 해서 소예는 누이, 마라의 생일이 만적보다 몇 달 빨라 마라가 형, 만적이 막내가 되는 의식을 사부 앞에서 치렀다.

그 하루의 시간이 그들에게도 다른 사람의 일생의 삶만큼이나 깊은 밀도로 가슴에 채워졌다.

저녁노을이 빨갛게 고왔다.

푸릇거리며 돋아나는 새싹과 개울을 흘러내리는 물소리가 커지고 겨울철 눈에 안 띄던 산새들도 훨씬 많아진 것 같았다. 땀으로 온몸이 젖은 마라는 개울 쪽으로 내닫다가 그 빨간 저녁노을을 보았다.

하루하루 무술 수련은 쉬운 일이 아니었지만 그의 품 속에 간

직된 자그마한 그 한 개의 쇠붙이를 생각하면 온몸을 휘도는 피
가 한결 거세고 힘있게 요동을 했다.

그는 문득 저녁노을이 너무 곱다고 생각하며 근래는 한번도 저
녁노을이며 밤하늘의 별들을 바라보지 않았음을 생각했다. 아
마 낮 동안의 수련이 너무 고되어 다른 것을 느껴볼 만한 여유가
없었나 싶었다.

활쏘기.

표창 던지기.

장검 쓰기.

"몸 속의 정기와 이 산천초목의 정기가 하나로 합쳐지면 나뭇
가지 하나로도 능히 칼날을 부러뜨릴 수 있는 게야."

"무릇 무(武)라는 것을 힘이라고 생각해선 안 된다. 내공의 운
기 위에 칼이고 창이고 하는 것들은 한낱 도구일 뿐, 칼이나 화살
이 적을 치고 찌르는 게 아니라, 내 마음의 결정과 향방이 적을
치고 찌르는 것임을 깨달아야 한다."

사부 허정은 늘 나직나직하고 조용한 음성으로 말했다.

골짜기가 떠나가도록 껄껄거리며 웃지도 않고, 고기에 화주를
들이키지도 않고, 얼마 동안을 조용조용히 그들의 무예만을 지
켜보고 지도해 주었다.

"어찌해서 이 작고 조그만 손바닥으로 큰 나무를 쓰러뜨릴 수
도 있는지, 빈 손바닥으로 일으키는 장력(掌力)이 큰 무기를 어
찌해 제압할 수 있는지 생각해 보면 알 일이다."

"이 무한한 공간, 억겁의 윤회 속에 어찌해 사람만이 영물(靈

物)이 되어 다른 것을 다스리고 이용할 수 있는가를 깨치면 무기를 다루는 것쯤은 어린애들 장난과도 같은 것이지.”

움직이는 표적을 향해 쏘는 화살의 방향, 화살 끝에 실리는 힘의 경중, 손을 놓을 때의 호흡의 완만……. 사부 허정은 그 하나하나를 몇 번이고 설명하고 다시 시켜서 그대로 되면 빙긋이 웃곤 했다.

온몸에 뻗쳐오르는 이 힘과 불타고 있는 저 저녁노을의 어느 한쪽이 상통해 있을 수도 있는 것일까. 산등나무줄기들이 얽힌 사이로 굵직굵직한 바위들이 엉켜 붙고 그 바위틈을 감돌아 개울물은 늘 같은 양으로 흘러가곤 했다. 감마라는 옷을 벗어 팽개치고 온몸에 찬물을 쫙쫙 끼얹었다. 타는 놀빛 속에 건강하고 젊은 육체에 차디찬 물방울들을 방울방울 굴려내렸다. 그는 벗은 온몸으로 산의 정기를 들이마셨다. 청신한 산의 정기로 육체의 구석구석이 상쾌하게 스며들었다. 물기를 대강 닦은 뒤 옷을 꿰어 입고 돌아서려다 감마라는 마주치는 눈길에 움찔했다. 소예가 개울로 내려오다가 눈이 마주친 거였다.

“잘 생겼네. 여자들이 탐낼 만큼……, 쿡쿡쿡. 벗은 몸이 그만이야.”

소예는 성큼 바위를 뛰어 건너오며 깔깔깔 웃었다. 땀에 젖은 그녀의 얼굴 위로도 저녁놀이 지피고 있었다.

“일부러 본 건 아니야. 내려오다 보니까 벌거벗고 있는 게 보인 거지.”

"그래, 누님은 내가 탐이 안 나우?"

"탐이 난다니까."

가끔 주고받는 농담이었다. 그러나 그 말을 하고 나더니 소예는 물에 손만 씻고 커다란 바위에 비스듬히 몸을 기대어 저녁놀을 바라보았다.

"여진 여자는 정말 남자에게 한 번 맘을 주고 나면 그만이우?"

"대개는……."

소예는 입가에 엷은 웃음을 머금고 고개만 끄덕였다.

"얼마나 잘 생기고 똑똑한 남자가 누님한테 그리도 깊이 박혔수? 그래, 시집은 언제 가는 게고?"

"그 사람은 아마 지금쯤 날 잊었을 게야. 나를 만났던 것도 기억 못할지 모르지. 만난 것도 한 번뿐이었으니……."

"무슨 말인지 모르겠네."

"……."

"그렇잖수? 남자는 여자를 잊었는지도 모르고, 장가 들 약조도 안 했는데, 여자는 그 남자 생각만 하구 산다? 어째 좀……."

"꼭 한집에서 같이 살아야만 하는 것은 아니잖어? 남녀의 정이라는 것, 다들 제 가슴 속에다 제가 키워가는 그런 거 아니겠어? 품 속에 안고 있으면 언제 이 사람이 떠날지 마음 죄겠지만, 가슴 속에 간직해 두는 것이야 사라지는 일도, 누가 빼앗아가는 것도 아니거든."

"나는 모르겠소. …… 살이 맞닿아 있고 피가 서로 통해야 그게 사내, 계집이지. 난 훗날 세상에 나가면 계집을 한 열쯤 거느리게 될 게요, 아마."

감마라가 큰 소리로 웃었다. 그러나 웃음 끝이 허망하고 공허해졌다.

"한 번은 더…… 먼 빛으로라도 보고는 싶어. 그 남자의 아이가 내 뱃속에서 커 가."

여자의 눈은 꿈을 꾸는 듯 먼 서쪽 하늘로 향해 있었다. 이미 보랏빛으로 변해가는 저녁 어스름이 막 그녀의 그 눈 속으로 잠겨들어 갔다.

온 세상이 눈으로 뒤덮인 들판, 말채찍을 휘두르며 뒤쫓아와 말 위에 앉았던 그녀를 낚아채듯 안아 쓰러뜨렸던 사내. 바람이 불어 눈가루는 벗은 어깨며 젖가슴 위로 내려앉았었고……, 맨살에 와 닿아 쌓인 눈이 녹아내려 축축하고 써늘하게 흘러내리던 그 눈물. 건방지고, 차디찬 눈빛을 한 그런 남자……. 바람이 발 밑 어디만큼에선가 개울의 갈대줄기들을 요란하게 흔들고 지나갔지. 그 때 고삐를 풀어둔 말 두 마리가 어느 쪽에선가 콧소리를 내었어. 말을 타고 뒤쫓아오던 사내의 면상을 향해 돌아서서 표창을 던질 수도 있었어. 그건 쉬운 일이었어. 말에서 떨어져 뒹구는 사내를 버려 두고 눈밭을 달려 산 속으로 들어와 버릴 수도 있었을 거야. 헌데 난 기다렸던 거야. 그 사내를 받아들이기 위해……, 그 건방지고 싸늘해 보이던 사내를 내 몸 가득히 받아들이기 위해 아무도 없는 넓은 눈밭 위에서 햇살을 받으며 나는 기다리고 있었던 셈이었지.

"사내와 계집의 인연이란 이상하지?…… 감마라도 이상한 여자를 만났었다며?"

"그건, 그게 아니고……."

"후후훗…… 어서 올라가. 나도 좀 씻어야겠어."

"씻어요, 나도 바위 뒤에 앉아서 누이 알몸이나 좀 구경하게."

"내가 마라를 일부러 봤어? 별 시꺼운 소릴 다 하네. 정 그러면 알아서 해."

금소예는 허리띠를 풀더니, 거기 감마라가 있건말건 훌쩍 웃옷을 벗었으므로 감마라 쪽에서 질겁을 해 그 자리를 도망치듯 뛰어나왔다. 그의 등뒤에서 맑고 높은 그녀의 본디 웃음소리가 부서져가고 있었다. 감마라는 자기도 모르게 화끈하게 달아오른 얼굴로 암자 쪽을 향해 치달았다.

처음 그녀를 대했을 때의 그 날랜 몸놀림과 높은 웃음소리, 그 검고 진한 눈썹과 눈에서 그는 숨이 턱에 컥 막혀오는 충격을 받았었다.

사부 허정이 의형제를 맺도록 엄숙하게 이야기해 주지 않았다면 그는 소예를 쉽게 단념하지 못했을지도 몰랐다.

"아, 아―."

그는 이제 완연히 붉은 빛을 잃어버린 서쪽 하늘을 향해 소리를 내질렀다.

"사부님, 산을 내려갔다 올까 싶습니다."

어느 날 아침 일찍 소예가 허정 앞에 허리를 굽혔다.

“이미 내려가고 있지 않으냐?”

“……”

“제행무상(諸行無常)…… 늘 같이 있었고, 또 한 번도 같이 있지 않았던 게 우리가 아니냐!”

소예의 속마음을 꿰뚫어 보듯 허정은 잔잔하게 말했다.

“어미하고도 너무 오래 떨어져 있었습니다.”

“말하지 않아도 안다.”

“……”

“욕심을 버리고 나를 버리면 없는 것도, 서운한 것도 없는 이치를 생각하거라.”

“여기가 집이려니 생각하고 아무 때고 오겠습니다.”

헤어지는 게 허전해서 만적과 마라는 한나절이나 같이 걸어 소예를 바래다주었다. 만적보다 마라에게 소예와의 이별이 더욱 애틋하게 와 닿았다.

칼쓰기를 하거나 표창 던지기를 하다가 잠깐씩 쉴 때면 감마라는 소예의 얼굴에서 쓸쓸한 그늘을 읽어내곤 했었다.

밤 깊어 잠이 들었다가 소변이라도 마려워 나와 보면 그녀의 방은 그 때까지 불이 켜져 있고, 단정히 앉아 움직이지 않는 그녀의 그림자가 문에 비치곤 했다. 그녀의 그림자를 보면 때때로 뛰어가서 어깨라도 감싸주고 싶은 충동이 일곤 했다.

도대체 저 여자를 저렇듯 깊이 사로잡고 있는 남자는 어떤 남자일까. 저 가무잡잡하고 날렵한 몸 속에 자기 씨를 뿌려두고도 아마 잊었지 싶다는 남자는 어떻게 생겨먹은 남자일 것인가.

　때때로 질투와 부러움이 그녀를 가까이 보면 다시 더 없는 연민으로 화해 버리곤 하던 마라였다.

　만적은 말이 줄어들면서 자주 울적해갔다.

　사부 허정에게서 쉬운 글자 몇 개를 터득해가며, 무예라는 것이 무엇인가를 조금씩 체득해가며 그의 가슴 속에 어렴풋이 머물러 있던 제 출생에 대한 자학이 끊임없이 그를 끈끈한 줄로 옭아매어 찐득찐득한 진흙 속으로 잡아끌어가는 느낌이 왔다.

　움직이는 표적을 향해 활줄을 당기면서도 언뜻언뜻 떠오르는 것은 그 골짜기에 버려져 있던 노비의 시체와 아직 숨이 끊어지지 않은 병든 얼굴들…….

거친 바람 불고

아직 추위가 다 가시지 않은 날씨인데도 사천(沙川) 강변의 갈대숲은 초록색이 섞여 들고 연복정(延福亭) 난간 아래 절벽에 진달래꽃이 몇 개씩 피어나기 시작하고 있었다.

얼음 우에 댓잎자리 보와 임과 나와 얼어죽을망정
얼음 우에 댓잎자리 보와 임과 나와 얼어죽을망정
정든 이 밤 더디 새오시라 더디 새오시라.

주먹밥 한 덩이씩을 허겁거리며 먹고 나서 해바라기를 하던 장정들이 낭랑하게 들려오는 노랫소리에 절벽 언덕 아래로 고개를 돌렸다. 해동(解凍)과 함께 터져 나간 사천 방죽 보수작업도 오늘 한낮으로 끝이었다. 징발되어 나온 마을 사내들은 점심을 먹고 나자 따뜻해진 햇볕에 나른해져 있던 참이었다. 마을 아낙들이 봄나물이라도 뜯고 있는 모양이었다.

인부들과 이십여 보, 굵은 참나무에 상체를 기대어 있던 작업 감독의 건장한 군졸이 몸을 돌리며 뇌까리고 있었다.

"돼지는 돼지로 살고, 개는 개로 사는 거여. 염병할!"

들고 있던 몽둥이로 참나무 밑동을 거칠게 몇 번 휘두르고 나서 노랫소리가 들리는 절벽 쪽을 흘겨보던 군졸은 제풀에 풀썩 마른 풀밭 위에 앉아 버렸다.

신호위(神號衛) 소속 하급상교 대정(隊正), 이의민.

"미친 개가 또 짖네."

"속에서 기운은 넘치는데 쏟질 못하문 저리 발광이 난다느먼."

하품을 하던 인부들 몇이 힐끔 위쪽을 쳐다보며 수군거렸다.

"저눔은 아마 멧돼지 피를 받고 나왔을 거여."

앞니가 빠져나간 깡마른 사내가 소리를 낮추어 키득거렸다. 그러나 이의민은 금방 잠이라도 든 듯 다시 나무에 상체를 기댄 채 조용해졌고, 호암(虎岩)이라 불리는 절벽 언덕 아래에서 들리던 여인네의 노랫소리도 그쳐 버렸다.

"연복이 처한테 불알 안 뜯긴 게 다행이었지. 제대로 혼겁이 나긴 되게 났던 게야."

앞니 빠진 사내가 다시 소리를 낮추었다.

본래 이 곳 사천이 강을 막은 제방이 있던 곳은 아니었다. 그러던 것이 3년 전, 이 곳을 지나던 왕이 호암 절벽 앞에 잠시 어가를 멈추고 주위 경관을 돌아보고 나서 정자를 세우도록 명했던 것이다.

그래서 세워진 정자가 '연복정'.

성동(城東) 용연사(龍淵寺)에서 남쪽으로 이십 리였다. 물이 얕아 배를 띄울 수 없자 제방을 막도록 했는데 강바닥이 모래바닥이어서 강둑은 일 년에도 몇 차례씩이나 터져 나갔다.

처음의 보수공사는 군졸들이 맡았었다. 개경 수비를 맡은 신호위와 흥위위 양위 군졸들이 담당했는데, 둑이 무너지는 일이 빈번해지자 가까운 마을 장정들이 징발되는 일이 예사가 되었다.

징발된 장정들 틈에 병약한 사내 하나가 끼어 있었는데, 그의 아낙이 남편을 생각해서 제 머리칼을 잘라서 팔아 장정 열 사람 몫의 쌀밥을 지어들고 나온 일이 있었다.

"우리 애기아빠 일을 좀 거들어 주시우. 워낙 병약한 데다…… 매라도 맞게 되면."

뚝뚝 눈물을 떨구며 내놓는 쌀밥에 동료들은 차마 숟갈을 대지 못하고 뚜껑을 덮었다. 그 소리를 전해들은 이의민이 마을로 돌아가는 아낙을 뒤쫓아가 산길에서 덮쳐 들었던 모양이다. 그 동안 벌써 여러 동네 아낙들이 이의민에게 당했다는 소문이 돌았었다. 부인네고 처녀고 호젓한 곳에서 만났다 싶으면 그대로 성해나지를 못한다는 소문이었다. 그런데도 후환이 무서워 남정네들은 어쩌지를 못하고, 그 멧돼지 눈에 저희 아낙들이 눈에 안 띄게 단속하는 게 고작이었다.

연복이 아낙도 손등으로 눈물을 뿌리며 숲길을 달려가다가 의민에게 붙잡혔는데, 붙잡기 바쁘게 제 바지부터 까내리고 덮쳐든 사내의 불알을 부여잡고 죽어라고 훑어내렸다는 것이다. 사내의 얼굴빛이 시꺼멓게 되어 눈을 까뒤집는 걸 보고서야 여자는 옷을 털고 산길을 내달았다는 거였다.

그 일이 있고 나서는 함부로 민가 여자를 덮치는 못된 습성이 많이 가시었는데, 그 뒤로 자주 미친 것처럼 몽둥이로 나무를 후려 패거나 부득부득 이빨을 갈기도 하고, 혼자 수십 번씩 땅재주를 넘는 일들이 눈에 띄어 그것을 본 사람들은 돌아서서 그를 미친 개로 불러오는 터였다.

근심 젖은 외로운 잠자리에 무슨 잠이 오리요?
서쪽 창을 열어 두니 복숭아꽃이 피어 있네.
꽃은 시름없이 봄바람을 웃네.
봄바람을 웃네.

끊겼던 노랫소리가 다시 언덕 아래에서 은은히 울려왔다. 장정들의 시선이 다시 진달래꽃이 피기 시작한 절벽 너머 언덕 쪽을 향했다.

"이제 그만 돌아들 갔으면 싶구먼두."

장정들 중에서 누군가가 혼잣소리로 중얼댔다.

"저 미친 개가 뭘 궁리하는지 알 수가 있어야지. 가라는 소리도 않고……."

사뭇 음탕한 내용의 노래 가사가 집에 있을 아낙 생각을 하게
했는지도 몰랐다.

그 때 갑자기 조용하던 하오의 정적을 멀리서부터 말발굽 소리
가 뒤흔들기 시작했다. 눕거나 엎어져 뒤척이던 인부들이 옷을
털고 일어나 말발굽 소리 쪽으로 얼굴들을 돌렸다. 흩어졌던 군
졸들도 이의민 곁으로 모여들 왔다.
　말을 탄 군사들이 가까워지는 성싶었다.
　의민은 말발굽 소리가 울려오는 절벽 쪽을 힐끗 올려보고 나서
강물에 눈을 던졌다. 짙은 낭패감이 잠시 구름처럼 그의 얼굴을
덮었다.
　왕의 행차인지도 몰랐다.
　그런데 물이 너무 적었다. 터진 둑을 막긴 했어도 봄철 강물이
라 배를 띄우기엔 수심이 너무 얕아 보였다. 물이 출렁이고 배를
뜨게 하려면 두어 달 전에라도 둑을 막아서 물을 더 모아뒀어야
했던 터였다.
　"뭣들 해? 이 굼벵이 같은 것들아."
　갑자기 그가 인부들 쪽에다 호통을 쳤다.
　"한꺼번에 댓 놈씩 화살촉으로 귓구멍을 뚫기 전에 어서들 없
어져 버려."
　불을 뿜어낼 것 같은 눈초리에 잠시 얼이 빠졌던 인부들은 제
농구들을 집어들기 바쁘게 마을로 향하는 숲길로 몰려들 갔다.
　"뱃놀이말고 차라리 헤엄을 치지. 염병할!"

가래침을 멀리 내뱉으며 의민은 썰물처럼 빠져나가 버린 인부
들 뒤쪽에 대고 욕을 했다.

말발굽 소리가 가까워오기 시작했다. 왕의 행차가 있으리라는
신호였다. 왕을 호위하는 근위병들이 한 걸음 앞서 달려오는 소
리일 게 분명했다.

의민은 다시 한번 가래침을 멀리 내뱉었다.

왕 의종(毅宗) 24년.

부왕 인종(仁宗)이 살아 있던 한때 왕위계승의 자격이 없다 하
여 폐태자(廢太子) 의논까지 있었을 만큼 왕은 어린 시절부터 도
락과 풍류, 유흥을 좋아하는 성격이었다.

왕의 보령, 금년으로 마흔일곱. 재위 24년에 이제는 간언을 올
리는 신하들마저 물리치고 경박한 환관들이며, 술사들, 아첨을
일삼는 문관들과 더불어 왕은 그저 놀이요, 풍류였다.

대궐 안에만 해도 충허각(忠虛閣)이니, 양성정(養性亭)이니 하
는 별관을 짓고, 동생 호(晧)의 사저를 빼앗아 이궁(離宮)을 삼는
가 하면, 대신들의 저택과 민가 오십여 호를 헐어 '태평정(太平
亭)'을 짓기도 했다.

"연작이 어찌 대붕(大鵬)의 풍류를 알며, 삼라만상의 이치를 알
것인가?"

지나가다가 경치가 그럴 듯하다 싶으면, 정자를 짓게 하고, 대
궐 안 관북궁(關北宮)에는 지하실을 만들어 금과 옥으로 장식하
고, 밤새워 술을 마시는 비밀스런 장소로 삼았다.

개경 동쪽 성 밖 사천 낭떠러지에 세워진 연복정도 그런 놀이 터의 하나였다. 왕은 오늘 이 곳에서 밤까지 놀이를 할지도 몰랐다. 잠시 머물렀다가 가까운 흥왕사나 용연사로 거동할지도 몰랐고, 전혀 엉뚱한 새벽길을 재촉할는지도 알 수 없었다. 어떤 날은 잔칫자리를 다섯 번도 더 옮겨가며 꼬박 밤을 새우기도 하는 게 왕의 성벽이었다.

생각 있는 신하들이 더러 글을 올리지 않는 것은 아니었다.

좌정언(左正言) 문극겸(文克謙)이 소를 올린 적이 있었다.

"환관 백선연이 상벌의 권력을 함부로 행하고, 은밀히 궁인과 추행이 있다는 소문이 있었으며, 술객(術客) 영의는 백순, 관북 두 궁(宮)을 설치하고 사사로이 재화를 비축하여 복을 빌고 제사를 지내는 비용을 지출하며, 선연과 더불어 사무를 관장하면서 무릇 양계(兩界)의 병마사와 5도(五道)의 안찰사가 대궐에 하직하고 떠나는 날에는 고의로 잔치를 벌여 그들로 하여 뇌물을 바치게 해, 그 많고 적음으로 공과를 삼고, 좌상시 최유칭은 중요한 지위를 맡아 탐욕이 한이 없어 자기에게 따르지 않는 자는 중상하고 거만(鉅萬)의 재산을 모았습니다. 청하옵건대 선연과 궁인은 목을 베고, 영의는 내쫓아 말먹이는 하인을 삼고, 유칭은 파직하여 나라에 사례하도록 하소서."

그러나 왕은 소를 올린 문극겸을 황주판관(黃州判官)으로 당장 좌천시키는 것으로 답을 내렸다.

환관과 술사의 무리, 몇몇 경박스러운 문관들만이 왕을 태평호
문지왕(太平好文之王)이라 떠받들고, 왕은 술과 시문(詩文) 속
에서 무릎을 치며 껄껄껄 웃음을 날렸다.

의민이 병졸 몇을 거느리고 기다리고 있는 사천 강둑에 한 떼
의 인마가 들이닥친 것은 잠시 후의 일이었다.

"용호군(龍虎軍) 근위대장 정중부(鄭仲夫) 대장군이시다."

한쪽 무릎을 땅에 대고 엎드린 그들 앞에 부옇게 먼지를 일으
키고 멈추어 선 일행 중 한 사람이 말하였다.

"누가 책임자냐?"

마상(馬上)의 사나이가 쇳소리 같은 음성으로 물었다.

이의민이 천천히 고개를 들었다.

마상 높이 은빛 투구도 찬란하게 턱수염이 수려한 중년남자의
날카로운 눈이 의민의 눈에 맞부딪쳐 왔다. 가늘게 위로 찢어져
치켜올라간 대장군 정중부의 시선을 피하지도 않고 의민은 똑바
로 그 눈을 올려보았다.

"신호위 소속이냐?."

장군은 잠깐 고개를 뒤로 돌려 명령을 내렸다.

"곧 상(上)께서 도착하신다. 사방 오 리 안에 잡인을 물리쳐라."

뒤따라온 기마병들이 질서정연하게 연복정을 중심으로 흩어
져갔다.

그 때까지 의민은 엎드린 자세로 고개만 치켜들고 있었다. 다
시 눈이 마주쳤다.

"이름은?"

"의민, 이의민입니다."

"지금 직책은?"

"대정, 말단 장교올습니다."

"말단 장교라? 핫하하하."

정중부는 무슨 생각을 했는지 말에서 내리며 호방하게 웃음을
터뜨렸다.

"씨름판에서 장사 다섯을 한꺼번에 메쳤다는 게 바로 너였구
나. 말단 장교로는 아까운 생김새다. 그래 뭘 할 줄 아느냐?"

그 때야 의민은 눈을 아래로 내려뜨며 거북살스럽게 일어서 두
손을 맞잡아 비볐다.

"배가 고파 호랑이를 때려잡아 며칠 허기를 면한 적이 있습니
다만."

"배가 고파서…… 허?"

"태백산서 길을 잃은 데다가 배는 고프고 해서……."

"활이나 칼은?"

"감히 술(術)이야 못 붙이겠습죠마는……."

"말[馬]은?"

"말 배에 거꾸로 붙어 십 리는 안 떨어질 정도로 탈 수 있습죠."

정중부의 입술 한쪽이 약간 실룩했다.

"내 얼굴을 똑똑히 봐둬라."

의민의 눈이 정중부의 눈에 다시 부딪쳤다. 그러나 찢겨올라간
중부의 눈은 곧 의민에게서 거두어져 강물로 향해 버렸다.

연복정 주변으로 흩어져 간 군졸들의 말소리가 멀리서 산새 소리에 섞여 들려왔다. 찢겨올라간 눈을 가늘게 뜨고 강물과 연이어진 하늘을 그윽이 바라보고 있는 정중부의 얼굴에는 아무런 표정도 없었다.

따뜻하던 하오의 햇살이 퇴색하면서 구름이 몰리기 시작했다. 그때 강 건너 갈대밭 사이에서 작은 배 두 척이 천천히 강 가운데로 미끄러져 나왔다. 작은 배 위에서 삿갓 쓴 낚시꾼이 한 명씩 닻을 내리고 자리를 잡더니 낚싯줄을 내려뜨렸다.

정중부는 읍을 하고 서 있는 두 명의 부관도, 그 곁에 엉거주춤 눈을 내리깔고 서 있는 털북숭이 이의민도 잊은 듯 갈대밭 사이에서 미끄러져 나와 닻을 내린 낚시꾼 쪽을 보고 있었다.

강물은 끝없이 한가해 보였다.

강 건너 백사장 위에 긴 장대를 든 사내 하나가 나타난 것은 잠시 후의 일이었다. 사내는 한 떼의 집오리들을 강 쪽으로 몰고 내려오는 중이었다. 백 마리는 됨직한 오리들이 뒤뚱거리며 강을 향했다. 오리떼가 장대를 든 사내에게 쫓겨 물 속으로 뛰어들어 곧 유유히 강물 위에 흩어져 떠돌기 시작했다.

푸르기 시작하는 갈대숲.

한가로이 낚싯대를 드리우고 있는 삿갓 쓴 어부.

거기에 강물 위에 흩어져 있는 오리떼가 마치 한 폭의 산수화처럼 어울려 보였다.

그림처럼 한가롭게 보이는 그 풍경에 취하기라도 한 듯 그윽이 그쪽을 바라보던 정중부의 눈이 잠시 하늘을 향했다.

조금 전부터 구름이 끼고 있었다.

바람이 불지 않는 성싶은데도 남쪽에서부터 구름장이 고기떼
처럼 몰려들고 있었다.

"상(上)께서는 비, 바람 같은 건 개의치를 않으신다."

중부의 눈이 힐끗 다시 의민을 향했다.

"배가 고파 호랑이를 잡아먹었단 말이지?"

잊고 있는 줄 알았더니 정중부가 입을 떼었다.

"예 예, 태백산에서였습죠."

"내 얼굴을 잊지 말아라."

다시 하늘을 올려보며 중부가 중얼거렸다.

그러고는 은빛 투구를 번쩍이며 재빠르게 새까만 말 위에 오르
더니 말 배를 걷어찼다. 한바탕 먼지를 일으키며 뒤따르던 부관
들과 함께 정중부는 곧장 숲길로 사라져 버렸다. 정중부의 모습
이 완전히 사라져 버리자 의민은 강 쪽에다 길게 가래침을 내뱉
으며 씹어 뱉듯 뇌까렸다.

"임금은 똥오줌도 안 싸나? 씨브럴……."

또다시 요란스런 말발굽 소리가 들리기 시작했다. 왕의 어가가
연복정에 가까워지는 모양이었다. 말발굽 소리가 가까워지면서
하늘이 더 흐려지고 있었다.

"염병할!"

갑자기 의민이 매고 있던 장검을 뽑아 칼날을 흘겨보더니 주변

의 잡목가지들을 미친 듯이 후려치기 시작했다. 칼날은 살기를 띠고 수십 개의 회오리 같은 검광을 그려내고 있었다. 군졸들은 가끔씩 의민의 그런 발작을 보아온 까닭에 아예 몸을 낮추어 고개만 비스듬히 빼들고 그 모습을 구경할 수밖에 없었다.

"병이 또 도졌구먼 그래."

"멧돼지 정기를 못 쏟아내면 온몸의 기맥이 막혀 저 지경이 된다지 않어?"

"네놈 엉덩이라도 좀 대 줘."

"네눔 불려갔다는 소리는 동네 애들도 다 알고 있어. 제눔이 구리니께."

한참 잡목을 후려치던 의민이 풀썩 주저앉아 제 머리칼을 두 손으로 움켜쥐고 푸들거리고 있었다.

"정말 기맥이 막혀 버린 거 아녀?"

"엉덩이 빌려준 눔이 모르면 모르는 거지……. 지랄병인지 미친갯병인지."

드디어 말발굽 소리가 그쳤다.

왕의 어가가 막 연복정에 도착한 듯싶었다.

"우, 우, 우ㅡ."

아주 낮게 짐승 울음소리 같은 괴상한 소리가 의민에게서 터져 나오기 시작했다.

"죽을라고 환장을 했나? 지금 어느 안전인데."

군졸들은 괴상한 신음 소리를 내는 의민이 걱정되어 서로의 얼굴을 돌아보았다. 그러자 의민은 조금 지나 자리를 털고 일어나더니 입을 다물고 나무에 몸을 기대고 있었다.

정자 쪽이 왁자지껄해지면서 풍악이 울리기 시작했다.

왕은 풍류객이었다.

"거, 절경이로고……."

아무 곳에서고 어가를 멈추게 하고, 한마디 하면 곧바로 그 곳에는 정자가 지어져야 했다. 태평정이며, 운암정이며, 향미정이며……, 연복정도 그렇게 세워진 정자였다.

2년 전, 그 연복정에서 문신들과 거나하게 취하여 강을 내려다보던 왕이 말했다.

"허어, 어찌 물 위에 배가 없는고?"

"배를 띄우기엔 수심이 너무 낮사옵니다."

"수심이 낮어?."

왕의 얼굴에 불쾌한 기색이 스쳤다.

"한 달 안에는 배가 뜰 것이옵니다."

"헛허허……."

왕은 그 때야 얼굴을 펴고 한 손을 궁인 무비의 허리에 돌리며 술잔을 높이 들어올렸다.

한 달 후, 밤낮을 안 가려 제방을 쌓자, 강은 호수가 되어 비단 휘장 호사한 용선(龍船)이 떴다. 배 위에서 거나하게 취한 왕은 또 한마디를 했다.

"물에는 마땅히 백구가 날고, 낚시하는 어옹이 있어야 제격이 아니더냐?"

“지당하신 말씀이시옵니다.”

“과연 풍류지왕(風流之王)이시옵니다.”

그 뒤로 왕의 연복정 행차 때에는 준비해 둔 낚싯배에 삿갓 쓴 낚시꾼을 그럴 듯이 강 위로 보내게 되었다. 하지만 물새는 제가 오기 싫으면 날아들지를 않는다. 그래서 생각한 것이 급한 대로 집오리를 끌어다 강물에 풀어놓는 거였다.

“원앙새가 수십 쌍……, 길조(吉兆)이옵니다.”

“과연 경은 눈도 밝구려. 헛허허.”

왕은 거나하게 취하여 껄껄거리며 집오리를 원앙으로 아뢰는 신하에게 술을 내리는 거였다.

흐려지던 하늘이 점점 어두워지며 바람이 일었다. 강물에 있던 오리들이 물가로 푸드득대며 기어오르고 장대를 든 사내는 화급히 그놈들을 다시 물 속으로 몰아넣고 있었다.

연복정은 황금색 휘장에 휩싸여 은은히 여악(女樂)이 울려나왔다. 휘장 안에 촛불이 밝혀지더니 왕과 근신들의 웃음소리가 둑 아래까지 들려왔다. 높이 흐르던 바람이 나뭇가지와 강물을 흔들기 시작했다.

“우라질……..”

하늘을 쳐다보다 군졸 하나가 욕을 했다. 빗방울이 들기 시작한 거였다.

“또 생쥐꼴 되는구먼.”

이 곳 저 곳에서 욕설이 나왔다. 어둠과 함께 빗방울은 점점 더 굵어지기 시작했다. 빗방울이 거칠어지면서 촛불을 켠 휘황한 연복정의 술자리는 더욱 무르녹아 노래와 웃음소리, 간드러진 교성까지 뒤섞여갔다.

대장군 정중부는 빗속에 서서 힐끗 연복정 위를 올려보곤 지그시 어금니를 물고 있었다. 정자 주위를 겹겹이 호위하고 있는 근위병들 사이에서 낮게 일고 있는 웅얼거림, 이를 마주치며 떨고 있는 모습이 희끗희끗 눈에 들어왔다.

비는 이미 속적삼을 후줄근히 적시고 있었다. 중부는 다시 연복정을 올려다보았다. 벌써 수십 번 겪어온 일이었다. 어둠 속에서, 빗속에서 혹은 눈밭 위에서, 그는 늘 부하들을 거느리고 떨면서 왕과 문신들의 웃음소리를 들어왔다.

그 때 정자의 휘장이 들춰지며 젊은 문신 김돈중(金敦中)이 밖으로 나오는 것이 보였다. 비틀거리는 걸음이었다.

"으음."

중부는 자기도 모르게 낮게 신음하였다. 그의 눈꼬리가 어둠 속에서 위로 치켜졌다. 잊을 수 없는, 결코 잊혀지지 못할 인물 김돈중. 자식뻘밖에 안 되는 젊은 문신이었다.

"글을 모르고, 풍류를 몰라서야 갑남을녀, 시정잡배, 민초(民草)거나 허수아비지, 백성들 위에 위엄을 보이는 자리에 서 있을 수 있겠소? 장군."

어느 날 저녁, 어전 잔칫자리에서 잔뜩 취한 돈중이 비틀거리며 정중부 장군의 턱밑에 촛불을 들이대며 내뱉은 말이었다.

"옛날부터 허수아비는 수염을 붙이지 않는다 들었소만……."

수염에 옮겨 붙은 불을 황급히 두 손으로 비벼 끄고, 한 주먹으로 김돈중을 내려치려다 어전이라 물러서고 말았던 잊을 수 없는 기억에 그의 온몸이 경직되고 있었다.

"술에 취한 격의 없는 장난…… 죄 될 것 없지 않는가? 경이 잠깐 참으라. 헛허허……."

왕의 나지막하던 그 웃음소리가 또다시 빗속을 뚫고 울려왔다.

돈중은 비틀거리는 걸음으로 오줌을 내갈기더니 다시 휘장 안으로 들어가 버렸다.

"배가 고파서 야단들입니다."

부관 이의방이 수군거렸다.

"더구나 추워서요."

부관도 턱을 떨고 있었다.

"추운 건 나도 마찬가지다. 허나 자리를 뜨지 말라."

때로 한겨울 쏟아지는 눈 속에서 설경(雪景)을 시제(詩題)로 하여, 화롯불을 피워 놓고 술잔을 건네는 왕의 풍류로 무신들은 손발이 얼어붙은 채로 밤을 새는 것도 예사였다. 밤을 지새우다가 얼어 죽은 군졸이 나온 것도 수 번. 추위와 허기로 비틀거리면서도 행여 왕의 신변에 일이 있을까 눈을 부릅뜨고 있어야 하는 게 무신이었다.

정중부는 떨리는 턱을 어금니로 악물며 컴컴한 어둠만을 노려보았다.

"장군님."

서너 걸음 아래에서였다.

“누구냐?”

“저 올습니다.”

“……”

“제방에 주둔하는 신호위 대정 이의민이올습니다. 둑 옆에 저희 거처하는……, 그저 초막입니다만.”

의민은 한창 홍이 무르익는 연복정의 휘황한 비단휘장을 훔쳐보듯 올려보면서 손을 맞비볐다.

“날더러 비를 피하라는 말인가?…… 날더러 자리를 비우고 비를 피하라?”

“……”

“고연놈 같으니라구……. 무릇 장수된 자 전하를 뫼셔 목숨을 초개와 같이 버리거늘 이까짓 비 때문에 자리를 비우라니?”

중부가 버럭 소리를 지르는 바람에 의민은 우선 두어 걸음을 물러섰다.

“당장 능지처참을 해도 시원찮은 놈이로구나.”

“장수는 배도 안 고프고, 춥지도 않은 것이옵니까?”

모처럼의 선의가 질책으로 되돌아오자 의민은 연복정을 흘겨보며 볼멘소리로 말했다.

“저런 무엄한 놈이 있나?”

부관이 칼자루에 손을 가져가며 눈을 부릅떴다. 그러자 대장군 정중부는 부관을 제지하며 나지막하게 껄껄 웃었다.

“말대답하는 부하를 별로 만나지 못했는데 넌 말대답을 하는구나……, 대장군인 내게 말이다. 허나 무부란 때로 바른말도 곧

이곤대로 할 수도 있어야 하는 게지. 하지만 다시는 내게 말대꾸를 하지 말라.”

“그럼, 저 물러가겠습니다.”

비는 바람에 섞여 점점 요란하게 새로 돋는 여린 나뭇잎을 후들겨 댔다.

“잠깐.”

젖은 어둠 속으로 사라지려는 의민을 정중부가 불러세웠다.

“상처를 입지는 않았었느냐?”

“예?”

“호랑이를 때려잡으며 말이다.”

“목덜미를 발톱에 긁혔구먼요.”

“긁혔다?”

“예.”

“저놈을 근위군으로 옮겨 내 곁에 있도록 조처하게. 환궁하는 대로.”

중부는 부관을 돌아보고 명령했다.

“고삐를 매어두면 쓸모가 있을 게야.”

중부는 한창 술자리가 무르익어가는 정자를 올려보며 낮게, 그러나 힘주어 말했다.

그러나 이의민이 왕을 측근에서 호위하는 근위군으로 옮겨 정중부 가까이 있게 된 것이 예상보다 훨씬 빠르게 바로 그 날 새벽부터일 줄은 중부나 의민, 둘 다 전혀 생각지 않은 일이었다.

그것은 그 날 밤, 술에 만취된 왕이 근신들의 만류를 뿌리치고 정자를 나와 비가 쏟아지는 강가로 내려왔던 때문이었다. 왕은 평소에도 연회 때면 엉뚱한 거동을 잘하여 근신들을 당황하게 하는 일이 잦았다.

밤을 새우며 베풀던 연회장에서 새벽이 되기 전, 갑자기 다른 곳으로 술자리를 옮기는 것은 예삿일이요, 때로는 잔뜩 취해 자리를 떠서 아무 무관의 말이라도 훌쩍 빼앗아 타고 근위병들이 채 따라붙지 못하게 혼자 밤길을 달려 잘 가는 절로 옮기는 일 같은 거였다.

왕은 중년을 넘어선 나이지만 격구나 궁술, 마술이 무사들 못지않게 능했다. 그 중에서도 궁중과 귀족들 사이에 유행하던 격구는 왕을 따를 자가 없었다.

왕은 거나하게 취한 채 정자를 나와 비바람이 치는 강가로 옥보를 옮겼던 것이다.

"전하, 찬비가 옥체에 해롭사옵니다."

"전하, 어두워서 아니 되십니다."

"어가에 오르시옵소서, 횃불을 준비해 물가로 모시겠습니다."

근신들이 술기운에서 놀라 깨어 허둥댈 때는 왕은 이미 용포자락을 펄럭이며 어두운 강가를 향해 내려가고 있었다. 내시들이 황황히 뒤를 따라 우산을 펴 받쳤지만, 왕은 그들을 물리치고 비에 젖은 어둠 속 강물을 향해 혼자 흐뭇하게 웃고 있었다.

"그대들은 비에 젖은 강물을 모르리라. …… 젖어 흐르는 강물이 흘러가는 인연을 알 리가 없으리라."

“전하, 우산을 받치시옵소서.”

　　이 이한(離恨) 못내 서러워 문닫고 지내올 제
　　소매엔 눈물이요
　　공규는 외로운 것을
　　무심한 황혼 가는 비는 남의 애를 끊나니.

　　離懷掩中門
　　羅無番滴淚
　　獨處深閨人寂寂
　　一庭徵雨鎖黃昏

　왕은 나지막이 읊조리고 나더니 비에 젖는 검은 강물에 망연히
시선을 주며, 낮은 음성으로 말했다.
　“과인은 많은 걸 버렸다.”
　“지난 정월 초하루에 대관전(大觀展) 하례식에서 그대들이 올
린 하표(賀表)생각이 나는구나. 과인은 그 동안 많은 걸 버렸어.
정습명(鄭襲明)을 버렸고, 정서(鄭敍)를 버렸고…… 알량하게
주둥이 나불대는 언관(言官)들도 버렸다. 그러나 하늘이 과인을
버리기 전엔 누구도 과인을 버리지는 못할 게 아닌가?”
　“황공하옵니다.”
　왕은 반쯤 감긴 눈으로 빗방울이 용포를 적셔가는데도 민망해
하는 신하들을 잊은 듯 발끝에 강물이 닿을 만큼 점점 물 쪽으로

걸어 내려갔다.

　왕 24년, 그 해 정월 초하루.

　연례대로 대관전에서 신하들은 신년 하례를 올리면서 하표를
지어 바쳤었다.

　'…… 생각하옵건대 폐하께옵서는 요(堯)의 성철(聖哲)을 갖추
시고, 순(舜)의 총명을 겸하시어 정무를 다스리는 여가에, 하루
에 세 번 신하를 접견하는 부지런함을 닦으셨습니다. 즐겨 문신
들과 더불어 큰 작품의 문장을 내리시고, 친히 자리에 나오시어
시서(詩書), 경사(經史)의 묘한 글을 토론하시었습니다.

　…… 북사(北使 : 金의 使臣)는 송축하여 하례를 드리고, 일본
에서 보물을 헌납하고 황제로 부르니 사람 생긴 이래 오늘에 견
줄 만한 때가 없었습니다.'

　"정습명이 살았다면 이 밤, 이런 비를 맞으면서 내 맘대로 웃지
도 못했을 게 아닌가? 어지간한 잔소리꾼이었지."

　"전하께오서는 어찌……."

　"아니지. 이제 그가 간 지도 오래 되었어."

　원래 정습명은 왕이 태자로 있을 때, 태자의 스승인 시독(侍讀)
이었었다. 부왕 인종이 태자의 왕위계승에 회의를 느끼고, 모후
였던 임후(任后)마저 둘째왕자를 더 사랑하던 시절, 습명은 힘을
다해 태자를 보호해서 그를 무사히 왕위에 나아가게 했었다. 부
왕은 임종시 나라를 다스리는 데는 반드시 습명의 말을 들어야

한다는 부탁까지 했었다.

그러나 추밀원지주사(樞密院知奏事)가 되어 사사건건 바른말을 상주했던 습명은 왕에게 미움을 샀고, 드디어는 그 스스로 병을 칭하여 물러가기로 청했었다.

"습명이 죽은 지도 이십 년이야."

왕 5년. 병이 난 습명은 왕의 뜻을 헤아려 약과 음식을 물리치고 그대로 세상을 떴다.

"몇 년 전인가, 상(相)을 보는 금나라 사신이 하던 이야기가 생각난다. 돌아가신 경의 선친(김부식) 이름이 나오자, 고개를 끄덕이고는 '전하의 수는 헤아릴 수가 없이 길어 조정에 그득한 신하들이 세상을 다 뜬 후에야 극락왕생할 것이오이다.' 하더군. 헛허허. 과인은 죽어 극락에 가느니, 살아서 취하고 싶다."

"신(臣)도 그 상을 보던 자리에 같이 있었지 싶습니다. 허나 우산을 받치시옵소서. 밤비가 여간 차질 않습니다."

"모르는 소리."

횃불이 내려오고 있었다. 기름 묻힌 솜방망이 횃불은 빗속에서 치지직거리며 심하게 흔들리고 있었다.

"필요없으니 끄라고 하라. 그리고 무비(無比), 무비를 불러라. 같이 비를 맞겠다."

"예에."

"경이 무비를 불러오라."

최근 들어 왕의 행차에는 거의 궁인 무비가 동행이었다. 조그맣고 요염한 여자였다.

"비에 젖어 흐르는 강물, 비에 젖어 흐르는 인연……. 어찌해서 그대들은 그리 풍류를 모르는지?"

"예에."

김돈중이 무비를 부르러 왕에게서 몇 발자국 떨어져 횃불 쪽을 향했을 때, 왕은 발을 헛디디면서 미끄러져 강물 속으로 빠지고 말았다.

"전하!"

김돈중이 허둥대며 되돌아와 물가로 뛰어들고 횃불들이 급하게 몰려왔다.

"게 아무도 없느냐? 게 없느냐? 아무도?"

발 밑 모래흙이 무너지면서 김돈중도 물 속으로 처박히면서 악을 썼다. 한참의 소동 끝에 왕과 김돈중을 건져올린 것이 정중부와 헤어져 내려오던 이의민이었다.

"핫하하……거, 술이 깨어 좋구나. 안 그러냐? 무비야."

죽을 상이 된 신하들 앞에서 왕은 무비의 허리에 손을 돌리며 빗속에서 껄껄거리며 웃어젖혔다.

물에 빠진 왕을 건져올린 것으로 인연이 되어 그 날 밤으로 의민은 정중부 휘하의 근위군에 편입되어 개경으로 향했다.

그래서 한 달여.

대장군 정중부 장군댁 넓은 후원에서는 무술대회가 열리고 있었다. 봄날 오후 햇살이 평화롭게 쏟아내리고 있는 가운데 후원은 뿌연 먼지였다. 매년 봄이면 열리는 무술대회도 이젠 막판이었다. 높다란 차일이 하늘을 가리고 힘깨나 겨룬다는 젊은 무부들이 모여든 지 닷새째였다.

3,4년 전만 해도 마지막 날에는 왕이 참관하여 술을 내리고 치하를 했는데, 근래 왕은 무술대회에 흥을 잃은 듯 별로 관심을 갖지 않았다.

술에 반쯤 취한 채 절이나 경치 좋은 정자를 찾아 떠나며 왕은 무술대회 결과에 그저 고개를 끄덕이는 것으로 전부였다.

힘과 기예를 기리는 고려의 기상은 태조 왕건 때부터 높이 숭상되었으나 세월과 함께 문약(文弱)에 흐르면서 점차 무예 자체를 업신여기는 풍조까지 나타나고 있었다.

옛날 같으면 열흘이고 보름이고, 검에서부터 활, 창, 마술, 수권 등…… 몰려드는 젊은 무부들로 붐볐으나 올해는 기껏 닷새로 막을 내리게 된 것이다. 그것은 변화해 가는 고려 사회의 한 단면이랄 수도 있었다.

뛰어난 무예로 기회를 잡아 무관으로 출세를 하고 장군, 대장군, 상장군이 되어도 젊은 문신들에게까지 업신여김을 받는 때문이었다.

정중부가 젊은 문신 김돈중에게 몇 해 전 술자리에서 수염이 그을린 수모를 당한 것도 그런 고려 사회의 이면이랄 수 있었다. 그러나 힘이 넘쳐나는 젊은이들은 언제나 있기 마련이어서 각 군 별로 봄이면 간단한 무예 겨루기가 행해지곤 하였다.

높다란 차일 밑 가늘게 찢어진 눈을 더욱 가늘게 뜨고 정중부

는 혼자 흐뭇하게 미소짓고 있었다. 얼마 전 휘하에 들어온 이의
민의 무예를 직접 보고 난 때문이었다. 창에서부터 검술, 마술에
이르기까지 감히 의민을 당한 자가 없었던 것이다.

"저놈이 머리통만 채워져 있으면 한 몫을 하지 않겠느냐."

그는 부관을 돌아보고 나지막하게 말했다.

"코뚜레를 꿰어 부리면 한 몫은 할 놈입니다."

"코뚜레까지 안 해도 줄만 매놓으면 심히 날뛰진 않을 게다."

먼지를 뒤집어쓴 땀투성이의 이의민이 한바탕 창 쓰기를 자랑
하더니 말에서 구르듯이 내려와 정중부 앞에 무릎을 꿇었다. 그
의 온몸에서는 마치 아지랑이가 피어오르듯 김이 모락거리고 있
었다.

"일어나라. 오늘 그대를 낭장(郎將)으로 진급토록 하라는 주상
전하의 허락이 있으셨다."

여기저에서 환성과 손뼉치는 소리가 들렸다. 대정에서 낭장이
면 파격적인 승진이었다.

고려의 군대 조직은 원래 2군(軍)·6위(衛)로 조직되어 있었
다. 말단 장교인 대정으로부터 다음이 위(尉), 산원(散員), 그 다
음이 별장(別將), 장사(長史), 그 위에 낭장(郎將)이었다. 낭장이
라면 정6품(正六品). 그 다음 중랑장(中郎將)을 거치면 장군(將
軍)을 바라보게 되는 계급이었다. 장군에서 진급하면 대장군(大
將軍)이요, 대장군 다음이 무관으로 최고 관직인 상장군(上將軍)
이 된다.

이의민이 대정에서 낭장으로의 승진은 네 계급을 뛰어오른 파

격이었다. 타국과의 전쟁 등, 특별한 무공을 세운 경우가 아닌, 평화로운 시절에는 상상할 수 없는 파격적인 승진이 이의민에게 내려진 셈이었다.

그러나 이번 닷새 동안 열렸던 무술경기에서 그의 무예를 직접 보아온 사람들이라면 그의 파격적인 승진에 이의를 제기할 사람은 아무도 없었다.

말에서 쏘아날린 화살은 열 대가 모두 명중이었고, 끝이 뾰족한 예도(銳刀)에 속칭 신검(新劍)이라 불리는 본국검(本國劍)에서도 그를 덮을 자가 없었다.

마상쌍검(馬上雙劍)도 뛰어나 그가 칼 두 자루를 쥐고 말에 오르자 고삐를 놓고 있는데도 말과 사람이 완전히 한 덩어리가 되어 분간할 수 없을 정도의 기예를 발휘하였다. 더구나 자유자재로 말의 옆구리, 배 아래에 칼을 쥔 채 달라붙어 움직이는 이의민의 모습은 거의 신기(神技)에 가까웠다.

"무서운 놈일세."

"한 주먹에 호랑이를 때려잡았다지 않아?"

"태백산서 산삼을 도라지 캐먹듯 먹었다고도 하더구먼."

그의 무예를 구경하던 자들 입에서는 맹랑한 소문마저 생겨나고 있었다.

"금번 무술대회에서는 그대를 앞지를 자가 아무도 없었다. 흡사 그대의 무공을 구경하는 자리가 되어 버린 셈이야. 그 힘과 무예가 언젠가 나라를 위해 쓰이기를 바라는 건 나 혼자의 생각만은 아닐 게야."

정중부는 말씨까지 부드럽게 고쳐 무릎을 꿇고 앉은 먼지투성이의 이의민의 손을 잡아 일으켰다. 푸짐한 것까지는 없어도 곧 넉넉한 주안상이 후원에 마련되었다.

"그 동안 지내오면서 이낭장보다 강한 상대를 만나본 적이 있는가?"

"저야 원래 무명 천민올습니다."

부어주는 술잔을 사양도 없이 죽죽 비우며 의민은 갑작스런 자기의 신분 변화에 좀 어리둥절한 표정이었다.

"그렇다 하더라도……."

"무서운 놈을 만나기는 만났었지요."

"무얼 하는 사람인데?"

"솔잎을 씹는 노인인데요. 비쩍 말라 장작개비 같은, 중도 아니고, 속인도 아니고. 태백산에서 혼이 났었지요. 4년 전인가요."

"태백산이라? 그럼 선술(仙術)을 하는 자란 말인가?"

정중부의 눈꼬리가 위로 또 치켜졌다.

"혼껍이 났습니다. 그 노인한테는……."

의민은 말을 끊고 문득 들었던 술잔을 놓았다. 잊고 있었던 옛 주인댁 도련님 김정이며, 달아난 노비 만적, 감마라 등이 생각난 거였다.

바위 밑에서 밤을 새우다 허정대사 곁을 도망쳐서 흘러다니기 4년여. 동경의 김정에게 붙잡힐까 전전긍긍하기도 했고, 먹을 것, 잘 곳을 찾아 헤매다가 한때 도둑의 무리에 끼여 행인들을 털기도 했던 지난 세월이었다.

  그렇게 쫓기듯 살면서 그는 김정이나 만적, 감마라 들을 잠시 잊고 있었다.

  "너의 살겁은 죽이고, 또 죽여서 스스로를 죽일 때까지 벗어날 길이 없으리라."

  그 비쩍 마른 허정대사 생각이 났을 때, 뒤이어 그는 만적과 감마라, 김정의 싸늘한 눈빛이 생생히 되살아나는 것을 느꼈다. 그는 부르르 몸을 떨었다. 김정을 생각하면 그의 혈관의 피는 언제고 한곳으로 용솟음쳐 오르기 시작했다.

  '죽이리라. 언제고 기회가 있으면 경군(京軍)의 하급장교가 되기까지 지내왔던 그 모멸찬 세월에 대해, 말채찍으로 무자비하고 싸늘하게 얼굴을 휘갈기던 그 창백한 얼굴에 보복을 하리라.'

  그의 눈빛이 막 넘어가는 저녁햇살을 받아 횃불같이 이글거리고 있었다.

  "노인이야 곧 죽을 거지만, 한 놈 겨루어야 할 자가 있습니다."
  "그게 누군고?"
  "지금은 말씀드리고 싶지 않습니다."

  마주 겨뤄 어느 한쪽이 죽어야 끝날 그런 싸움이라는 생각이었다. 그것은 김정의 아버지 김풍 장군이 그를 노비에서 풀어 그 집 가인(家人)으로 만들었던 첫날부터 김정과 맞부딪쳐 느꼈던 숙명이라는 생각이었다.

  "무(武)를 닦는 자에게 한(恨)이란 고기에게 물과 같은 것, 한이 없어서야 칼 끝이고 창 끝이고 힘이 실리지를 않지. 헛허허……,

자 잔을 받으라.”

　정중부는 정중부대로 무식하고 저돌적인 이 사내의 눈빛에 섞인 분노를 흐뭇하게 받아들이며 미소했다.

　후원의 차일 밑에서는 저녁까지 웃음소리가 높았다. 사실 왕의 빈번한 출입으로 무인들끼리 조촐하게 같이 앉을 기회가 많지 않았다. 왕의 신변을 지켜야 하는 그들은 늘 왕의 술자리에 변이 생기지 않도록 추위 속에서, 어둠 속에서 굶주리며 떠는 게 예사였다.

　“여기가 네 집이거니, 앞으로 마음 편하게 지내도 좋을 게야.”

　“편하지가 않구먼요.”

　술잔을 내리며 의민이 퉁명스럽게 대꾸했다.

　“편하지 않다니?”

　“맨날 임금님 가마만 따라다니고, 문관들 시중이나 들다 보니, 힘을 쏟을 곳도 없어 몸이 군실거리고요. 임금님이 사냥이라도 하시면 어쩌다 산길이라도 달릴 텐데요. 정말입니다.”

　“허, 그것도 그렇군.”

　눈을 지그시 감고 정중부는 보일 듯 말 듯 미소를 띄었다.

　“무관은 싸움이 있어야지요.”

　이의민의 말은 사실이었다.

　무릇 무관이란 전쟁이라도 일어나서 넓은 전장을 종횡무진 누비고 피보라를 뿌리며 목숨을 돌보지 않고 달려야만 제격이었다. 그것이 아니라면 도적이라도 토벌하러 나서거나 산을 달려 사냥이라도 해야 맛이 나는 거였다.

왕도 한때는 무예를 즐기는 듯싶었고, 격구를 좋아해 무신들과 어울리기도 했었지만 언제부터인지 환관이나 몇몇 문신들과의 풍류에만 빠져 매일이 연회요, 열락이었다. 무관들은 그 잔칫자리에 호위병으로만 끌려다닐 뿐이었다.

더구나 선대에 묘청 일파가 서경 천도 운동을 일으켰다가, 김돈중의 아버지 김부식에게 섬멸당한 후로는 점점 무신들을 경시하는 풍조가 만연해 있었다. 그러한 속에서 무신들의 불만은 마치 얼음 밑을 낮게 흘러가는 물처럼 조금씩 보이지 않는 곳에서 하나로 묶어져 가고 있었다.

오늘 술자리에 모인 이의방(李義方), 이고(李高), 김광미(金光美), 양숙(梁肅), 진준(陳俊) 등이 그들이었다.

"오늘은 이낭장 무예구경으로 잠이 깊이 들겠구먼……."

낮게 껄껄거리며 정중부가 앞서 자리에서 일어났다.

초나흘 실낱같은 초승달이 서쪽 하늘 끝에 걸려 푸르스름하게 내리비치고 있었다. 의민은 올라오는 취기 속에서 제 숙소가 있는 별채 행랑 쪽을 향하려다가 그대로 후원 참나무에 기대서서 푸른 초승달을 노려보았다.

잠시 잊고 있었던 김정의 얼굴이 떠오르고 나서는 자리에 들어도 쉽게 잠이 올 것 같지 않았다. 어둠이 덮여오자 이 집의 후원도 경주의 김풍 장군댁 후원과 흡사하다는 생각이 들었다.

"죽이고 죽이는 수없는 살겁을 거쳐 끝내는 제 자신까지 끊일 길 없는 살겁의 인연으로 가진 놈이야."

허정대사가 하던 말이 또다시 떠오르자 그는 멀리 가래침을 내뱉으며 혼자 욕을 한 번 했다.

'염병할!'

지난 번 사천에서 물에 빠진 왕을 건져올리며 문득 생각난 것이 있었다. 왕인가, 임금인가 하는 자를 물 속에 그대로 처박아 버리고 어디로 튀어 버릴까 하는 엉뚱한 생각이 머리를 스쳤던 것이다. 그에겐 사실 임금이고 장군이고 오늘 내려받은 낭장이고, 그런 것이 문제가 아니었다.

열화(熱火)였다. 때때로 온몸을 조각조각 찢어 부수고 싶은 다스릴 길 없는 가슴 속 뜨거운 불길을 어떻게 쏟아낼 수 있을까 하는 것이 더 중요했다.

안개가 천천히 후원을 휘감고 있었다. 눈썹 같던 달이 조금씩 안개에 휘감겨 희미해져갔다. 그는 기대고 있던 참나무 밑동을 갑자기 쓸어안았다. 반 아름 남짓 된 큰 나무였다. 힘을 주었다. 꿈쩍도 않는다. 그는 온몸의 힘을 모아 그 커다란 참나무 밑동을 끌어올렸다. 조금 흔들려지는 듯도 했지만 뽑아내지는 못할 것 같았다. 그러나 멧돼지같이 씩씩거리며 그는 나무를 안은 팔에 힘을 주었다. 이마에 돋아난 땀방울들이 얼굴을 타고 턱 밑으로 천천히 뚝뚝 떨어져 내렸다.

시간이 얼만큼 흘렀다.

"까르륵, 깔깔깔."

"걀걀걀, 갸르륵."

소리를 죽인 여자들 웃음소리가 가까운 곳에서 계속되었던 모양인데도 그저 나무뿌리를 뽑아올리겠다고 애를 쓰느라 듣지 못했는데, 땀을 닦느라 숨을 내쉬는 바람에 그는 여자들의 웃음소리를 들었다. 이미 후원은 안개와 어둠이 뒤섞여 지척이 분간되지 않았다.

"꺄르륵, 깔깔깔."

멀지않은 곳에서 들리는 웃음소리였다. 지금 나무밑동을 끌어안고 있는 그의 꼴이 우스워 어디선가 이 집 계집종이거나 하녀들이 숨어서 웃고 있음이 분명했다.

"흠."

그는 코웃음을 한 번 치고 나서는 웃음소리가 나는 쪽으로 가만가만 걸음을 옮겼다. 웃음소리가 그쳤다. 그도 걸음을 멈추었다. 그러나 이번에는 나즈막하게 수런거리는 소리로 바뀌었다. 열 걸음도 못 걸어서 의민은 거기 나무 뒤에 숨어서 킬킬거리다가 그의 발걸음 소리에 놀라 후다닥 내빼는 계집종들의 뒷모습을 확인했다.

"어마마마……."

"놔요……."

황급히 몸을 돌려 두 명의 계집이 튀었지만 의민은 이번 무술대회를 휩쓸었던 날랜 사내였다. 댓 걸음을 못 뛰고 두 여자는 의민의 양손에 하나씩 목덜미를 잡히고 말았다.

"귀찮게 굴면 둘 다 한주먹에 골통을 까부실 게다."

"제발 놓아주어요."

"염병할 년들. 우리 어매도 한 주먹에 때려죽인 내야. 입 다물고 가만 있지 못해?"

목덜미를 잡았던 손이 허리로 돌려 조여지자 둘 다 워낙 겁에 질렸던지 헉 소리를 내었을 뿐 이제는 후들거리기만 했다.

"혼자씩이면 니년들이 지쳐서 안 돼. 그걸 알고 함께 온 모양이로구나."

낄낄거리는 웃음소리가 낮게 후원의 밤 안개를 흔들었을 때, 의민의 팔에 하나씩 허리를 휘감긴 하녀들은 너무 겁을 먹었는지 부들거리며 떨기만 할 뿐 아예 입조차도 벌리지를 못했다.

의민은 여자 둘을 지난 겨울 떨어져 쌓인 낙엽 위에 한꺼번에 내동댕이치듯 쓰러뜨리고 그 가운데로 엎어졌다. 안개와 어둠에 묻혀 여자들의 모습은 그저 형체만이 희끄므레했다.

"내 속에 불이 타는 걸 네년들이 어찌 알았노? 것도 딱 맞춰서 둘씩이나 허……."

그의 양손이 동시에 각각 여자들의 가슴으로 우악스럽게 파고들었다. 여자들이 몸을 일으키려고 버둥거렸다. 그러나 그의 팔목 힘이 워낙 세어 상체는 움직이지 못하고 그저 다리만 버둥거릴 뿐이었다.

"손이 넷이었으면 편할 걸. 어매가 날 만들 때 이런 생각을 못한 게지. 허지만 이빨 없으면 잇몸이 있는 게라."

드디어 버둥거리던 그녀들 다리를 의민이 한 다리씩으로 허벅지를 휘감아 버리자 이젠 그저 뭐라고 중얼거리는 소리만이 남았다.

“딱 이럴 땐 손이 넷이었으면 좋았을 겐데……."

워낙 우악스럽게 파고든 손아귀였고 큰 손이어서 두 개씩의 젖가슴이 한꺼번에 양손 안에 쥐어졌다.

한쪽에서 낮게 비명을 질렀지만, 의민의 두꺼운 입술이 소리를 낸 입을 덮어 버렸다. 워낙 거센 손아귀 힘에 질려 손을 뜯어내려던 네 개의 손이 한참 후에는 늘어져 버렸다.

“네년들은 평생 날 만난 걸 못 잊을 게다. 날 만난 계집치고 저의 서방 외소박 안 시킨 계집이 아직까지는 없었다."

의민은 낄낄거리며 오른손이 오른쪽 여자의 가슴에서부터 떨어져 내려와 종아리에서부터 위로 거슬러올라갔다. 그 다리 살갗에 오슬오슬 소름이 돋아 있는 걸 쓰다듬어 올리며 다른 한 손은 왼쪽 여자의 조그마한 가슴 두 개를 반죽하듯 주물러 대고 있었다.

“산 속에 있을 때, 불공드리러 온 계집 하나로 다섯 장정이 급한 불을 끈 적도 있었다……. 계집이야, 산 속에서 부처님 다섯을 만났으니 살아 극락을 봤지만."

“놔요, 놔. 짐승 같은……."

한 계집이 몸을 뒤틀며 욕을 내뱉었다.

“한 주먹에 골통을 까부수기 전에 입 다물어."

드디어 그의 하체가 욕을 내뱉은 오른쪽 계집의 몸 위에 실리면서 그의 털투성이 얼굴은 왼쪽 계집의 가슴에 처박혔다.

“아이고 나 죽네."

아래에 깔린 여자가 뇌까렸다.

그 입을 의민의 오른손이 덮어 막았다.

"황토밭이고, 자갈밭이고 나도 씨를 뿌릴라고 하는 거여. 문전 옥답 없는 놈이야 화전(火田)이라도 일구는 게니께."

몸 속에 우중충히 쌓여 있는 먹구름 같던 불길이 한 곳으로 쏠려가며 대장간의 쇠꼬챙이같이 벌겋게 달아오르는 것을 의민은 느끼고 있었다. 몸뚱이를 오른쪽 계집 위에 실으면서, 다른 한 손은 왼쪽 계집의 약간 가는 다리를 새롭게 치켜 쓰다듬어 올라갔다. 드디어 그의 몸이 너부죽한 계집의 몸 속을 기어들었다.

"둔갑한 이무기도 아니고."

입을 덮었던 손이 가슴으로 오자 여자가 몸을 뒤틀며 또 뇌까렸다. 그의 손이 그 입을 다시 막았다. 의민은 침을 삼키며 문득 어금니를 악물었다. 말채찍을 휘두르던 김정의 싸늘하던 눈빛이 망막 속에 떠올라 왔던 것이다.

"아이구메."

여자가 비명을 내질렀다.

"아이구메."

여자가 비명을 다시 내질렀다. 말채찍에 얼굴이 찢겨진 채 고개를 들었던 어느 날의 사냥터, 손님방에 불려간 어린 계집종의 비명 소리가 들리던 김풍 장군댁 후원에서 악물었던 어금니, 늙은 어미를 제 손으로 죽여 양지바른 언덕에 묻고 그 앞에 쭈그리고 앉아 한 방울 뚝 떨어뜨렸던 눈물들이 의민의 머릿속을 한꺼번에 휘젓고 지나갔다. 그의 왼손이 왼쪽 계집의 가느다란 종아리를 거슬러올라가다가 깊은 속살을 움켰다.

"아앗!"

"가만 있어. 등가죽까지 구멍이 뚫리기 전에……."

"제발, 날……."

그의 몸이 왼쪽으로 옮겨갔다. 왼쪽 계집은 오른쪽보다 가냘픈 체격이었다. 오른쪽 계집의 풍성한 가슴에 오른손을 준 채, 왼쪽 계집의 살 속을 그는 뱀처럼 기어들었다.

"허억."

여자가 날카롭게 비명을 뱉었다.

"자갈밭이고 화전에고 씨를 뿌릴 게다. 칡덩굴같이 뿌리가 파고들게 말이다. 병신 같은 년들."

얼마만큼이나 되었을까, 번갈아 두 계집의 깊은 살 속을 왕래하던 의민이 길게 숨을 몰아쉬며 두 여자의 가운데에 몸을 엎드렸다. 축축한 낙엽과 흙 냄새가 안개에 섞여 코끝을 파고들었다.

"절에 찾아오던 떠돌이 채장사가 내 아비라 했다."

"……."

"그 채장사가 안 뒈지고 살았으면 한꺼번에 손주새끼가 둘씩이나 태어날지도 모른다고 곰보얼굴에 희색이 돌 건데. 후후훗…… 배라먹을 년들. 어느 년이 어느 년인지 밝은 날엔 내 알 길이 없겠고……, 젖통 큰 계집이 큰마누라 해라. 아들이나 하나씩 놓구."

"새끼는 밝히네."

너부죽한 계집이 혼잣소리로 웅얼거렸다.

"이래도 저래도 한세상……, 죽은 뒤 물밥이라도 먹을란다."

의민은 훌쩍 일어나 고의춤을 추스리고 안개 속을 걸어갔다. 속이 좀 후련했다. 온몸의 핏줄 속에 우중충하게 엉켜 있던 울혈이 한결 뚫린 듯했다.

안개가 휘감아 버린 후원을 한 번 뒤돌아보고 그는 제 처소가 있는 행랑 쪽을 향했다. 안개는 가는 빗방울같이 축축하게 목덜미를 적셔왔다. 그렇게 대여섯 걸음을 걷는데 계집 하나가 앞을 막아서며 고개를 발딱 들었다.

"뭐여?"

가슴팍에 바싹 붙어 고개를 처든 계집의 얼굴이 안개 속이긴 해도 너부죽하게 떠올랐다.

"이무기겉이 휘젓거리려만 놓고 가버릴 거유?"

"허."

"짐승인지 사람인지 알고나 씨를 받건, 뿌리를 받건 허지."

"젖통 큰 계집인가?"

"알긴 옳게 아네. 성이라도 알아둬야 새끼가 생기면 애비 족속을 알려주지."

"우리 어매가 아배한테 했다는 소리하고 똑같구먼. 네년 생긴 게 너부죽하니 우리 어매를 닮기도 했다."

"히 -."

여자가 히죽 웃었다.

"배라먹을 년, 것도 인연인 게다."

의민이 망연히 안개 속을 흘겨보다가 여자를 덥썩 안아올렸다.

"이것저것 맛본 입이 음식도 가려먹는다더니 네년도 음식맛 하나는 알아보는 모양이다."

"짐승도 아닌데 무슨 힘이 그리 세우?"

"열 계집 데려와 봐라. 날 싫다는 계집 있는지."

"집안에 소문이 쫙 나 있드먼도……."

달착지근한 여자의 음성이 안개에 섞여 목덜미를 간지럽히자 그는 여자를 안은 채 다시 후원 후미진 쪽으로 걸음을 옮겼다.

여자가 다시 낙엽 위에 눕혀졌다.

"한꺼번에 두 계집 덮치는 버릇은 그만뒀으면 싶구먼도."

"투정은, 이년아."

"난 최(崔)유, 최."

"몽달귀신 색귀 씌운 년."

그의 두 손이 여자의 겨드랑이 속으로 밀고 들어갔다.

최라는 성을 가진 정중부 장군댁 하녀가 의민에게 내려진 것은 그 일이 있고 난 사흘 뒤였다. 의민이 거처하는 행랑채에 밤이 되어 최가 성의 하녀가 드나드는 걸 다른 하인들이 눈치채지 못할 리 없었다.

덧니에 너부죽한 얼굴이었지만 윤기를 띠고 가늘게 웃는 눈이 색정적인 계집이었다.

아랫것들 이야기를 듣고 난 정중부는 혼자 비시시 웃고 나서 비단 다섯 필을 딸려 그 최가 성의 과년한 하녀를 의민의 처로 내려주었다.

의민은 밝은 대낮에 그 하녀를 보고 나서 씁쓸한 입맛을 다셨지만 지치지 않고 휘감아오는 후더분한 살집에 그만 터놓고 한 방 거처를 하게 되었다.

연복정 제방이 그 해 유월 또 터져 나가 인근 마을 장정 오백여 명을 동원, 수문 다섯 개를 내고 제방을 다시 막았다. 그 제방 위에 왕은 새로운 정자를 짓게 하고 '무비정(無比亭)'이라 이름하여 주변에 기화 요초를 심게 했다. 왕이 늘 데리고 다니는 궁인 무비를 생각해서 지은 이름이었다.

왕의 풍류는 날이 갈수록 걷잡을 수 없어져 하루에도 몇 차례씩 자리를 옮기고, 밤을 새우는 일이 많아지자 왕을 호위해 다니는 무신들 사이의 불만도 커져갔다.

거기다 8월, 다시 연복정 남쪽 남천(南川) 제방이 터져 나가 또다시 인근 마을 장정들이 동원되자 백성들의 원성이 들렸지만 왕은 궁중 재정이나 정치에는 완전히 손을 뗀 상태가 되어가고 있었다.

그 날도 아직 남천 제방공사가 마무리되기 전인데도 왕은 무비정에서 술자리를 벌렸다.

그 무렵 수주(水州)의 한 농부가 밭을 갈다 두 치나 되는 금덩이 하나를 얻었는데, 그 형상이 거북과 비슷했다. 지주사 오녹지(誤錄之)가 그 금거북을 가져다 무비정에서 술놀이를 하는 왕에게 바쳤다.

"하늘이 금거북을 내리시니 성덕(聖德)의 징험입니다."

신하들은 한꺼번에 만세를 부르며 왕에게 하례했다.

"거북은 원래 상서로운 짐승, 네가 가져라."

왕은 금거북을 무비에게 던져주고, 손수 오녹지에게 술잔을 내렸다.

"거북이 장수하는 짐승이니 하늘이 내게 이를 내렸다면 언젠가 다녀간 그 금나라 관상장이 이야기와 들어맞지 아니하냐? 허허허."

"젊고 늙은 신하들이 다 죽은 뒤에도 장수하시리라던 그 상 보던 사신 말을 신들도 기억하옵니다."

김돈중이 불그스레 취한 얼굴로 두 손을 마주 쥐었다.

"그래 술을 가득 따르거라. 풍류도 모르는 채로 오래 살아서야 무얼 하겠는가."

왕은 단숨에 술을 비우고 나서 허공을 보며 혼자 껄껄 호쾌히 웃음을 날렸다.

"백성들은 태평 만세를 즐기며 주상전하의 만수무강을 방방곡곡에서 기원하고 있사옵니다."

"인심이 천심일진대 전하께서는 천세, 만수 무병장수하실 것이옵니다."

연복정 남쪽으로 밤을 새워 벌써 열흘째 장정들의 제방공사가 진행되어가고 강 건너는 갈대꽃들이 바람에 흰 수염처럼 날리고 있었다.

"정습명……, 그 습명 생각이 가끔 난다."

웃음을 그친 왕이 잠시 강 건너 갈대밭으로 눈을 옮겼다.

"동궁 시절, 과인을 알뜰히 보살펴 주었지."

"벌써 이십여 년 전 일이옵니다."

"부왕께서 국사는 습명과 상의해서 행하라, 유명(遺命)이 계셨지. 헌데 과인은 습명을 물리쳤다."

"허나 습명은……."

"아니다."

왕은 술잔을 들어올리며 말을 막았다.

"요사이 습명이 자주 꿈자리에 보인다. 때로는 우는 얼굴로, 때로는 노한 얼굴로도 보이고……."

"흥왕사(興王寺)에서는 벌써 백 일을 두고 전하의 만수무강을 기원하는 법회가 열리고 있사옵니다."

"과인은 많은 걸 버렸다. 또 많은 사람을 버렸고. 그러나……아니다. 활을 가져오너라. 내 시험해 보겠다."

왕은 무비정 난간에서 오십 보 앞에 사포를 세우게 하고 스스로 화살 한 대를 뽑아 활시위를 당겼다. 시위를 당긴 손끝이 가늘게 떨고 있었다.

"어찌해 요즈음 과인의 꿈자리에 습명이 나타나는지 내 그걸 시험하는 게야."

해가 뉘엿거리며 지고 있었다.

피웅 -.

화살은 시위를 떠나 일직선으로 날아가 세워둔 사포의 한 중간을 보기 좋게 맞혔다.

"헛허허허……."

왕의 홍소(洪笑)와 더불어 신하들의 만세 소리가 무비정을 다시 뒤흔들었다.

한 차례 술이 또 돌고 난 다음, 왕은 좌승선 김돈중, 한뇌, 허홍재, 이복기 등의 근신들에게 손수 잔을 돌렸다.

"과인이 있고 경들이 있으니, 무슨 근심이 있겠는가?"

"황공하옵니다."

"자리를 흥왕사로 옮기도록 하라. 과인을 위해 법회를 베푼다니 어찌 모른 척할 수 있겠느냐?"

"어가를 흥왕사로 옮기랍신다."

찢겨올라간 정중부의 가는 눈꼬리가 더 가늘어져 부관 이고(李高)를 돌아보았다.

"어가를 대령하라."

무비정에서는 다시 왁자한 웃음이 정자 밖으로 울려나왔다.

"저 불알도 없는 병신이 감히……."

이고가 환관 왕광취의 뒷모습을 노려보며 씨근거렸다.

"염병할!"

이의민도 환관 왕광취의 뒷모습에다 가래침을 내뱉으며 웅얼거렸다.

음울하고 불쾌한 기류가 오늘은 더욱 심하게 무신들을 안개처럼 휘감아 스며들었다. 문신들과 환관들에게 대한 무신들의 혐오는 하루 이틀에 형성된 것은 아니었지만 몇 년 사이 왕의 열락과 풍류가 더 무절제해지면서 굶주림과 추위 속에 그들을 호위하는 일이 빈번해지자 점차 그것이 노골화되어 가고 있었다.

선왕 인종 때만 해도 무신들은 무신들대로의 자부심이 있었다.

묘청 같은 사람에 의해 옛 고구려의 널따란 강토 위를 흙먼지를 일으키며 내닫는 꿈같은 걸 꾸기도 했다.

그러나 왕 24년. 점점 정도를 잃어가는 왕에 대한 무신들의 불만은 그 왕을 싸고 있는 문신들 무리와 환관, 술사 들에 대한 증오심으로 확대되어 갔다. 더구나 최근 일이 년 그 증오심을 안으로 삭이다 못해 하나씩 둘씩 불만들을 수군거리다 보니 이제는 그 불만들이 하나의 기류처럼 무신들을 휘감고 있었다.

특히 오늘은 흥왕사로 또 자리를 옮기면 새벽부터 네 번째 술자리를 옮기는 셈이었다.

"어서, 어가를 준비하라는데."

정중부가 나지막하나 날카롭게 부관을 질책하였다.

"다들 종일을 굶겨 병들 대하기가 민망할 지경입니다."

이고가 볼멘소리로 말했다.

"굶는 게 처음인가? 새삼……."

정중부는 걸음을 옮겨 어두워지는 남천 제방에 개미떼처럼 흙을 가져다 나르는 장정들을 물끄러미 내려다보았다. 무비정에서 또다시 웃음소리가 터졌다. 그의 눈꼬리에 한 가닥 날카로운 살기가 서렸다.

임금의 어가가 흥왕사 쪽으로 다시 움직여갔다. 어가를 앞뒤 좌우로 호위해 가는 무신들의 표정이 모두 굳어 있었다.

그러자 문득 어가가 멈추어 섰다.

"무슨 일이냐?"

정중부가 급히 말에서 내려 어가 앞에 다가가 허리를 굽혔다.

"흥왕사는 지금 법회중이니 소란을 떨 게 없다. 보현원(普賢院)
으로 행차를 돌려라."

"보현원으로 말이시옵니까?"

"그래, 보현원이다."

임금의 목소리가 술에 젖어 입안에서 웅얼거렸다.

"전하께오서 어가를 보현원으로 돌리랍시지 않느냐?"

눈자위까지 거슴츠레 술기가 오른 한뇌가 정중부를 향해 소리
를 질렀다. 찢겨올라간 중부의 눈이 잠시 한뇌의 눈에 부딪쳤다.

어가는 다시 방향을 바꾸어 보현원 쪽을 향해 움직이기 시작했
다. 그렇게 오백여 보나 갔을까. 다시 어가가 멈추었다. 작은 언
덕 아래로 널찍한 잔디밭이 드러난 공터가 있는 곳이었다.

보현원으로 향하던 왕의 어가가 또 멈추었을 때는 이미 황혼이
가까워지고 있었다. 왕은 어가에서 걸어나와 언덕 아래 마른 잔
디밭을 지긋이 굽어보더니 입가에 흐뭇한 웃음을 띠었다.

내시와 근신들이 언덕에 차일을 치느라 부산을 떨었다.

왕이 어가를 멈춘다는 것은 그 곳에서 한 순배 돌리겠다는 것
을 의미했다. 한참의 부산스러움 뒤에 왕은 차일 아래 임시로 꾸
민 보료 위에 비스듬히 몸을 기대고 따라 올린 향기 짙은 술잔을
집어들었다.

"벌판이 저만 하니, 가히 군병을 연습시킬 만한 자리가 아니겠
느냐?"

"황공하오나 풍류지감(風流之感)이 깨뜨려질까 하옵니다."

문신 한뇌가 못마땅한 듯 대꾸했다.

"핫하하. 경은 문과 무가 음양처럼 늘 상응하는 이치를 알지 못하는구나. 그래서 결국 경은 선비일 뿐인 게야. 핫하하, 여봐라. 여기 잔디밭이 좋으니 '오병수박희(五兵手博戲)'를 벌이도록 하라. 문과 무는 알맞게 조화해야 하는 법. 이런 날 무신들에게도 기회를 주어 상이라도 내리면 흡족해 할 게 아니냐?"

"그러하옵니다."

김돈중이 머리를 조아렸다.

"과인에게 풍류를 논할 근신들이 그득하고, 활달한 무인들이 저토록 외곽에 구름 같으니 선왕께서 지키지 못할까 근심하셨지만……, 안 그런가?"

저녁 햇살이 뉘엿거리고 있었다. 무신들은 잔뜩 지친 데다 어가가 다시 멈추었고, 또 문신들의 술자리가 벌어질 기미가 보이자 나지막한 불평들이 터져 나오기 시작했다.

"무엇들 하느냐? 오병수박희를 벌이랍시지 않느냐?"

환관 왕광취가 내시 특유의 음성으로 정중부 쪽에다 질책하듯 소리를 질렀다.

"무엇을 그리도 꾸물대는 게냐?"

구부정한 허리에 뒷짐을 지고 몸을 돌린 왕광취 뒤쪽에다 대고 이의민이 퉤 침을 뱉었다.

"불알도 없는 병신 주제에……."

돌로 깎은 석상같이 딱딱하게 굳은 중부의 얼굴이 언덕 위를 향했다가 돌아왔다.

오병수박희는 고려시대 군대 기본 훈련의 하나인 일종의 권법
이었다. 무기를 들지 않고 맨손으로 다섯 명이 한 조가 되어, 병
법(兵法)에 의해 진(陣)을 설(設)하고 진의 변화 속에 상대를 주먹
으로 치고 받는 무술이었다.

"수박희라……."

상장군부터 병들에 이르기까지 수군거리던 입마저 다물어 버
리고 무기미한 적막이 낮게 깔리면서 그 시선들이 하나같이 정
중부 쪽으로 향했다. 근래에 없던 너무 엉뚱한 명령이었기 때문
이다.

"무엇들 하느냐?"

정중부의 눈이 부관을 향하면서 날카로운 질책이 튀었다. 정중
부의 얼굴에 얼음 같은 한기가 떠돌았다.

"수박희를 하도록 편을 갈라라."

정중부는 감정을 섞지 않은 음성으로 부관에게 다시 명령했다.

"저런 버러지 같은 것들이."

정중부 바로 곁에 있던 이의방(李義方)이 칼자루를 움켜쥐며
얼굴이 벌겋게 상기된 채 뇌까렸다. 왕 바로 건너편에 앉았던 젊
은 문신 하나가 너무 술에 취했는지 어전에서 옆으로 푹 꼬꾸라
지는 모습이 보였다.

"저런 것들을 데리고……."

"상관할 바 없다."

정중부의 눈도 그것을 보았지만 여전히 창백한 안색에는 아무
변화도 없었다.

언짢은 분위기 속에서 수박희가 시작되었다.

시작한 지 얼마 되지 않아 얻어맞고 나가떨어지는 자, 도망가는 자, 엎어지는 자들이 생기고, 그 때마다 무신들 사이의 침묵과는 대조적으로 술 취한 문신들 사이에서는 웃음소리, 손뼉치는 소리가 드높아갔다.

왕은 무릎까지 치며 흥겨워했다. 기거주 한뇌만이 몹시 못마땅한 듯 연거푸 술만 마시며 놀이 광경을 힐끗거리며 보고 있었다.

잔디밭 위로 어스름이 밀려들고 있었다. 이긴 편은 한쪽에 가서 앉고, 진 쪽은 뒤쪽으로 물러가고 있는 사이, 황혼의 붉은 하늘빛이 무신들의 눈빛 속으로 스며들고 있었다.

대장군 이소응(李紹應)이 상대방 젊은이와 맞섰다가 뒷걸음을 치던 때도 이 때였다. 대장군은 이제 칠십이 넘은 노장(老將). 한때 쌍도끼를 휘두르며 십 리 사방 감히 개미새끼 한 마리 얼씬 못하게 했다는 날쌘 장수였지만 이제 백발이 성성한 데다 학처럼 야윈 몸으로 수박희는 역시 무리였던 모양이다.

맨주먹으로 맞서 젊은이를 대하기엔 힘이 부치는지 노장군은 점점 뒤로 몰리고 있었다. 모든 시선이 그쪽을 향해 있었다. 눈길을 의식했는지 마지막 손을 몇 번 뻗쳐보다가 마침내 이소응은 몸을 돌려 버렸다.

바로 그 때였다. 왕의 바로 건너편에서 얼굴이 벌겋게 취해 있던 기거주 한뇌가 상 앞을 떠나 막 몸을 돌리려던 노장군의 뺨을 후려갈긴 것이었다.

"이래 가지고 장군은, 무슨 대장군인가?"

뺨을 맞은 노장군이 두 손으로 얼굴을 감쌌다. 그 손가락 사이로 코피가 쏟아지고 있었다. 두 손바닥을 탁탁 털고 왕 앞으로 돌아온 한뇌 쪽으로 모든 눈길이 집중되며 일순 주위는 침묵으로 덮였다.

다른 시합마저 그 순간 중지되어 버렸다.

"황공하옵니다. 전하, 저래 가지고야 어디 장군이고, 무신일 수가 있사옵니까?"

"임전무퇴(臨戰無退). 적에게 등을 보이는 것은 치욕이다."

잔뜩 취한 왕이 통쾌한 듯 웃음을 터뜨리자 문신들도 함께 따라 웃기 시작했다.

"소신이 전하께 풍류지감을 해친다 여쭈었지 않사옵니까?"

코를 감싸쥔 채 노장군 이소응이 술자리 쪽을 딱 한번 올려보더니 몸을 돌려 잔디밭을 빠져나갔다.

"꾀꼬리는 울어야 꾀꼬리요, 매는 꿩을 잡아야 합니다. 선비가 글을 덮고, 무관이 무술을 파하면 그게 다 허깨비 아니옵니까?"

한뇌는 더 술기운이 오르는 모양이었다.

"허수아비의 수염은 불쏘시개로 쓰기도 하지요? 아마."

한뇌는 옛날 어전의 술자리에서 김돈중이 촛불로 정중부의 수염을 그을린 일이 생각났던지 김돈중을 돌아보며 너털거렸다. 돈중의 얼굴이 순간 딱딱하게 굳었다. 내시들과 젊은 문신들만이 한뇌의 말에 웃음을 터뜨렸다.

반면 무신들 사이로는 얼음장같은 써늘한 긴장이 한 가닥 휘

뒤돌아가고 있었다. 정중부의 눈썹이 잠시 꿈틀거리며 잔디밭을 빠져나가는 늙은 장수, 이소응의 뒷모습을 쫓았다. 정중부만이 아니라 이의방, 이고, 이의민 이하 모든 장교, 병졸들까지도 갑자기 돌이나 고목이 된 듯 제 자리에서 손 하나 까딱하지 않고 그대로 굳어 버린 듯 움직이지 않았다.그리고 한순간 차일 밑 술좌석의 웃음도 거짓말같이 뚝 그쳤다.

한 줄기 음습한 회오리같이 무신들 사이의 정적이 술좌석으로 밀려들어 그 자리를 덮어 버린 때문이었다. 주위를 둘러싸고 있는 무신들의 형언하기 힘든 침묵, 눈에 안 보이는 적의, 언제 터져 나갈지 모를 연복정 제방처럼 무신들의 쌓였던 울화가 점화를 일으킬 것 같은 잠시의 고요가 흘렀다.

정중부가 왕 앞으로 혼자 성큼 걸어나갔다. 왕은 여유를 잃지 않고 혼자 술잔을 입술로 가져가며 가까이 다가오는 정중부를 건너다보고 있었다.

정중부는 왕 앞에 잠깐 허리를 굽혀 보이고는 찢겨올라간 눈으로 한뇌와 김돈중을 잠시 노려보았다.

한뇌와 김돈중이 평소의 호기를 잃은 채 허옇게 질려 있었다.

"소응이 비록 무부이지만 벼슬이 삼품(三品), 한때 전장을 누비던 혁혁한 무공이 있는 분입니다. 나이 대접을 해서라도 한(韓) 공이 감히 사람들 앞에서 그토록 욕을 줄 수 있는 게요?"

정중부의 음성은 높고 카랑카랑해서 잔디밭 저 아래에 있는 병졸들에게도 모두 들렸다.

"더구나 소응은 칠십의 노부. 선대로부터 나라의 위급에 목숨을 돌보지 않고 선두에 나섰던 사람입니다. 그런데……."

"헛허허, 경은 그만 참으라. 한뇌 등의 실수는 술이 저지른 실수, 과인이 따로 벌할 것이다. 헛허허. 경은 노염을 풀고 술이라도 우선 한잔 들라."

왕은 억지 웃음을 날리며 정중부 앞에 술잔을 내밀었다.

"황공하오나 저희 무신들은 맡고 있는 일의 책무가 중하여 지금은 어명을 받들지 못하겠나이다."

"전하께오서도 저따위 놈들을 데리고 정사(政事)를 논하시어서는 아니 될 것이옵니다. 고려의 혼 속엔 저따위 놈들이 낄 자리가 없사옵니다."

정중부는 왕 앞에 허리를 굽혀 읍을 하고 나서, 왕이 건네는 술잔은 거들떠보지도 않고 몸을 돌려 버렸다.

"경은 너무 서운케 생각지 말라."

왕의 말이 계속되었지만 정중부는 듣고 있지 않았다. 그의 귓속에는 그동안 너무 많이 들어온 무신들의 불평 소리, 신음 소리만이 한꺼번에 폭풍우처럼 들끓고 있었다.

"장군님."

한 놈이 앞을 막으며 무릎을 꿇는 바람에 그가 멈추어 섰다. 산디밭 한 구석 쪽에서 작은 소요가 일고 있었다.

"무엇이냐?"

"이장군께서."

"이장군이?"

"장군께서 낭떠러지에 몸을 던져 자결을 하셨습니다."

"자결을?"

순간 그의 찢겨올라간 눈초리 끝에 확 불길이 일었다. 마치 이제 막 완연히 모습을 감춘 서쪽 하늘의 그 불타던 저녁놀빛이 응어리져 그의 눈빛 속에 응결된 듯 그의 눈빛이 사납게 이글거렸다. 곧바로 우르르 그의 부관들과 가까운 장수들이 그를 향해 몰려왔다.

이의방, 이고, 이의민, 김광미, 양숙, 진준…… 등.

하나같이 그들의 눈이 살기로 번들거렸다.

"당장 요절을 냅시다."

"한뇌, 김돈중, 왕공취 들부터 먼저 요절을 내야 합니다. 그러고 나서…….

이고와 이의방은 칼자루를 움켜쥔 채 손까지 푸들거리고 있었다. 이의민도 수염투성이의 얼굴을 하고 씩씩거리며 장수들 뒤쪽에서 코를 벌름거렸다. 뭔지 몰라도 신나게 힘 자랑 한번 할 수 있다면, 내뻗칠 길만 있다면 하는 기분이었다.

"이고, 이의방. 둘은 앞서 보현원으로 떠나라. 다른 곳으로 어가를 돌리기엔 너무 늦었으니 아마 보현원에서 오늘밤을 지내게 될 게다."

"……."

"그쪽 순검군(巡檢軍)들에게 어명이라 일러 한 곳에 모아 우선 시끄럽게 굴지 않도록 해두는 게 급한 일이다. 알았느냐?"

나지막하나마 싸늘한 정중부의 명령은 무거웠다.

"오늘밤……."

"오늘밤?"

무관들 모두의 눈이 번쩍번쩍 빛을 발한다.

"내 신호가 있으면 우리편들은 머리에 쓴 것들을 모두 벗는다. 무릇 맨머리가 아닌 자, 머리에 무엇이고 얹고 있는 자들은 바로 썩은 선비 놈이거나, 내시거나, 술사들이거나…… 아무튼 그 무리로 생각하여 처리하면 될 것이다."

거의 동시에 모두의 손이 머리로 올라갔다가 내려왔다.

얼마나 기다리던 명령인가.

얼마나 참고 이를 갈았던 세월인가.

"우린 그간 참을 대로 참아왔다. 나라나 주상전하를 위해 충성도 바칠 만큼은 바쳐왔다. 자식이나 손자 같은 선비 놈들 술 주정 자리에 추위로 떨면서도 이것도 나라를 위한 충(忠)이거니, 의(義)이거니, 한 가닥 무부들의 붉은 단심(丹心)이거니……, 얼어 죽는 병졸들이 나오던 동짓달, 밤놀이의 선비들 술자리 호위도 마다 않고 해왔다. 허나 참는 것도 도를 지나치면 충은 불충이요, 의(義)라 믿었던 것이 불의가 되기도 한다는 생각이 들었다. 의로운 일, 양심에 침묵하고, 눈을 감고 행동하지 않으면 그게 불의가 된다는 생각이 든 것이다. 밖으로 금나라는 나날이 강대해져 우리를 저희 자식 나라로 치부해 온 지 오래요, 왜놈들까지도 우리를 업신여긴다."

"……송나라도 이제 우리를 나라로 상대하지 않는데도 주상
께서는 십여 년을 황음에 빠져 계시니, 온갖 잡되고 썩은 무리들
만이 주변에 모여 백성들 사는 꼴, 나라꼴 되어가는 것에는 생각
조차 미치지를 못하시고, 그저 풍류, 풍류, 풍류일 뿐이다. 오늘
만 해도 무비정에서 곧바로만 환궁을 했다면 또 참고 지나치려
했다. 그러나 이제 터져 나간 둑이요. 쏘아 버린 화살, 각자가 죽
기로 명심하고 일에 차질이 있어서는 안 되리라. 또한 환궁할 때
까지 일이 잘못 누설되어서는 아니 될 것이다. 이고, 이의방은 내
말을 명심하여 우선 보현원부터 단속하도록 곧바로 떠나라."

모두가 후련한 모양이었다. 사실 무신들 사이의 모의는 드러내
놓고 입에 올리지 못했다 할지라도 벌써 여러 해 동안 은밀히 싹
터오던 일이었다. 자칫 멸족의 화를 당할 역모인지라, 마지막 불
씨가 튀길 때까지 각자가 내심으로만 타는 내화(內火)로 이어오
고 확산돼 왔던 것뿐이었다.

마침 그 때 낭떠러지에 떨어진 노장군 이소응의 시체가 옮겨지
고 있는 성싶었다.

잔디밭 한쪽이 웅성거렸다.

"극락왕생……, 나무아미타불."

중부가 입 속으로 웅얼거렸다. 다른 사람들도 입 속으로 웅얼
거렸으나 머릿속은 생각으로 꽉 차 있었다.

조금 후 어가는 그 곳에서 십 리쯤 떨어진 보현원을 향해 보통
때나 다름없이 천천히 움직여갔다. 가을저녁은 바람 한 점 없었

고, 막 돋기 시작한 저녁 별들이 유난히 밝아 보였다.

왕의 어가를 맞기 위한 보현원은 휘황하게 불이 밝혀져 한결 엄숙하고 정결해 있었다. 순검군들은 미리 달려간 이고 등에 의해 한쪽 창고 안에 갇혀 버렸지만 왕을 맞기 위해 문 밖까지 휘황하게 불이 밝혀 있었다.

어가가 첫째문을 지나 널따란 앞마당을 통과하여 둘째문 안으로 들어섰다. 어가를 호송하는 궁인과 내관만이 어가를 호위하여 막 둘째 대문을 들어섰을 때였다.

그 때 둘째대문이 덜컥 닫혔다.

"핫하하하, 그 세 치 혓바닥 좀 다시들 나불대어 봐라."

대문이 꽝 닫히면서 땅딸막한 키의 이고가 계단 위에서 마당으로 뛰어내리면서 눈을 번뜩였다.

"풍류를 아는 놈들의 모가지엔 칼날이 안 들어가는지 그것 좀 알아보자."

조금 전부터의 심상찮은 낌새에 마음 조이던 근신들과 문관들은 아예 얼이 빠져 비칠거리며 몇 걸음씩 뒤로 물러섰다. 그러자 바로 뒤쪽에서도 맨상투 머리의 장수들이 불쑥 칼날을 번뜩이며 뛰어나왔다.

"선비 놈들 뱃가죽은 좋은 안주로 기름이 가득 차서 칼이 안 들어간다며?"

"왓핫하하, 어디 한번 보자."

어느 쪽에서 누구부터랄 것도 없었다.

"선비 놈들 씨를 말려라."

"문관에 문(文)자만 들어도 요절을 내라."

보현원 큰 마당은 삽시간에 피보라와 비명과 피에 미친 악령들로 뒤덮여 버렸다.

산짐승이 피 냄새를 맡으면 이를 드러내고, 사람이 피를 보고 피 냄새를 맡으면 제정신을 잃는다더니 보현원 큰 마당은 칼과 쇠몽둥이, 도끼까지 뒤엉켜 아우성이었다.

그 중에서도 춤을 추듯 쇠도끼를 후려대는 털북숭이 이의민과 한 사람을 칠 때마다 관세음보살을 한 번씩 웅얼거리는 이의방이 대조적이었다.

왕의 술자리에 빠지지 않고 자리를 하던 오십여 명의 근신들과 문관들 ― 승선 임종식, 이복기, 이세통은 물론, 김석재, 내시 이당주, 어사잡단 김기신, 지후 유익겸, 사천감 김자기, 대사령 허자단…… 들이 얼마 지나지 않아 마른 잔디밭 여기저기에 피투성이가 되어 나뒹굴었고, 한번 피를 본 무신들은 또 누가 없는지 눈을 번뜩이며 주위를 두리번거렸다.

"김돈중은 어찌 되었느냐?"

이미 숨을 거둔 자들을 한쪽으로 끌어오게 하며 목을 잘라 몸통은 몸통대로, 머리는 머리대로 확인하던 이고가 버럭 소리를 질렀다.

"한뇌, 한뇌가 안 보인다."

끊어 들었던 누군가의 머리통을 내던지고 이고가 훌쩍 내달아 대문 돌계단으로 뛰어올랐다.

"돈중이, 김돈중이가 안 보입니다."

안색 하나 변하지 않고 거기 계단 위에서 살육전을 내려다보고 있던 정중부가 이마를 찌푸렸다.

"만약 그놈이……."

"자네는 그 성급한 게 늘 탈이야."

"예?"

피 묻은 제 손과 옷을 내려다보고 이고가 서운한 듯 반문했다.

"돈중이란 놈은 멍텅구리가 아니다. 그 여우는 중간에서 낙마를 한 척 말에서 굴렀다는 게야."

"예?"

"튀었어, 개경으로. 걸음 빠른 자를 개경으로 바로 보냈으니 아침까지는 소식이 오겠지. 만약 그놈이 입을 잘못 벌린 후라면 일이 복잡해져."

"허나 그렇게 머릿속이 차 있던 놈이면 오늘 같은 일이 일어날걸 미리 알아야지. 한뇌, 한뇌를 끌어내라."

중부의 찢어진 눈이 대문 한쪽을 향했다.

"한뇌, 한뇌를 끌어내라."

"한뇌를 잡아내."

한뇌의 이름이 불려지면서 마당을 가득 채웠던 살기는 더욱 예리해져 중문을 뛰어든 이고 쪽으로 쏠렸다.

"한뇌, 한뇌를 잡아내라."

모든 입들이 한꺼번에 한뇌의 이름을 불러댔다.

중문을 뛰어든 이고가 칼을 든 채 왕의 침실 쪽으로 달려갔다.

문 앞을 막아섰던 내시 배윤재가 파랗게 질려 부들부들 떨면서
팔을 벌렸다.

"감히 어전에서 칼을……"

이고도 잠시 주춤했다. 아무리 사람 목을 나무 가지치듯 잘라
내긴 했어도 왕은 왕인 것이다.

"감히 어전에서 어디라고?"

푸들푸들 떨면서도 배윤재가 다시 음성을 높였다.

"요런 쥐새끼 같은 것이 뭐라고 나불대는 게냐?"

그러나 이고가 주춤거리고 있는 사이 뒤따라온 이의방이 배윤
재의 뒷덜미를 움켜쥐어 마당에다 패대기를 쳐버렸다.

"나무관세음보살."

마당 한가운데 개구리 새끼처럼 널브러져 버린 배윤재를 향해
이의방이 합장을 했다.

"고양이 쥐 생각하네."

이고가 욕을 내뱉는 사이 다시 누군가가 내동댕이쳐진 배윤재
의 목을 움켜 중문 밖 마당에서 집어던졌다.

"와아 –."

한 번 피를 본 병사들은 새로운 사냥감을 발견이나 한 듯 눈에
핏발을 세우고 있다가 내동댕이쳐진 배윤재를 금세 난도질해 버
렸다.

"전하."

"……."

"전하, 한뇌 놈을 내보내십시오."

지밀(至密)의 자리인 왕의 침실 밖에서 이고가 소리를 높였다.

"나무관세음보살."

이의방이 어울리지 않게 칼을 든 채 중얼거렸다.

"감히 어디라고? 물러들 가라."

환관 왕광취가 문 안에서 카랑카랑한 음성으로 호통을 쳤다.

"그 버러지 같은 놈은 이승의 인연을 벗어야 마땅할 줄로 아옵니다, 전하."

"물러들 가라는데……."

"한뇌. 이놈."

그러나 이미 이고는 문을 벌컥 열어젖히며 한뇌를 향해 호통을 치고 있었다. 그의 손에는 피묻은 칼이 들린 채였다.

"고이연……."

왕은 침상에 앉아 살기 등등한 이고와 이의방을 맞바라보며 턱수염을 떨고 있었다. 그 사이를 환관 왕광취가 막아섰다.

"감히 어디라고. 이놈들 감히……."

왕광취는 부들거리면서도 목소리만은 카랑거렸다.

"전하, 어서 한뇌를 내어 주십시오."

이미 이고는 방 안으로 들어서서 왕을 똑바로 쏘아보았다.

왕의 침상 밑으로 고개를 처박은 채 '전하, 전하' 만 중얼거리고 있던 한뇌는 이미 제 정신이 아닌 듯했다. 한뇌의 몸뚱이리가 마당으로 개구리처럼 내팽개쳐지자, 왕은 이고 등의 충혈된 눈에서 고개를 돌려 버렸다.

마당 안에 흩어진 장수들의 입에서 한꺼번에 함성이 올랐다.

"만세, 만세."

"정중부 대장군 만세."

군졸들의 함성을 들으며 정중부는 천천히 중문을 넘어섰다. 이제 왕의 침실은 가로막는 자조차 없었다. 중부는 곧장 왕의 침실 문을 열고 무릎을 꿇었다.

"전하께 미리 주청드리지 못하옵고 놀라시게 소란을 피운 죄 너무 크옵니다."

정중부가 무릎을 꿇자 왕은 침상에서 허둥거리며 내려와 정중부의 손목부터 잡았다.

"장군, 일이 도시 어찌 되어가오?"

"황공하옵니다. 전하께 심려를 끼친 죄 죽어 마땅하옵니다. 하오나 소신(小臣)은 흥분된 병졸들을 막을 힘이 없었습니다."

"으음-."

"무릇 소인배들과 내관의 무리들이 전하의 총명을 흐리고 백성들의 원성을 일으키며 무인들을 능멸하여 소란이 인 것이옵니다. 이제 겨우 소신이 저네들을 달래어……."

"장군은 과인을 보좌하여 어서 평온을 찾도록 해주오."

"죄줄 자는 죄를 주고, 공이 있는 자는 그 훈작을 높이시어 전하의 밝으신 뜻을 사해에 넓게 펴심이 당연하다 생각되옵니다. 소신 견마지로로 주상전하를 뫼시겠습니다."

"오! 장군."

24년. 삼한 강토에 오직 한 사람, 감히 말대꾸를 하지 못할 지

존(至尊)의 몸이었지만 한낱 무부 정중부의 손을 쥐고 있는 왕의
손은 가늘게 떨고 있었다.
　"장군이 알아서 처리를 하오."
　왕은 창백한 얼굴로 대권을 중부에게 위임한 채 침상으로 올라
갔다.

　날이 밝기도 전, 개경으로 김돈중을 잡으러 달려갔던 군졸이
보현원으로 되돌아왔다.
　"돈중은 주상전하의 어가를 호송하여 아직 집에 돌아오지 않
았다 하고, 돈중의 집안 분위기도 평소와 다름이 없었습니다."
　"그래?"
　"……."
　"문관이란 놈들의 간덩이가 기껏 그것밖에 안 되었나?"
　정중부의 입가에 씁쓸한 웃음이 배었다. 이제 거사는 거의 성
공한 것이나 다름이 없었다.
　"이고는 이의민이와 군졸 반을 나누어 데리고 곧장 성중(城中)
으로 가라. 의방은 여기서 나와 행궁(行宮)을 지키고……."
　날이 새기 전 개경 성내로 달려간 난군(亂軍)들은 곧바로 대궐
로 내달았다. 추밀원 부사 양순성, 사천감 음중인, 대부소윤 박
보균, 감찰어사 최동식, 내시 지김광 등 궐내에서 숙직하던 관료
들은 항거 한 번 못 해보고 그 자리에서 죽음을 당했다.
　다만 전중내급사 문극겸만은 눈을 부릅떠 몰려오는 군중들을
노려보고 나서 하늘을 바라보며 한탄하듯 말했다.

"어서 베어라, 주상을 바로 뫼시지 못해 이런 꼴을 당하니 무슨 말을 할 수 있겠느냐?"

"저놈이 뭘 믿고?"

이의민이 피묻은 칼을 쳐들었다.

"정언(正言)의 자리에 있는 자, 주상께 바른말을 드려 바른 길을 가시도록 하지 못한 죄 천만 번 죽어도 당연하지 않는가? 어서 베어라."

문극겸은 조금도 흐트러지지 않은 차분한 음성으로 똑바로 의민을 쏘아보며 말했다.

"바른말을 많이 해 주상께 미움을 받던 자다."

흥분했던 군졸들 사이에서 그의 이름이 되뇌어지면서 그는 일단 빈 방에 갇혔다.

순검군을 거느린 이고, 이의민 등은 태자궁으로 내달아 행궁별감 김거실, 원의장 이인보 등을 죽이고, 왕이 사택으로 쓰던 천동댁(泉洞宅)으로 몰려가 별상원 십여 명을 베었다.

"무릇 문신의 관을 쓴 자는 서얼일지라도 씨를 남기지 말라."

어디서부터였을까, 타오르는 불길처럼 입에서 입으로 이 말이 전해지며 문신들에 대한 학살은 대궐에서 거리로, 골목으로 무차별로 번져나갔다. 이 날 밤 목숨 잃은 자만도 백여 명. 날이 새면서도 이 대학살은 그치지를 않았다.

1170년 8월 그믐날, 보현원에서 시작된 무인들의 군사혁명은 고려 역사에 새로운 장(章)을 만들어 버렸다.

삼 일 후 왕은 거제현으로, 태자는 진도현으로 추방되고, 태손은 무참히 살해되었다.

절간에 매인 천한 노비와 떠돌이 채장사 사이에서 태어났던 천민 이의민.

한때는 노비 신분이었고, 그 뒤 김풍 장군댁 가인 노릇을 하던 그였지만 이제는 어엿한 고려국의 장군이었다. 나라 안 대소사가 무인들의 손에서 척결되는 명종조. 그 역시 신왕 옹립에 한 몫을 한, 말하자면 공신이었다.

사랑의 빛깔

널따란 후원에 세운 사정(射亭)에서 의민은 어두워가는 것도 잊은 듯 벌써 두 식경이나 화살을 날리고 있었다.

열 대, 스무 대, 서른 대……, 쉰 대…….

화살은 사포의 한가운데에 꼬리를 떨며 박혔다가 미끄러져 내리곤 했다.

그의 온몸을 샘물처럼 끝도 없이 차올라오는 울혈이 벌써 일 년여 전부터 짓눌러대고 있었다. 지난 정변 때 피보라를 뿌리며 칼을 휘두를 때 느꼈던, 그 온몸에 퍼져들던 전율의 기억이 때때로 그의 전신을 들쑤셔대곤 했다.

그러면서도 그의 머릿속에 한때 몸이 매여 있었던 동경(東京)의 김풍 장군댁, 차가운 눈빛을 한 젊은 무인 김정을 떠올리면 온몸에 화로를 뒤집어쓴 듯 열기가 일었다. 그러나 이 나라 장군의 위치에서 김정을 만나거나 만날 생각은 없었다. 사나이 대 사나이의 입장으로 그를 만나 한번은 칼을 겨루고 싶었다. 혼신의 힘을 다해 싸우다 그가 피를 뿜으며 쓰러지는 것을 보고 싶었다. 그와 마주 서면 온몸에 안개같이 끈적거려 휘감겨드는 이 무거운 기분이 가시리라 생각되었다.

그것은 일종의 숙명 같은 느낌이었다.

그는 지난 번 문관들을 학살하던 자리에서도 김정을 떠올렸다. 그라면 그렇게 싱겁게 쓰러지지 않으리라. 김정이라면 부들부들 떨면서 목이 떨어지지 않으리라. 수십 명의 목을 쳐 떨어뜨리면서 의민은 여러 번 김정을 떠올렸다.

그와 맞겨루어 딱히 그를 쓰러뜨릴 수 있을지도 모르는 일이었다. 그러나 그와 맞겨루는 일이라면 그의 혈관 구석구석 피 한 톨 한 톨까지도 모두가 찬연히 불씨가 되어 불꽃으로 타올라 몸 속을 번쩍거리며 휘돌아 다니리라 생각되었다.

적어도 그와 상대한다면 자기의 팔 한 개, 다리 하나가 떨어져 나간다 하더라도 온몸을 이토록 우중충히 휘도는 이런 후더분한 안개에서 빠져나갈 성싶었다.

갑자기 그는 어두워오는 하늘을 향해 힘껏 활시위를 당겼다. 화살은 곧장 공중으로 치솟다가 포물선을 그리며 떨어졌다. 그는 또다시 화살 한 대를 공중으로 날렸다. 이번에도 역시 똑바로 올라가던 화살이 방향을 바꾸어 떨어져 내리는 것이 보였다.

"염병할!"

그는 떨어져 내리는 화살을 흘겨보다가 활을 내동댕이치며 가래침을 내뱉었다. 의민의 눈이 이글거리며 타오르기 시작했다. 그는 어두워오는 서쪽 하늘을 마치 칼을 맞쥐고 있는 상대방을 노리듯 노려보았다.

터져 나가던 연복정 제방의 거세던 물줄기처럼 때때로 그의 혈관 안에서 들끓으면서 뚫고 나길 길을 찾는 업화(業火)의 불길. 조금만 틈새가 있어도 그 불길은 그를 휘감고 그를 삼킬 듯 혓바닥을 낼름대면서 타올랐다. 벼슬자리며, 넓은 저택이며 금은보화하고는 아무 상관이 없이 맨몸으로 부딪쳐 살점이 찢기어 나갈 때만 느낄 그런 충동이 한가한 시간이면 언제고 그를 들쑤셔 오는 거였다.

그것은 때로 자기 출생에 대한 혐오일 수도 있고, 얼굴 모르는 아비에 대한 한 가닥 연민일 수도, 때로는 그가 목을 자른 수많은 문신들에 대한 경멸일 수도 있었다. 아니 어쩌면 그것은 그가 연복정 아래의 비 뿌리던 강물에 왕이 빠져들었을 때 왕을 건져올리며 느꼈던 감정 같은 것일지도 몰랐다. 자기가 건져올린 지존의 옥체를 물 속에 거꾸로 처박아 버릴까 생각했던 그런 종류의 충동이었다.

"에이 빌어먹을……."

그는 휙 몸을 돌려 맞붙어 싸울 상대라도 찾듯 주변을 두리번거리다가 언뜻 급한 일인 듯 황황히 그가 있는 쪽으로 가까이 오고 있는 나이 든 서사(書士)를 발견했다.

"급하게 올릴 말씀이……."

나이 든 서사는 열 걸음도 더 저쪽에서부터 허리를 굽혀 손을 맞쥐었다.

"뭐냐? 이 쥐새끼 같은 놈아."

기다리고 있었다는 듯 의민은 나이 든 서사의 목덜미를 한 손으로 움켜쥐어 쳐들어올렸다.

"어째 같은 밥을 처먹구두 이리 수수깡 같은 게냐? 너는……."

목을 졸린 채 공중으로 치켜올라간 늙은 서사는 발을 버둥이며 얼굴색이 금방 흙빛이 되어 버렸다.

"처먹을 걸 못 처먹었나?"

작은 인형이라도 놀리듯 한 손으로 한참을 흔들어 대던 사내의 몸뚱이를 팽개치듯 내려놓고 의민은 물끄러미 사내의 얼굴을 들여다보았다.

"염병할 놈의 자식."

"예……, 예."

늙은 서사는 뒷걸음질을 치며 손을 싹싹 맞비볐다.

"서라. 이놈아,"

갑자기 의민이 또 눈을 부라렸다.

"예……, 예."

"네놈 오대 조(五代祖) 때부터 할애비 관직을 대봐라."

"예?"

"무얼 해?"

"예 오대 조께서는 정육품 원외랑(員外郎)을 지내시었고, 사대

조께서는 사품 직제학(直提學)을 지내시고, 삼대 조께서는 사품 학사(學士)를 지내시고, 부친께옵서는 오품 시독학사(侍讀學士)를 지내시고…… 소인은……."

"그래, 네놈 애비와 에미는 널 어디서 만들었다더냐?"

"예?"

"방에서 금침 깔고 만들었는지, 냇가에서 미꾸리 잡다 만들었는지, 절간 뒤에서 목탁 소리 듣다가 만들었는지 말이다……. 문전옥답에 씨를 뿌렸는지, 화전 일구어 씨를 뿌렸는지 그걸 묻는 게야. 이놈아."

"예……, 예."

"나무하다 만든 놈, 우렁이 줍다 만든 놈, 버섯 따다 만든 놈, 덮쳐서 만든 놈, 그게 다 다르다는 것은 글을 읽은 놈이니 너는 알 게 아니냐?"

"예……, 예."

"뭘 알았다는 게야? 이놈아……. 그럼 계집이 사내에게 깔려 버둥대는 이치는 알겠지?"

"예?"

"계집이 사내에게 깔려서 어떨 때 기분이 좋은지 싫은지, 그런 거는 글을 읽은 네놈이 더 잘 알게 아니드냐?"

"예. 그것은…… 옛 중국 《소녀경(素女經)》이라는 책 속에…… 남녀의 교접에 대한 이야기가 실려 있습니다."

"그래서? 그걸 중얼대어 보아라."

"…… 그 책에 …… 여자가 정교에 몸을 움직이는 단계가 열 가지 있다고 되어 있습니다. 첫째 두 손으로 남자를 껴안는 것은 몸을 착 붙여서 그곳을 서로 밀착시키고 싶기 때문입니다."

"그리고?"

"두 다리를 쭈욱 뻗는 것은 음부 위쪽을 마찰하고 싶은 욕망이 있기 때문입니다."

"그리고?"

"셋째, 배를 내밀며 불리는 것은 얕게 넣고 싶어서입니다."

"허?"

"두 다리를 위로 올리고 남자에게 휘감기는 것은 더 깊이 넣기를 바라는 것입니다."

"……."

"두 다리를 꼬는 것은 속이 근지러워 그러는 것이고, …… 허리를 옆으로 흔드는 것은 좌우로 마찰하고 싶어서이고, …… 몸을 일으켜 상대방에게 매달리는 것은 절정에 이르려고 하기 때문이고, 몸을 쭉 뻗고 떠는 것은 쾌감이 절정에 달해 기뻐서 그렇고, 음액(陰液)이 배출되어 매끄러운 것은 토정이 끝났기 때문이라고 쓰여 있습니다……."

"빌어먹을 놈아, 책에 있는 것말고, 네 에미에게 직접 물어보고 오란 말이다."

몸을 돌리려던 의민이 또 무슨 생각을 했는지 다시 그를 노려보았다.

"스무 걸음을 뒤로 걸어. 가서 저기 곰솔나무에 기대어 서라, 알겠느냐?"

벌벌 떨면서 스무 걸음을 걸어간 서사가 나무에 기대서 이쪽
으로 몸을 돌렸을 때는 의민이 화살을 끼운 활을 들고 어둠 속에
서 있는 사나이를 노려보고 있었다.

"살려 주십시오. 장군님, 소인은……."

자기를 향하고 있는 화살 끝을 바라보며 사내는 질겁을 하고,
그 자리에 무릎을 꿇으며 엎어졌다.

"서라, 일어서……. 염병할 놈의 자식."

사나이는 부들거리며 결국은 체념하듯 일어서서 나무에 기댄
채 눈을 감았다.

'내 인연에다 대고 활을 쏘는 게다. 더러운 내 출생에다 대고 활
을 쏘는 게야.'

그는 입안으로 웅얼거리더니 당겼던 활시위를 탕 놓았다.

피웅―.

그러나 화살이 사나이의 이마를 뚫지는 않았다. 그가 쓰고 있
던 복두(幞頭) 끝을 뚫은 화살촉이 나무에 깊숙이 박히고, 서사
의 몸은 마치 마개 빠진 호로병처럼 주르르 무너져 내렸다.

"못난 놈."

의민은 누구에겐지 모르게 한 마디를 매몰차게 내뱉고는 활을
내팽개쳐 버렸다. 서사는 기절이라도 했는지 움직이지 않고 그
의 머리에 썼던 복두만이 화살에 꿰여 나무에 박혀 있었다. 의민
은 잠시 그쪽을 흘겨보고는 휘적휘적 걸어 사랑채를 향했다. 안
채에서 막 중문을 열고 사랑채 쪽으로 나오려던 계집종들이 그
의 출현에 움찔 뒤로 물러서며 공손하게 허리를 굽혔다.

　의민의 입가에 쓴웃음이 떠올랐다. 나무에 기대어 세운 사내의 이마에 화살을 바로 꽂지 않은 자신에 대해 맥이 빠졌던 의민은 계집들을 발견하자 잠시 잊고 있었던 뜨거운 열기가 다시 휘감 겨드는 모양이었다.

　"우라질 년들……."

　갑자기 의민이 꽥 소리를 질렀다. 여자들은 한결 몸을 움츠리며 뒤로 물러섰다. 저희들끼리 알게 모르게 의민에 대한 소문을 들 어왔던 계집들인지라 겁부터 났던 모양이다.

　"따라들 와. 우라질 년들."

　참기름을 빨아올리는 한지(韓紙) 심지의 호롱불빛이 계집종들 의 질린 얼굴에 파랗게 그림자를 만들었다. 턱까지 덜덜거리며 몸을 움츠리고 있는 계집종들을 내려다보던 의민이 싱겁게 히죽 웃었다.

　"못난년들. 그래 마나님이 내가 뭘 하나 가보고 오라더냐?"

　"아닙니다. 저희는……."

　"그럼 저희 할애비 관직이나 팔아먹는 수숫대 같은 옛날 주인 하고는 내가 다르다는 걸 네년들이 몰랐다는 게냐?"

　움츠려 떨고 있는 계집종들의 동그만 어깨를 흘겨보던 의민이 손바람으로 휘익 호롱불을 꺼버렸다.

　"에그머니나."

　불이 꺼지면서 마치 사냥감을 덮치듯 두 계집을 하나씩 양팔에 움켜잡자 어느 쪽에선가 낮게 비명을 내질렀다.

　"주가리를 부숴 놓을라."

"장군님, 저……."

"이것들이."

그의 커다란 손이 두 계집의 턱부터 치켜들었다. 그는 잠시 둘의 얼굴을 물끄러미 번갈아 바라보고 나서 소리조차 내지르지 못하는 두 계집의 옷을 한꺼번에 우악스럽게 찢어 팽개쳤다.

"이년들이 하루 한 끼씩도 못 처먹었나? 왜 이리도 마른 북어들이냐?"

"그래, 너희 마나님이 내가 어느 년을 불러들이나 가보라 했다, 이 말이겠다?"

그는 두 손으로 여자의 젖가슴 두 개씩을 움켜쥐고 몇 번 주물럭대다가 훌쩍 계집들을 밀어젖혔다. 그의 눈이 방문 쪽을 사납게 노려보더니 후다닥 그의 한 발이 방문을 걷어찼다.

"어이쿠."

방문이 떨어져 나가며 비명 소리가 뒤를 이었다.

"어이쿠, 사람 죽네."

방문과 함께 마당으로 떨어져 나간 여자가 죽는 소리를 했다. 떨어져 나간 아내 최씨의 모습이 보이자 그의 눈꼬리가 잠시 찢겨올라갔다.

"여봐라, 여봐라."

집안이 찌렁하게 소리를 내지르고 나서 마당으로 내려선 그는 부인 최씨를 다시 한 번 걷어차 버렸다.

"나 죽네, 아이고…… 나 죽네."

최씨는 죽어가는 소리를 내며 하인들이 몰려올 때까지 움직이

지도 못하고 있었다. 마님, 마님 소리가 수선거리며 하녀 몇이 아
내를 떠메어 안으로 들어가는 성싶었다. 놀라 뛰어온 남자 하인
들이 어찌할 바를 모르고 서성거리는 사이 남쪽 하늘을 바라보
던 의민은 갑자기 생각난 듯 말했다.

"최서사를 찾아와라."

허깨비 같은 몸짓을 하고 아예 열 걸음도 더 떨어져 화살구멍
이 뚫린 복두를 쓴 문관이 구부정하게 허리를 굽혔다.

"바보 같은 놈."

의민이 갑자기 픽 웃음을 터뜨렸다.

"아까 네놈 이마빡 한가운데를 쏘아주는 건데…… 너, 내게 할
말이 있다며?"

"예, 예…… 정중부 장군댁에서 장군님을 뵙자는 전갈이 있
었습니다요."

"이런 넋 나간 놈."

자기가 했던 일은 말끔히 잊은 듯 의민은 호통부터 내지르고
황황히 문짝이 떨어져 나간 사랑방으로 올라섰다.

"뭘 하는 게냐? 갈아입을 관복과 말을 준비하지 않고……."

의민이 상장군 정중부의 사랑에 도착했을 때는 이의방, 이고,
김천, 박존위, 진준 등 정중부와 가까운 무인들이 모여 있었다.

"무슨 일이라도 생긴 줄 알았네."

거의 표정을 내보이지 않는 정중부가 반갑게 그를 맞았다.

"가슴이 답답해 활쏘기 연습을 했습지요."

의민이 서사를 나무에 기대어 세워놓고 복두를 뚫는 활쏘기 연습을 했다고 하자 무겁던 방안이 웃음으로 덮였다.

"자, 술이나 한 순배씩 합시다."

정중부는 좌중을 둘러보고 고개를 끄덕였다.

"무슨 재미있는 놀이라도 있습니까요?"

"있다마다."

의민은 상 앞에 앉자마자 우선 술잔부터 비웠다. 그가 들어설 때의 무겁던 방안 분위기 같은 건 그로서는 사실 관심 밖의 일이었다. 몇 순배 술로 분위기가 풀리자 정중부가 나지막하게 입을 떼었다.

"우리가 큰일을 이룩한 지 삼 년. 그 동안 일도 많았고, 또 생각하면 너무 서둘러 일을 행한 것도 없지 않았던 것으로 생각하오. 작년 들어서야 금나라에서 주상전하께 면복(冕服)과 금인(金印)을 보내왔소. 금나라와 일이 이쯤 되었다 싶었더니…… 김보당(金甫當) 무리가 말썽을 일으켜 보고 있을 수 없는 지경에 이르렀소. 만약 잘못되어 보당 일파가 금나라와 자칫 손을 잡으면 저네들 금나라가 무슨 트집을 잡을지 모르는 일이 아니오?"

"더 이상 싹을 키워서는 아니 되는 일입니다."

김천, 박존위 들이 고개를 끄덕였다.

"이번에 설거지를 제대로 한번 해버리지요."

"허허, 장군. 병든 짐승과 싸우다 물어뜯기는 수가 있는 걸 아시지 않소?"

정중부가 음성을 낮추었다.

"그리고 김보당이 그리 만만한 놈이 아니오. 거기다 동경은 옛 신라의 고토(故土), 반골(叛骨)들이 뿌리를 내리고 있는 곳이오. 거기에 반군들이 전왕(前王)을 앞세우고 있어서 그리 쉽게 생각할 일은 아니지 싶소."

"처음부터 싹을 완전히 뽑아 버렸어야 했습니다."

이고가 큰 술잔을 단숨에 비우며 씨근거렸다.

"자, 한 순배씩 더 하십시다."

"동경이라면 소장, 오솔길마저 훤합지요."

의민이 대강을 눈치챈 듯 화제에 끼어 들었다.

"이장군이 그리 나올 줄 알았소."

중부가 실눈을 더욱 가늘게 뜨며 그 앞에다 술잔을 내밀었다.

전왕이 폐위된 지 3년.

거제에 왕을 추방시키고 그 아우 호(晧)를 맞아 승통(承統)을 이은 지, 9월로 만 3년이 되었다. 그 동안 금나라는 병을 칭탁한 전왕 이름의 퇴위 조서(詔書)를 의심하며 믿지 않다가 작년에야 개부의 동삼사 고려국의 칙서를 내렸던 것이다.

막 국제 관계가 안정되어 가려던 차, 평소 정중부, 이의방 등에게 감정이 좋지 않았던 동북면병마사 간의대부 김보당(金甫當)이 전왕 재옹립을 기치로 군사를 일으킨 것이었다.

장순석, 유인준을 남로병마사로, 배윤채를 서해도병마사로 삼아 군사를 일으키고, 동북면지병마사 한언국(韓彦國)과 호응하여 순석과 인준이 곧장 뱃길로 거제에 이르러 전왕을 옹위하여 얼마 전 경주로 나와 있었던 것이다.

반혁명의 기치였다.

더구나 동경(東京 : 慶州)은 옛 신라의 수도. 천 년 신라의 귀족 후예들이 고려 왕정에 은근한 반감을 가지고 있는 위험 지역이었다.

"일단 동경을 향해서 이의민 장군이 남로(南路)로 하여 곧장 출발을 하고, 이의방 장군은 서해로(西海路)로 나가 반군들의 연락을 끊는 한편, 국경을 감시하여 금나라로 들어가는 첩자를 지켜야 할 것이오."

중부의 얼굴이 3년 전 보현원의 피비린내 나는 살상 속에서도 변함없던 엄숙함으로 되돌아가 있었다.

가을이 되면 우선 강가 푸르던 갈댓잎들의 색이 바랜다. 그 갈대밭을 스치는 바람 소리도 여름하고는 다르게 바스락거린다.

태백산 줄기가 동해 쪽을 타고 흘러내리다가 산세를 줄여 들판으로 연결되는 남쪽의 고도(古都), 동경.

시가지로 빠져드는 좁은 샛길 앞으로 말라 시드는 갈대밭을 내려다보며 작은 촌막이 있었다. 지나가는 길손들이 들러 밥을 먹기도 하고, 더러는 간단한 안주에 토주나 화주 몇 잔씩을 걸치기도 하는 집이었다.

가을 해가 뉘엿거리며 마른 갈대밭 위에 흔들리고 있었다. 갈대밭이 이어지는 작은 강둑을 따라 한 필의 말이 초막을 향해 달려왔다. 말이 멈추자 말에서는 사냥꾼차림의 젊은 여자 하나와 대여섯 살 된 사내아이가 사뿐히 내려섰다. 둘은 말에서 내려 지금 막 넘어가려는 저녁 햇살이 마른 갈대밭 위에 낮게 깔려 흔들리고 있는 모습을 잠시 바라보았다.

그 때 사내아이가 갑자기 여인의 손을 찾아 쥐었다. 멀리로 시끄러운 말발굽 소리가 들려왔던 것이다. 그 소리가 점점 가까워지더니 흙먼지를 일으키며 그들이 지금 막 가로질러온 들판을 한 떼의 인마로 뒤섞여 구름처럼 달려 지나가기 시작했다. 호기심 어린 아이의 눈이 흙먼지 뒤를 뒤따르고 있었다.

"목마르지? 너."

그 때야 소년은 눈을 돌려 고개를 끄덕였다. 그녀는 소년의 한 손을 잡고 반쯤 열린 갈대 사립을 밀며 말을 끌어들였다.

"이 샘 물맛이 아주 달다."

그녀는 마당 한쪽에 있는 우물가로 가서 물을 잔뜩 길어올려 두레박째 소년에게 내밀었다. 목이 말랐던지 꿀꺽거리며 물을 마시는 두레박을 쥔 소년의 팔목을 바라보는 여인의 얼굴에 잠시 그늘이 스쳤다.

"엄마. 할아버지는 어디 가신 거야?"

소년이 마시고 난 두레박 물을 받아 여인도 달게 물을 마셨다. 인기척을 느꼈는지 방문이 열렸다.

"거, 누구……?"

쉰 듯한 남자의 음성이었다.

"화주 마시러 온 손님이지, 누군 누구예요?"

갑자기 여자의 음성이 밝고 명랑해졌다.

"아니, 이게 누구야? 허……."

백발이 성성한 주인영감이 짚신을 꿰어 신고 뛰어나와 여인의 얼굴을 확인하더니 덥석 그녀의 두 손을 쥐었다.

"듣던 목소리다 싶었다. 소예, 내가 소예 목소리를 잊을 리가 있나? 이거 원."

그러다가 주인노인은 사내아이를 돌아보고 잠시 의아한 듯 고개를 갸웃했다.

"아저씨도 많이 변하셨네. 왜 제가 갑자기 와서 놀라셨어요? 홋호호."

데리고 온 아이를 의아한 듯 내려다보는 주막영감에게 소예는 나이 어린 계집아이처럼 수줍게 웃었다.

"원, 이게 몇 년 만이냐? 그래."

"우선 고기에다 화주 몇 병은 먹어야 정신이 들겠어요. 지금은 배가 고파 죽을 지경이네요. 애도 그렇구요. 여긴 다 안녕들 하시고요?"

"나는 소예가 영 어디로 멀리 가버렸나 했다. 그렇다고 그리 발길을 끊어 버릴 수 있나?"

"죽기라도 했을까 싶어서요?"

어슴푸레 짐작이 되는지 아이의 머리를 쓰다듬으며 주막영감은 그들을 방으로 안내하였다. 방안에 들어서자 주인은 다시 사내아이의 또랑또랑한 눈을 들여다보며 고개를 끄덕였다.

"장사는 여전하시고요?"

"아, 그렇지. 안 굶었으니까 사는 게고. 벌써 오륙 년?"

“아이가 여섯 살이에요.”

소예는 주막영감이 기름 접시의 심지에 부싯돌로 불을 댕기는 걸 쳐다보면서 어두컴컴한 방안을 벽이며 천장이며 새삼스럽게 둘러보았다.

“5년을 그렇듯 여기하고 그렇게 인연을 끊다니…….”

불이 켜지자 다시 한번 사내아이의 얼굴을 뜯어보던 주인영감은 소예에게 고개를 돌렸다.

“그럼 신랑은 얻었나? 아니면…….”

소예가 참지 못하겠다는 듯 웃음을 터뜨렸다.

“아저씨가 중매 안 서주는 신랑이 어디 있겠어요?…… 어서 먹을 거나 좀 줘요. 말안장에 꿩 몇 마리하고 가죽 몇 장이 있어요.”

주막노인이 입 속을 혼자 웅얼대며 방문을 열어 놓은 채 밖으로 나갔다.

주막집 노인이 사라지자 소예는 새로운 감회가 이는 듯 주위를 다시 돌아보았다.

5년. 벌써 5년의 세월이 흘러 버렸다.

산에서 잡은 짐승들을 안장에 얹고 스스럼없이 자주 찾아왔던 집. 그래서 딸처럼 지내던 것이 바로 엊그제 같은데……. 그녀는 물끄러미 아이의 이마며 귓바퀴를 내려다보다가 가만히 아이를 품안에 끌어안았다. 귓속으로 뒤쫓아오는 말발굽 소리가 아련히 환청(幻聽)이 되어 바람같이 스쳤다.

이 방과 이 벽, 방문과 좁은 쪽마루…….

다시는 이쪽으로 고개조차 돌리지 않으리라 생각하며 살아왔던 지난 세월이었다. 그런데도 그 세월들 속에서 지워지지 않고 더욱 또렷하게 마음 속에 되살아나 그녀를 흔드는 환영들……. 그녀의 눈은 열린 문으로 해서 마당과 울타리, 이제 어스름이 덮여 버린 조금 전 휘달려온 들판을 헤매고 있었다.

'……눈이 덮였었지. 온 세상이 온통 하얗게만 보였으니까. 세상은 모두가 눈으로 해서 흰빛으로만 빛나고 있었고, 그 때 말발굽 소리도 요란하게 뒤따라 달려오던 거만하고 차가운 눈초리를 한 젊은 무부, 김정. 돌아서서 표창을 날릴 수도 있었어. 이마에고 가슴팍에고 정확히 표창을 날려 그를 거꾸러뜨릴 수도 있었어. 하지만 그 날 눈 덮인 들판이 너무 눈부셨어. 채찍을 휘두르며 뛰어 달리고 있을 때 눈앞은 그저 흰색뿐이었으니……. 벗은 어깨 위로 바람이 날라다 준 눈가루들이 내려앉아 금방 방울방울 살갗을 타고 흘러내렸지……. 그의 목마름이 내 안에 뿌리를 내리고 싶어하는 것을 그의 메말라 가는 입술을 보며 알았어. 그래도 그깟 단 한 번의 인연, 그저 스쳐지나는 바람 같은 것일 수도 있었을 것을…….'

그녀, 금소예는 막 달이 돋기 시작한 희뿌연 들판을 바라보며 나직히 한숨을 쉬었다.

"자, 우선 시장할 텐데 뭘 좀 먹어라. 아이도 어린 것이 배가 많이 고플 게고……."

조그만 소반 위에 저녁을 곁들여 화주 한 병이 나왔다.

"사람이 늙어가면 잠이 없어진다는데, 우리 할망구는……."

영감이 상을 내려놓으며 투덜거렸다.

"아주머니 초저녁잠은 여전하신 모양이네요."

"제 버릇 개 주나? 오늘은 해가 떨어지기도 전부터 자는 걸. 헛허허."

"초저녁잠 때문에 그래도 아저씨하고 인연이 된 것을 다 아는데요."

소예가 웃음을 터뜨렸다.

이 집 아낙은 원래가 어두워지기 무섭게 잠에 떨어지는 습벽이어서, 첫 인연으로 잠든 처녀를 업어와 부부가 되었다는 이야기가 생각났던 것이다. 그 때는 그 때라 해도 장사하는 집에, 저녁 손님이 들리는 때 마누라가 초저녁부터 곯아떨어지니 한심하다는 얘기를 소예는 옛날에도 여러 번 들어왔었다.

"제가 한 잔 따라 드릴게요."

"좋지. 그래도 너도, 이 사람아, …… 자주 들리던 그 인연을 다 끊구, ……."

술잔을 받으며 주인영감은 다시 소예의 얼굴을 이모저모 뜯어보았다. 한 가닥 그늘이랄까. 성숙한 여인의 당연한 변화랄까. 노인은 소예의 얼굴에서 그 변화된 분위기를 찾아내고 있었다.

"소예 소식을 물으러 왔었지, 그 젊은 무부. 지난 여름에는 시종도 없이 혼자서……."

"저를요?"

소예의 얼굴이 잠시 해쓱해졌다.

"다신 이 벌판에 안 나오리라 했어요."

노인은 고개를 끄덕였다.

"애가 생기고, 점점 애가 자라자 제 아비 사는 곳이나 가르쳐 주어야겠다, 싶어져서요……."

"혼자 와서 술을 청해 놓고, 소예 소식을 묻고 술도 마시지 않고 갔어……."

소예의 해쓱해졌던 얼굴에서 귓불만이 잠시 달아올랐다. 배가 고팠는데도 음식에 손이 가질 않았다. 아이는 배가 고팠던지 음식을 달게 먹어댔다.

"한 잔 더 드세요."

소예가 다시 술을 따랐다.

"소예도 뭘 좀 먹지."

소예는 배가 고팠던 것이 거짓말같이 음식에 손이 가지 않았다. 노인이 밀어준 술잔에 손수 화주만 몇 잔을 마시고 나서 소예는 달빛이 깔려 가는 들판으로 눈을 주었다.

"장군댁에 사람만 보내면 틀림없이 나오실 게야. 해마다 한두 번은 꼭 소식을 물으러 들리곤 했으니."

"안 만납니다. 전"

그녀가 단호하게 고개를 저었다.

"안 만난다니?"

"애한테 그저 제 아비 집이나 알려주면 되어요……. 지금 잠깐 다녀올게요."

"이 밤에?"

"왜요?"

"허, 아, 지금 이 동경바닥이 어찌 되었는지 알기나 하는 게야? 언제 불이 붙을지 큰 변란이 날 거라고 민심이 흉흉하기 말할 것도 없고……, 왕위에서 쫓겨났던 전 주상이 지금 군사를 모아 개경으로 쳐올라가서 형제분이 한바탕 생사를 건다고 난리 속에 야단이고……."

"형제들끼리 싸우고 난리가 나는 것이 이 소예하고 무슨 상관이에요?"

"난리를 안 치러봐서 그렇지."

"저는요, 아이한테 그저 아비 사는 집 부근이나 가르쳐 주고……, 내일은 다시 사냥을 가요."

"허, 이런 철딱서니…… 글쎄 동경 거리에 지금 군졸들이 쫙 깔려 있는 데다 개경서 토벌군이 당도했다는 소문이 쫘악 퍼져 있다니까……."

그러나 소예는 노인의 이야기를 듣고 있지 않았다. 들판을 휘덮은 달빛에 끌린 듯 그녀는 방을 나와 이미 뜰에 서 있었다.

"대강 방향은 알아요."

"철없이……."

"제 솜씨 아시면서요……, 금방 와요."

소예는 깔깔거리고 나서 아이를 한 팔로 안아 훌쩍 말 위에 올랐다. 십여 명 군사들이 그녀 앞을 가로질러 멀어질 때까지 그녀는 말고삐를 쥐고 있었다.

말이 움직였다.

"오늘 엄마하고 간 곳을 잘 봐 두어라."

소예는 아이에게인 듯, 자기 스스로에게인 듯 낮게, 그러나 힘
주어 중얼거렸다.

언덕 하나를 넘자 왼쪽으로 시가지의 불빛이 드러나며 오른쪽
으로는 등성이었다. 그녀의 발이 말 배를 가볍게 내질렀다. 잠시
후 잡목 숲길을 벗어나자 언덕 아래로 커다란 저택이 금방 눈에
들어왔다. 떠오른 달빛으로 앞마당에 흩어져 있는 한 패의 군졸
들의 모습이 눈앞처럼 보였다. 말에서 내린 그녀는 아이를 끌어
안은 채 잠시 망연하게 그 군졸들의 모습을 바라보았다.
　왕위에서 밀려난 전왕을 옹위하는 사람들이 지금 저 곳에 있는
지도 몰랐다. 아니면 개경을 출발했다는 토벌군이 이미 저 집을
점거하고 김정은 앞서서 다른 곳에서 개경군들과 일전을 겨루려
고 준비하고 있을지도 몰랐다.
　군졸들은 바쁘게 움직이고 있었다.
　"잘 봐 둬라. 저 집을."
　"……."
　"훗날 네가 어른이 되거든 이 곳에 와야 할 일이 생길지도 모른
다. 또 몰라, …… 이 곳 사람들하고 네가 싸워야 할 그런 일이 있
을지도, 그런 일이 있게 돼도…… 네가 앞서 이 집 사람들에게 칼
을 쓰지는 말아라. 저 집하고는…… 알았지?"
　소예는 아이의 두 볼을 두 손으로 감싸 아이의 작은 얼굴을 물
끄러미 바라보았다. 그녀의 눈에 잠깐 물기가 서렸다가 걷혔다.
　군졸들이 떠드는 소리들이 웅웅대며 들려왔다.

달빛은 잡목림과 김풍 장군댁의 기와지붕 위를 냇물처럼 흘러
내렸다.

"눈이 오거나, 달뜨는 밤, 그럴 때도 이 집을 찾는 게 어렵지는
않을 게다. 그렇지?…… 가자, 이젠."

말은 다시 곧장 잡목숲과 언덕 하나를 넘어 시가지 쪽으로 난
길을 끼고 벌판으로 나섰다. 다시 요란한 말굽 소리와 함께 순라
꾼들인지 한 떼의 인마가 시가지 쪽을 가로질러 어디론가 가고
있었다.

숲 그늘에 말고삐를 쥔 채 소예는 언덕과 잡목 숲을 다시 한 번
뒤돌아보았다.

"훗날 너 혼자 말을 타도 좋을 만큼 네가 자라거든 이 길을 와보
아라."

말이 다시 움직였다. 주막을 향해 말은 점점 속력을 내 내달아
갔다.

"누구냐?"

주막이 보이는 작은 갈림길 앞이었다. 군졸 몇이 앞에서 길을
막으며 소리를 질렀다. 그녀는 말머리를 약간 옆으로 돌리며 말
배를 내질렀다.

"서라, 그 자리에 서!"

뒤따라오는 군졸들을 놀리기라도 하듯 속력을 내던 그녀가 갑
자기 말고삐를 잡아채었다.

커다란 나무 그늘에 들어섰을 때였다.

"저기 불빛 보이지?…… 밥 먹었던 할아버지집이다. 알겠지?"

소년이 고개를 끄덕였다.

"할아버지가 엄마 묻거든 벌판을 한 바퀴 돌아온다고 하고"

소예는 나무 그늘 밑에 아이를 내려놓으며 낮게 속삭였다.

"혼자 갈 수 있지?"

소년이 어깨를 으쓱했다.

"엄마가 저만큼 가고 난 뒤에 곧장 이 길로 내려가거라."

나무 그림자를 빠져나온 말이 다시 오던 길을 옆으로 천천히 움직여갔다.

"서라."

뒤따라오며 외쳐대는 군졸들 목소리를 전혀 듣지 못한 듯 그녀는 달빛이라도 구경하듯 천천히 벌판 쪽으로 말을 몰아갔다. 뒤쫓는 군졸들의 수효가 여섯에서 열 명, 열네 명, 조금 있다가는 말을 탄 군사까지 섞이게 된 것을 모르는 척 소예는 달빛을 따라 빠르지도 않게 그대로 벌판 쪽으로 나아갔다.

"첩자다."

"개경군 첩자야."

"사로잡아야 한다."

바로 지척 거리를 두고 세 필의 말이 말굽 소리를 높이며 뒤를 바짝 쫓아왔을 때에야 소예의 말은 속력을 내기 시작했다.

"활을 치워. 바보 같은 놈아."

뒤따르던 사내 중의 하나가 꽥 소리를 질렀다. 소예가 탄 말을 향해 세 필의 준마는 거리를 좁혀왔다. 소예가 힐끗 고개를 뒤로 돌렸다. 표창을 꽂아줄 수 있는 거리였다. 아직 사람에게 표창을 던진 적은 없었지만 급하면 말 앞다리의 정강이에 표창을 꽂아 줄 수는 있었다. 그러나 소예는 벌판 한가운데를 향해 그대로 내달아갔다.

벌판은 달빛으로 하여 꿈 속같이 푸르게 펼쳐 있었다. 얼마나 달렸을까. 소예는 뒤따라오는 말을 또 뒤돌아보았다. 그리고 몸을 엎드리며 발끝으로 말 배를 날카롭게 또 걷어찼다. 그녀가 탄 말은 마치 바람처럼 푸른 달빛을 쪼개며 내달아갔다. 뒤따르던 세 필의 말이 잠시 멈칫했다.

"돌아가라, 너희는."

지휘자가 앞을 노리며 말했다.

"예?"

"마사내. 넌 곧장 돌아가 김보당 장군께 전해라. 조금 일이 있어 자정에나 찾아가겠다고."

"도련님께선?"

"저건, 나 혼자 잡는다."

두 필의 말을 따돌리고 나서 한 필의 검은빛 말은 소예의 뒤를 질풍처럼 뒤따르기 시작했다. 푸른 달빛 속을 두 필의 말이 벌판을 휘저었다. 맹수가 생사를 걸고 쫓고 쫓기듯 두 필의 말은 거의 한 식경이나 그 넓은 벌판을 휘달려갔다.

인적도 없이 그저 달빛과 가을 바람뿐. 소예의 말이 속도가 줄어드는가 했을 때 뒤쫓던 검은빛 말이 바싹 소예의 말꼬리에 와붙었다. 순간 마치 나르는 매처럼 말 등에서 튕겨나간 사내의 몸이 소예를 덥석 안은 채 그대로 땅 위로 나뒹굴어 떨어졌다.

굴러 떨어진 두 개의 몸뚱이는 잠시 꼼짝 못하고 그대로 있었다. 천천히 사내의 손이 여자의 머리칼을 얼굴에서 쓸어올렸다.

"이 동경 땅에선 너만큼 말을 몰 사람이 없다."

품안의 새가 날아가 버리기라도 할 듯 두 팔을 허리로 돌려 어깨를 움켜쥐며 사내가 더듬대며 말을 이었다.

"말을 모는 솜씨에 혹시나 했다. 역시⋯⋯."

"이 벌판⋯⋯, 다시 아니 오려 했습니다⋯⋯."

소예는 말을 잇지 못하고 그대로 송송이 땀이 밴 얼굴을 사내의 가슴팍에 묻어 버렸다.

"다시는 아니 오려 했는데⋯⋯."

남자의 가슴팍에 얼굴을 묻은 소예의 눈에 말없는 눈물이 흐르고 있었다.

김정.

소예가 천천히 사내의 얼굴을 확인하듯 올려보았다. 5년 전 눈이 휘덮였던 바로 이 벌판 위, 그 진한 한 올 인연의 뿌리를 그들은 동시에 회상하고 있었다.

사내와 계집.

움직이는 모든 암컷과 수컷은 우선 쫓고 쫓긴 뒤에야 인연의 뿌리를 내리는 속성을 지닌 것인지도 모른다. 매며 독수리며, 작은 방울새며 멧새까지도⋯⋯. 한 쌍의 호랑이며, 산양, 사슴, 노루에 이르기까지⋯⋯ 쫓고 쫓겨가고, 수컷끼리 피 흘려가며 싸운 후에야 암컷의 살 속에 제 뿌리를 심는다.

"많이 찾았었다. 언젠가는 만나려니 했고……."

소예의 손톱이 김정의 양어깨를 파고들었다.

"너를, 널…… 쭉 못 잊었다."

"아무 말씀도 하지 마세요."

5년이란 세월이 좁혀지고 좁혀지다가 무화(無化)되어 가면서, 그녀의 육신은 갑자기 방치되어 버렸다.

그녀는 꼼짝 않고 온몸에 달빛을 받았다. 달빛이 그녀의 탄탄한 다리를 푸른빛으로 핥아 올라갔다. 그 달빛은 다리를 거슬러 위로 위로 자꾸만 올라갔다. 다리를 쓸어올라가던 달빛이 드디어 그녀 두 개의 가슴꼭지 위에 잠시 머물러 한 가닥 짙은 그림자로 엉글어진다.

"주막엘 갔었다. 눈이 내린 뒷날 같은 때는 혼자 화주를 마시면서 벌판에 혹시 네 말이 나타나나 눈여겨봤다."

"저희 종족 계집은 사내를 귀찮게 하지 않아요."

"계집도 살아 있다는 것을, 넌 내게 가르쳐 주었다. 그래서 그리도 애타게 찾았다. 널."

그의 입 속에 작은 오디 열매 같은 달 그림자가 잠겨들었다.

소예의 두 다리가 사내의 허리를 휘감으며 손톱 끝이 사내의 어깨에서부터 등판을 그어 내려갔다. 머리 위에서 푸르게 빛나던 달이 부옇게 흐려지더니 산산조각으로 부서져 그녀의 몸 위로 유성처럼 흩어져 내렸다.

"이젠 널 안 보낸다."

몸 위로 흩어져 쏟아져 내린 달 조각들이 어느 사이 허벅다리

위를 머뭇거리다가 출렁이며 뱃속으로 기어들었다. 달은 몸 속
으로 기어들자 몸뚱이 곳곳을 샅샅이 쏘다니면서 부싯돌 불빛가
루 같은 불꽃을 사방에 일으켰다.

"아아."

그녀는 온몸을 격렬하게 뒤틀며 흥건하게 땀이 밴 사내의 어깨
를 쓸어내렸다. 그녀의 손톱으로 인해 사내의 어깨 위에 실낱 같
이 피가 배어 나왔다. 잠시 눈을 뜬 소예의 입술이 그 가느다란
한 가닥 실오라기 같은 피가 밴 어깨로 옮겨갔다.

부싯돌 불빛가루들이 툭툭 온몸 속에 일으키던 불꽃들은 산불
처럼 점점 번져 끝내 하나로 이어지며 그녀의 온몸을 불꽃으로
태우기 시작했다. 달빛은 이미 몸 안에 들어와 불이 되어 그녀를
태우고 있었으므로 하늘은 부연 안개였다.

난설(亂雪) 같은 흐린 달빛뿐이었다. 모든 것은 같이 섞여 이미
화염 속에 타고 있었다. 드디어 그 불꽃들이 마지막 기세로 하늘
끝으로 치솟아오르더니 부서졌던 달 조각들도 천천히 그녀의 몸
을 빠져나가기 시작했다. 둘은 다 타버린 재 속에 묻혀 움직이지
않았다. 달이 서서히 그들 머리 위 하늘 한가운데로 비틀거리며
되돌아가고 있었다.

　　내 님을 그리사와 우니다니
　　산 접동새 난 비슷하옵니다.
　　아니시며 거짓인 줄을,

아아

새벽달은 알으시리이다

죽어서라도 님과 한곳에

가고 싶습니다

님의 뜻을 어기신 사람이

누구였습니까

과실도 허물도 천만 없습니다.

아아

님은 나를 이미 잊으셨나이까.

아니 되옵니다. 님이시여

돌려들이시어 다시 사랑해 주옵소서.

《鄭瓜亭》

"이제 참말 다시는 아니 오겠습니다."

소예는 눈을 감은 채 가만히 고개를 좌우로 흔들어 보였다.

"아니 오는 것이 아니고 가지를 말아라. 이젠."

김정은 눈을 감고 있는 소예의 얼굴 위를 흐르는 푸른 달빛을 손으로 쓸며 어금니를 물고 있었다. 지난 시간들, 언뜻언뜻 뇌리 속에 새삼 살아나 그를 깜짝거리게 하던 이민족의 계집. 살을 섞은 계집이 사내의 뇌리에 불씨처럼 살아 남아서 때때로 혓바닥을 날름대는 불꽃이 될 수 있음을 김정은 소예로 해서 처음 알았다고 할까. 제 혈관 속에는 항상 차디찬 얼음물이 흐르고 있다고 생각했던 김정이었다. 그런데도 그의 가슴 속에서 작은 불씨로 살아 남아 때때로 타오르는 불꽃에 그는 깜짝 놀라곤 했다.

"소예랬지?"

"……."

"소예, 금소예. 꼭 한번은 만나리라 생각했었다."

"……."

"요사이는 내가 곧 죽을지도 모른다는 생각이 든다. 소문을 들어 알겠지만 며칠 안에 이 동경은 피바다가 될지 불바다가 될지 모른다."

김정은 다시 소예의 몸뚱이를 몸 전체로 싸안으며 신음처럼 말했다. 달빛에 젖은 여자의 몸은 아까와는 달리 청자처럼 매끄럽고 차가웠다.

"이듬해 가을. 아이가 세상에 나왔어요."

"내 아이가?"

갑자기 김정은 번쩍 정신이 든 듯 그녀의 얼굴을 감싸쥐고 그녀의 눈을 찾았다. 소예는 고개를 끄덕이고 나서 얼굴을 옆으로 돌렸다. 눈물이 볼을 타고 흘러내렸다. 사내의 품을 빠져나와 소예는 빠르게 옷을 주워 입었다.

"다시는 오지 않아요. 아이는 죽었구요."

그의 품을 빠져나가며 소예가 분명한 어조로 말했다.

"핫하하하."

김정이 갑자기 날카롭게 웃음을 터뜨렸다.

"나는 활을 쏜다. 창을 던지고…… 하늘에 있는 해 그림자, 달 그림자에 대고…… 그림자가 사라지도록……. 어느 게 가짜인지는 자신이 없다. 두 개의 해, 두 개의 달은 있을 수가 없다는 한 생각으로…… 며칠 안으로 그 가짜 그림자, 그 허상(虛像)한테 활을 쏘아야 할 일이 남아 있다. 내가 아니 하면 안 되는 일로.”

“…….”

“사람과 사람 사이에 갖는 모든 정(情), 내 부모, 계집에게 가지는 정보다 내겐 그 일이 더 크다. 지금의 나에게는…….”

“계집과 사내는 본래부터 할 일이 따로 있다 알고 있습니다.”

“내 화살의 힘이 약해서, 내가 쏜 화살촉이 중도에 되돌아와 내 머리통을 꿰뚫을지 그대로 나가 박히게 될지는 부처님도 모른다. 허나 그 일이 끝나고 내가 살아 남으면 널 내 집으로 붙잡아 가거나…… 영 싫다면 너 사는 곳으로 내가 같이 갈 수도 있다. 이건 거짓말이 아니다.”

“가겠어요, 이젠.”

소예가 앞서 제 말 위에 올랐다.

“잠깐.”

“…….”

“혹시 가는 길에 귀찮은 애들을 만날지 모른다. 그럼 날 만나고 오는 길이라고 해라.”

사내는 제 손가락에 끼고 있던 가락지 한 쌍을 그녀의 손에 쥐어주었다.

“김정, 김정 장군을 만났다고 해. 왕위에서 쫓겨나신 불쌍한 주상전하를 위해서 내게 내린 직첩을 거절하지 못하고 받았다……. 사내란 그런 것이려니 여기고 며칠 싸움 구경을 하렴.”

사내가 앞서 말 배를 걷어찼다. 거의 동시에 소예도 벌판을 가로질러 말을 달리기 시작했다. 말이 속력을 더해갈수록 차갑고 밝은 달빛이 자꾸 안개 속인 듯 흐려왔다.

주막에 돌아온 소예는 잠이 든 아이 곁에서 오래오래 그 얼굴을 들여다보았다. 그러다 생각난 듯 아이의 옷섶을 뜯어 한 쌍의 옥가락지를 그 속에 넣어 꿰매었다.

하룻밤이 지나고 나자 동경의 인심은 급격히 흉흉해져 버렸다.

"소예가 온 걸…… 초저녁잠 때문에…… 영감쟁이한테 그렇지 않아두 얼마나 아침부터 욕을 먹었는지 배가 다 부르다."

주막집 아낙이 이른 아침 그들 모자의 방을 찾아왔을 무렵에는 시가지 쪽은 뒤숭숭해 있었다. 개경을 떠난 토벌군이 이미 동경 성 밖에다 진을 쳤다는 소문이었다. 그 소문이 돌자 보따리에 가족들 손을 이끈 피난민들이 집들을 빠져나왔고, 그걸 막는 군졸들이 시가지에 쫙 퍼졌다는 거였다.

"그래, 애아비는 만나봤나?"

"아비가 어딨어요?…… 눈 속에서 주워온 아이인데요."

소예는 밝은 얼굴을 하면서도 몰려다니는 군졸들과 성 밖을 빠져나가 산으로 오르는 피난민들을 멀리 바라보며 전처럼 웃음이 나오지를 않았다.

한 떼의 인마가 그 주막 곁을 지난 것은 오전 쉴 참 때였다. 주막집 노파를 따라 밖으로 나간 아이를 찾으려고 소예가 사립문을 나섰을 때, 시가지 쪽으로 십여 기의 군마가 옮겨가고 있었다.

엄마를 발견하고 뛰어달려온 아이를 안아올리면서 소예는 귓불에 와 닿는 멀지만 날카롭게 와 꽂히는 시선을 의식했다. 군마 속에 유난히 눈에 띄는 칠흑빛 말 한 필. 젊은 장수가 천천히 움직여 가는 말 위에서 이쪽에다 시선을 꽂아 보내고 있었다. 아이를 안은 채 사립 안으로 들어선 그녀의 가슴이 생각지 않게 벌떡거려왔다.

"그리 보니 닮기도 닮았다. 눈매며 입이……."

주막집 노파도 그 시선을 느꼈던지 뒤따라 아이를 안아들며 중얼거렸다. 소예는 해쓱하게 변한 얼굴로 우물 쪽으로 돌아와 버렸다. 가슴이 심하게 울렁거려왔다.

빨리 사라져야지. 잠시라도 빨리 산속으로 돌아가야지.

목이 타면서 어지럼증이 왔다. 그녀는 단풍이 든 감나무 밑동을 손으로 짚으며 눈을 감았다. 빨리 이 곳을 벗어나야 하리라 싶었다.

그 날 오후 소예는 주막집 부부를 뿌리치고 말을 끌어내왔다.

"아니, 이 난리통에 어디를 간다는 게야? 아, 군졸들이 골목에고 논두렁에고 쫙 깔려 있는 걸 보고두 그래."

"가야 해요."

그러나 막상 문 밖을 나서던 소예는 그대로 서고 말았다. 창을 든 군졸 여섯이 사립 밖에서 앞을 가로막았던 것이다.

"이 주막에서 한 걸음도 나가시지 말라는 엄명이 계셨소."

"홋호호."

소예가 말고삐를 쥔 채 갑자기 높은 소리로 깔깔깔 웃었다.

“누가 나를 막아요?”

“김정 장군의 명이시오.”

“산 속 짐승은 사람 말을 못 알아듣는 걸 모르셨나 보네요.”

“낭자가 이 곳을 나가면 소인들이 살아남질 못합니다.”

“그래요?.”

깔깔거리던 그녀의 얼굴에 잠시 구름이 스쳤다. 빠져나가려면
이런 군졸 열 명, 백 명이 문제가 아니었다. 그러나 섬뜩하게 와
닿는 예감. 이대로 떠나서는 한 가닥 후회가 남을 것 같은 기분이
그녀를 휩싸왔다.

“알았어요. 가고 싶을 때 눈에 안 띄게 가지요.”

소예는 잠시 멀리 벌판에 눈을 주었다가 말머리를 다시 집안으
로 돌렸다.

이의민이 산원 박존위를 부관으로 8백의 경군(京軍)을 끌고 성
밖에다 진을 친 것은 하루 지난 음력 9월 그믐날.

의민의 성격대로라면 그 밤으로 당장 성 안으로 들이쳐 모조리
한꺼번에 주살을 해버리고 싶었지만 부관 박존위가 황황히 고개
를 저었다.

“우리는 천여 리를 달려와 인마가 지쳐 있고, 저네들은 앉아 기
다리고 있습니다.”

“이 곳은 내가 잘 안다……”

“더구나……”

“그래, 더구나 어쨌다는 게야?”

사뭇 못마땅해 얼굴이 시뻘개진 의민의 눈을 피해 박존위가 조금 음성을 낮추었다.

"쥐를 잡는데 소 잡는 도끼를 들고 나설 필요가 없지 싶어서입니다……. 이 곳 동경이 고려에 대해 반골지심(反骨之心)이 깊게 흐르는 당인 것은 대장님께서 더 잘 알고 계실 것이고……, 그 점 정중부 장군께오서도……."

"그깟 허개비같은 것들."

의민은 개경을 떠날 때 정중부가 하던 당부를 무시해 버릴 수만은 없어 우선 인마를 쉬도록 명령을 내렸다.

"이장군은 이제 한낱 무부가 아닌 이 고려국 장군이오."

"장군의 용맹이야 천하가 아는 사실이오……. 허나 전하께오서 등극하신 지 3년. 이제부터는 한 사람을 죽여 열을 징계하던 때와는 다르오. 한 사람 반적을 죽여 열 사람, 백성의 등을 돌리게 할 수도 있는 일……. 그 점 장군은 부관과 모든 일을 상의해서 용맹만으로 큰일을 그르치지 않도록 해 주시오."

매사에 꼼꼼하고 사려 깊은 박존위를 달려 보낸 것을 의민으로서도 무시해 버릴 수가 없었다.

"그래, 그대의 생각을 말해보라."

그 날 밤, 저녁을 먹고 나서 대장군 막사에서 의민은 박존위와 단 둘만 마주 앉았다.

"싸움에는 여러 가지가 있습니다."

"여러 가지가 있지."

생각 같아서는 욕을 내뱉고 싶었지만, 의민은 그걸 참고 고개를 끄덕였다. 하기야 8백의 군대를 거느린 토벌대장, 이 고려국 장군으로의 처신을 생각하지 않을 수도 없었다.

"싸우지 않고 이길 수 있으면 그 싸움이야말로 상지상(上之上)이겠지요."

"듣던 소리군."

"싸워서 쉽게 이기는 싸움이 그 다음이 됩니다."

"그것도 듣던 소리고."

"싸워서 이기긴 하되 이기면서도 이쪽 역시 상처를 크게 받으면 과히 잘 싸운 싸움은 못되는 것입니다."

"까짓 김보당 따위에게 상처를 입고 안 입고가 어디 있단 말이냐? 그깟놈들은 나 혼자라도 돼."

"대장님은 이제 혼자가 아니십니다."

"그래 어떻게 하자는 겐가?"

"고기가 몰려오도록 고기 다니는 길에 그물을 치고 기다리는 겁니다."

"홧병으로 누가 앞에 죽는가, 그걸 보겠다는 건가?"

의민은 나지막이 신음했다. 사실 떠나올 때부터 그의 머릿속을 채우고 있는 것은 전왕이나 김보당이 아니었다.

김정.

그 얇은 입술을 한 김정에 대한 생각이었다. 노루사냥에 나갔다가 채찍으로 무자비하게 후려갈기던 그 차가운 김정의 얼굴을 그는 꿈에도 잊은 적이 없었다. 그 입술에 떠오르던 김정의 웃음은 둘 중 어느 하나가 죽을 때까지 잊혀질 수가 없었다.

"장군님의 용맹이야 이 삼한 땅 안에 덮을 자가 없는 것을 누구고 다 압니다. 다만 쉽게 이길 싸움에 철없는 병졸들을 하나라도 다칠 까닭이 없지 싶어서요. 조금만, 조금만 한가로이 기다리면 이 싸움은 절로 이기게 마련입니다."

"난 기다리는 싸움이란 생각한 적이 없다."

"그물 받쳐 놓고 있으면 동남풍이 불어 고기떼는 몰려오기 마련이지요. 소인 천문을 조금은 압니다."

"나를 아주 말려 죽일 심보구먼."

"한가히 화주나 드시면서 쉬고 계시면 고기떼는 몰려옵니다. 떠나올 때 주상전하께서 일부러 정중부 장군께 따로 하명이 계셨다 합니다."

"도대체 대장이 누군가? 이번 토벌군 대장이 자넨가, 아니면 이의민인가?"

의민은 결국 탁자를 주먹으로 내리치며 자리에서 일어났다.

"하오나……."

"알았어. 알았다고 하지 않았나?"

의민은 치밀어오르는 불덩이를 안으로 삭이며 군막을 나와 어둠 속 산줄기를 노려보았다.

동경의 인심은 하루 사이에 극도로 흉흉해져 갔다.

거제로 쫓겨갔던 전왕을 옹위하여 김보당, 장순석(張純錫) 등이 보름 전 이곳으로 올라왔을 때만 하더라도 일반 백성들은 별반 동요가 없었다. 호의도 거부도 아닌 그저 남의 일 같은 무관심이었다.

관군들은 일단 긴장을 했으나, 동경유수(東京留守)와 동경의 뿌리 있는 집안의 젊은 무인 김정 등이 이들에게 합세하자 민심은 급격히 쫓겨난 전왕에 대한 동정으로 기울어 들었었다.

고려는 개국 초부터 중앙집권 체제를 구축했었으나 이 곳 동경만은 신라 천 년의 근거지다운 뿌리가 백성들에게 있었다.

경순왕이 나라를 들어 고려에 바친 지도 수백 년. 그런데도 이곳 백성들은 천 년을 지녀온 옛 신라에 대한 향수와 긍지가 은연 중에 서려 있었다. 말하자면 그네들 동경 백성들이 전왕에 대해 보인 호의는 개경의 중앙 정부에 대한 거부반응 같은 것일 수도 있었다. 개경에 대한 적대감이 전왕을 받아들인 셈이었다.

권력을 쥐고 천하를 호령하는 중앙 정부에 대한 반감 때문에, 중앙 정부를 적으로 하여 쳐올라간다는 그들 명분에 동감이 들었다고 할까.

"개경으로 쳐들어 올라간다니 속이 다 후련하구먼."

"동생한테 임금자리를 빼앗겼으니 안 되었지, 나라도 가만 못 있겠네."

백성들의 대부분 반응은 그런 것이었다. 그러나 막상 중앙군이 여기까지 토벌군으로 밀고 내려와 성 밖에 진을 친다고 하자 백성들의 생각은 흔들리기 시작했다.

김보당, 장순석 등이 전왕을 옹위하여 왕위를 빼앗은 동생을 향해 진격해 갈 것을 믿었던 백성들은 그들의 삶의 근거지인 이 곳이 싸움터가 되고 자칫 그 반군들을 받아들인 동조자로 죄를 뒤집어쓸지 모른다는 기분에 생각이 바뀌게 된 거였다.

"힘도 없는 오합지졸이 괜스레 허세만 떤 것 아닌가?"

"싸움이야 저희끼리 딴 곳에서 머리가 깨지건, 목이 떨어지건 할 일이지 하필이면 이 곳이야?"

신라시대에는 밥짓는 연기의 그을음이 나지 않게 숯으로 밥을 지었던 곳이 동경이었다. 거리 어디에서고 음악이 들렸었다. 백제와 고구려를 칠 때도 당나라 군사로 하여 싸움을 도맡게 하고 향가를 읊조리며 포석정에서 물 위에 술잔을 띄웠던 곳이었다.

그 동안 신라의 부흥을 부르짖고 일어선 사람들이 있었지만, 이번 싸움은 더구나 저희 형제끼리의 싸움인 셈이었다. 한 사람, 두 사람, 점차 백성들의 입과 행동에서 그런 감정들은 노골화되어갔다. 더구나 이번 토벌군을 이끌고 내려온 자가 바로 몇 년 전 이 곳 절간에 매였던 종놈의 신분으로 김풍 장군댁 가인으로 있다가 제 어미를 때려죽이고 도망친 이의민이라는 소문을 들었을 때 백성들은 고개를 저었다.

한바탕 난리가 있으리라는 소문은 오래 전부터 있어서 피난 보따리를 꾸리던 백성들도 전왕 편에 선 관군들이 움직이지 못하게 단속을 하는 데다, 토벌군이 이미 성 밖에 진을 쳤다는 소문이 돌자 슬슬 불평들이 노골화되어갔다.

백성들만이 아니라 그저 멋모르고 끼어 들었던 관군들 분위기도 하룻밤 사이에 달라져 갔다. 잘못하면 삼족이 멸화를 입을 일인데 더 이상 우물거릴 수 없지 않느냐는 생각들이었다.

"제 친어미를 때려죽인 의민이가 김보당 일파만 잡아죽이고 말 거 같애?"

"삼 년 전, 난리 때 수백 명의 문관들을 제일 많이 때려죽인 것이 이의민이라지 않어? 살귀(殺鬼)라는 게여. 살귀."

"아, 그놈이 태백산에서 맨손으로 호랑이만도 수십 마리를 때려잡아 쓸개하고 간을 꺼내먹어 그 뒤부터는 힘이 이 고려 땅에선 당할 사람이 없다드면."

"원, 아닌 밤중에 홍두깨 같은 날벼락이지. 그놈 손에 죄없이 우리가 왜 죽어?"

"김풍 장군 집안은 씨를 말릴 거여. 옛날에도 김정 도련님을 죽이려다 식구들만 몇 죽이고 튀었는데……. 아, 이번에는 그야말로 토벌군 대장인데 한바탕 싸움이 끝나면……."

"종놈 종자가 장군이라니, 고려 사직도 말이 아니여."

사람들 사이에서 낮은 소리로 제일 많이 화제에 오르는 것은 토벌군 대장 이의민이었다. 정중부는 그것까지 미리 계산에 넣고 의민을 이 곳에 보냈는지도 몰랐다.

하루를 군막에서 지내고 난 뒤 정탐꾼들의 보고를 듣고 나자 의민은 솔직히 언짢은 기분이었다. 싱거운 싸움이 될 것 같아졌기 때문이었다. 박존위의 말이 맞아가는 듯싶었다. 싸움이라는 건 죽을지 살지 모르는 긴장 속에서 피보라가 뿌려지고 사람 모가지가 댕겅댕겅 잘라지는 맛이 있어야지, 가만히 앉아 떨어지는 감이나 받아먹는다는 건 도시 그의 생리상 맞지 않았다.

정탐을 나갔던 자들 말에 의하면 벌써 하룻밤 사이에 김보당 일파에서는 백여 명의 군졸들이 자취들을 감추었다는 거였다.

"대장님, 답답하시면 승마나 한 차례 하시지요. 몸도 푸실 겸
꿩 마리라도 잡으면 술안주로도 좋을 듯하구요."

박존위가 권했다.

그럴 듯하다 싶어 군졸들 다섯을 뒤따르게 하고 의민은 야산을
한 바퀴 돌기로 했다. 그 사이 성 안에서 전왕군들이 치고 나오기
라도 해서 부하들이 몇 놈 상하기라도 한다면 도리어 싸움맛이
좀 나려니 하는 생각이 들기도 했다.

옛날 김풍 장군이 가솔들을 이끌고 노루사냥을 하곤 하던 언덕
을 둘이나 돌았을 때도 흔하던 꿩 한 마리 보이지 않았다. 그러나
등에 축축하게 땀이 배자 기분이 후련해 왔다.

"저게 뭐냐?"

진(陣)이 있는 곳으로 말을 돌리려다 의민이 언덕을 가리켰다.
확실하진 않지만 누군가 급하게 말을 달리고 있는 게 분명했다.

"끌어와라."

이번엔 박존위의 얼굴이 긴장되었다.

"첩자일지도 모릅니다."

"심심한데 잘 되었다."

의민은 아무 사건이라도 터졌으면 하는 기분이고 해서 부하들
에게 그 말을 뒤쫓게 하고는 천천히 말을 몰아 진으로 돌아왔다.

그러나 진을 치고 있는 곳에는 개미새끼 한 마리도 얼씬하지
않았다는 것이다. 그런데 이상하게도 말을 뒤쫓아간 부하 셋이
점심 때가 되어서도 돌아오지를 않았다. 안절부절 못한 것은 박

존위 쪽이었다.

"이놈들이 이제야 왔습니다."

막 점심 때가 지나 세 놈은 말까지 버리고 지친 채 돌아와서 꿇어 엎드렸다.

"뭐, 말을 잃어?"

의민이 벽력같이 소리를 질렀다.

"표창에 그만, 어찌나 정확한지 한꺼번에 말 세 필이 같이 쓰러졌습니다. 계집이라 깔보고 뒤쫓다가 그만……."

"뭐라, 그것도 계집?"

"분명 계집이었습니다. 어찌 날랜지 도무지 꼭 도깨비에 홀린 듯해서 저희는 그만……."

"에이, 못난 것들. 저것들을 당장……."

의민은 울화가 치밀어 노발대발 얼굴을 붉혔으나 막상 그들에게 벌을 주지는 않았다.

앞서가던 말을 셋이 쫓다 보니 여자가 분명하더라는 거였다. 아무튼 붙잡아야 할 입장이니만큼 그까짓 계집쯤이야 하는 생각으로 뒤를 따랐는데, 한 스무 걸음쯤이나 되었을까, 금방 붙잡히리라 싶은 거리까지 따라붙었는데, 한순간 셋은 거의 동시에 말이 거꾸러지며 나뒹굴어 떨어졌다는 것이었다. 일어나 보니 말 세 마리가 모두 정확하게도 앞정강이에 표창 하나씩이 깊이 박혀 있었고…….

"돌아가 있어, 불알들을 훑어 까내리기 전에."

부하들을 쫓아 버리고 의민은 부관을 흘겨보았다.

"동남풍이 불 때까지 기다리고 있으라더니?…… 계집년 하나
가 한꺼번에 말 세 필을 쓰러뜨리는 데 반군들이 무릎을 꿇고 기
어나오길 기다려? 이런, 우라질."

"무슨 사연이 있지 싶습니다."

"아, 백주 대낮, 계집 하나한테 말을 세 필씩이나 잃고 나서도
동남풍이야?"

의민의 수염이 올올이 곤두서기 시작했다.

"그 계집은 소인이, 꼭 소인이 잡아다 바치겠습니다."

"내일 아침 성 안으로 들어가겠다."

의민의 태도가 강경해서 군사들에게 동원령을 내리려던 이른
아침, 전왕을 따르던 동경유수 백강원(白江遠)이 단신으로 이의
민을 찾아와 무릎을 꿇었다.

"김보당, 장순석 무리들이 우리를 위협해 와, 그들은 한결같이
굶주린 늑대들 같은지라 백성에게 해를 안 주기 위해 지금껏 기
회를 봐 왔습니다만 이렇게 토벌군이 도착하였으니……. 하루
만 말미를 주시면 전왕을 포박하여 끌어다 바치겠습니다. 부디
죄 없는 백성들만은 벌주지 마옵소서."

"눈알을 후벼 내도 시원찮은 놈. 저놈을 당장……."

"하루만 말미를 주옵시오. 그런 다음 소인……."

유수가 눈물까지 보이며 간청을 하자, 의민은 하루 여유를 주
자는 부관의 의견을 받아들였다.

"하루 지나고도 내 앞에 폐주(廢主)를 결박지어 오지 못하면 네

놈의 낯가죽을 벗길 게다.”

유수가 뒷걸음으로 몇 발자국을 물러나자 의민이 갑자기 자리에서 일어섰다.

“네놈, 김풍 장군을 알겠지?”

“예? 예…… 그 노인, 이미 세상을 떴습지요. 한 2년 되었지 않나 싶습니다.”

“죽었어?”

“그 아들, 김정이 이번 김보당, 장순석 무리에 깊이 관여, 장군의 위작을 받아 헛된 꿈을 꾸어 왔습니다.”

“하? 김정이 장군의 위작을 받았다? 핫…… 거, 재미있게 되었다. 그 김정, 그 김정이를 죽거나 다치게 해서는 아니 된다.”

의민의 얼굴이 잠시 벌겋게 상기되었다.

“털끝 하나 안 다치게……. 일 끝난 뒤 내가 만나야 할 일이 있다. 알았느냐?”

“명심하겠습니다.”

“그리고…….”

“예.”

“아니다. 일 끝난 다음 찾아야 할 계집이 하나 있다.”

이의민은 부하들이 겪은 봉변 애기는 하지 않고 동경유수 백강원을 돌려보냈다.

그리고 하룻밤이 갔다.

그 한밤 내내 의민은 독한 술을 따라 마시며 막사 안을 서성거렸다. 의민에게 있어 동경은 전왕을 옹위하고 나선 반적의 무리가 있는 땅만은 아니었다. 한 사람, 죽기 전에 맞서야 할 김정이 있는 곳이었다. 성 안에서 풍기는 피비린내를 멀리서 맡으며 의민은 혼자 연거푸 독한 화주를 비웠다.

　그 밤으로 전왕을 따르던 군사들 중 상당수가 칼끝을 거꾸로 돌려 이의민이 입성하기 전, 전왕군의 반란으로 끝이 나버렸다. 전왕 의종도 그들 손에 붙들려 곤원사의 한 방에 갇혀 버렸다.

　전왕이 갇힌 방문의 자물통을 딸 것도 없이 의민이 한 손으로 그대로 잡아당기자 문짝이 떨어져 나갔다. 눅눅하고 어두운 골방 안에서 냉기가 몰려나왔다.

"전하, 나오시오. 다 끝났소이다."

그러나 안에서는 아무런 기척이 없었다.

"바쁜 몸이오, 나도. 허기야 죽으러 나오라는데 썩 좋을 것도 없겠지만."

　의민은 가래침을 발밑에 칵 뱉고 나서는, 한 마디를 던지고 대웅전을 돌아 절 뒤 연못 쪽으로 앞서 걸어갔다.

"끌어내와라."

　연못이 사방 오 리나 되게 펼쳐 있었다. 시들어 버린 갈대가 연못 뒤로 멀리까지 퍼져 바람에 버스럭거렸다. 흐린 연못 속엔 수초들이 갈색으로 엉켜 있고, 갈대밭 쪽으로 오리 두 마리가 떠 있었다. 흔들리는 갈대잎과 오리가 눈에 들어오자 의민은 미친 듯이 웃어젖혔다. 전에 왕이 자주 놀이를 하던 연복정이 있던 사천이 생각났던 것이다.

전왕은 등을 떠밀려 연못가로 나왔다.

"핫하하! 주상전하, 잠시 쉬시기에 풍치가 어울려 보이는데…… 어떠실지…… 핫하하하하."

24년 그 휘황하던 위엄 같은 건 찾아볼 수 없이 창백한 안색으로 비틀거리며 의민이 서 있는 언덕 쪽으로 걸어오던 왕이 잠시 주춤거렸다.

"어이 행차가 더디시오? 한뇌도, 돈중이도 여긴 없구먼요. 핫하하."

의민은 힐끗 그 창백한 왕의 안색을 돌아보고는 히죽거렸다.

"전하, 이 연못…… 맘에 드실 듯한데요. 풍류를 몰라서야 어디 죽는 것도 맛이 납니까? 저기 원앙도 두어 쌍 떠 있고, 고기 잡는 어옹이 없어서 그렇지, 어디서 본 듯싶은 풍경이 아니던가요?."

"무엄한 놈들……, 네놈들이……."

전왕은 의민을 노려보며 한 마디했다.

"소인도 이제는 풍류를 좀 즐길까 싶어서요."

"감히, 감히…… 네놈이……."

왕의 눈썹 끝이 바르르 떨었다.

"핫하하! 맞습니다. 감히, 참 감히…… 애비는 얼굴도 모르고, 에미는 제 손으로 때려죽인 그런 천한 몸이 전하를 나오시라 했구려. 좋아하는 일이란 것이 사람 죽이고, 계집 밝히는 일…… 하기야 그것도 풍류라면 한 풍류지요. 핫하하! 여봐라, 뭣들 하느냐? 전하께 어서 주안상 올리지 않고……."

그가 악을 쓰자 군졸 한 명이 미리 준비했던 듯 술병 하나와 잔

하나가 놓인 소반을 의민 앞에 놓고 황망히 뒷걸음질을 쳤다.

"이런 날 한 잔 하셔야지요. 생각하면 전하 가시는 길이 극락이고, 소인이야 훗날 지옥 유황불 속으로 갈 터이니, 몇 겁 윤회를 거쳐도 다시 만나기는 힘든 이별주가 되겠습니다만."

의민은 잔 가득 술을 붓더니 두 손으로 그 술잔을 왕 앞에 내밀었다.

왕의 수염 끝이 흔들리고 있었다.

24년, 만인지상(萬人之上)의 자기 운명의 마지막이 너무 어처구니 없었는지도 모른다. 전왕은 천천히 하늘과 연못을, 그리고 자기를 에워싸고 있는 군졸들을 초췌한 안색으로 둘러보았다. 왕과 눈이 마주치자 대부분의 군졸들은 고개를 돌려 시선을 피해 버렸다. 왕의 눈이 바짝 자기 앞에 술잔을 들고 서 있는 의민의 시선에 맞부딪쳐 멈추었다. 벌겋게 충혈되어 불을 뿜고 있는 의민의 시선은 칼끝처럼 움직이지를 않았다.

"어서 드시지요. 전날 강물 속에서 한 번은 건져드린 일이 있습니다만."

왕은 손끝을 심하게 떨면서 의민이 내민 술잔을 받았다.

"김보당은 어찌 되었느냐. 김보당 장군은?"

"전하를 기다리겠다고 한 발 먼저 출발을 했습지요. 지승 가는 주막에서 한숨 자고 있지 싶습니다만."

털투성이의 두꺼운 입술에 유들거리는 웃음을 띤 채 의민이 대답했다. 왕의 얼굴에 시선을 고정시킨 채 의민이 다시 픽 웃었다.

"순석은? 장순석이는?"

"그 사람도 한 두어 발 앞서 갔지요. 전하를 기다리느라 눈이 반쯤은 빠졌을 겁니다."

"으음―."

왕은 떨리는 손으로 술잔을 입으로 가져갔다.

그러나 그 술은 떨리는 턱과 손 때문에 수염 끝을 적시고 태반이 땅으로 흘러 버렸다. 술이 비워지자 술잔은 둔탁하게 땅 위로 미끄러져 떨어졌다. 그 술잔을 집어 다시 의민이 가득 술을 부었다. 그러면서도 눈은 왕의 시선에서 조금도 벗어나지 않았다. 흩어져 있는 백여 명의 군사들도 숨소리 하나 내지 않았다. 모든 것이 정지된 것 같은 고요였다.

"모두 한발 앞서 가서 전하를 기다리고 있지요. 시도 짓고 술도 마시고요. 허……."

다시 술잔을 받은 왕은 이번엔 그 술잔을 두 손으로 움키듯이 쥐어 입으로 가져갔다.

"제 입으로 제 살을 뜯고, 제 손으로 제 눈알을 후벼들 것이다. 너희놈들 모두가 제 손으로 제 눈알을……."

잠시 의민을 똑바로 바라보던 왕의 손에서 술잔이 미끄러졌다.

그리고 그의 몸이 휘청 앞으로 쓰러졌다.

"그리 쉽고 편하게는 아니 될 것이오."

쓰러지는 왕의 어깨를 두 손으로 움켜쥔 의민이 하늘을 향해 다시 한번 미친 듯이 웃고서 그 어깨를 뒤로 우지끈 잡아당겼다.

"핫하하하! 제 출생에다 대고 화살을 쏘는 것, 죽이고, 죽이고 끝없이 죽여, 제 몸까지 갉아 먹는 살겁을…… 그래, 그래 맞았소. 맞았다니까. 핫하하.”

발작이라도 일으킨 듯 의민은 왕의 어깻죽지를 뒤로 꺾었다.

우두둑, 뼈마디가 부스러지는 소리가 들렸다.

“왓하하하! 그래, 나도 이제 벗어나는 게야. 이제는 내…… 내 살겁을 한 꺼풀 벗는 게야. 핫하하.”

그는 정신나간 사람처럼 왕의 몸을 뒤로, 앞으로 나무젓가락 부리뜨리듯 꺾어댔다. 그의 눈은 훨훨 불이 되어 타고 있었다. 계속 뼈마디 부서지는 소리가 우지끈거리자 군사들은 하나둘 고개를 돌리고 시선을 떨구었다.

“준비되었느냐?”

갑자기 그가 군사들을 향해 다시 호령을 했다. 부관 박존위가 절간 부엌에서 떼어온 커다란 가마솥 두 개를 군졸들에게 들려 의민이 앞으로 나왔다가 시뻘겋게 변한 의민의 시선에 부딪치자 솥만 내려놓고는 황급히 뒷걸음질쳤다.

“그물만 치고 있어도 고기는 걸려드는구나. 허나, 싸우지도 않고 이기는 건 맘에 들질 않는다.”

뒷걸음치는 부관을 노려보고 나서, 의민은 왕의 몸을 활처럼 허리 뒤로 꺾어 가마솥 안에 집어넣었다.

“이제 고기는 손수 잡아 잡수시오. 연복정 제방 그 어부들만 없다 뿐이지, 나머지는 여기 다 있으니…….”

의민의 눈이 광기로 번들거리고 있었다.

전왕의 몸은 두 개의 겹친 가마솥 속에 꺾여 넣어져 솥이 떨어져 나가지 않도록 그 위에 동아줄이 묶였다. 무엇에 홀리기라도 한 듯 의민은 씩씩거리며 손수 그 일을 했다.

　아침부터 잔뜩 흐려 있던 하늘이 캄캄하게 흐려져 갔다.
　"한뇌 놈같이 장대 끝에 머리통을 매달지 않는 건 그래도 옛 인연 때문이오."
　숨소리조차 들리지 않던 군졸들 사이에서 낮게 수선거리는 소리가 들리기 시작했다.
　"왕후 장상으로 태어나도, 종년의 배때기를 살모사 같이 뚫고 태어나도 별다른 게 없구먼, 별다른 게."
　의민은 넋이 나간 듯 중얼거리더니 으드득 어금니를 한 번 갈고 나서는 왕의 시체가 든 시커먼 가마솥을 번쩍 치켜올렸다.
　우르릉.
　우르릉.
　서쪽 하늘에서 뇌성이 울렸다. 뇌성이 울리면서 음산한 바람이 연못 주변을 회오리같이 축축하게 휘감아왔다.
　"잘 봐 두어라. 사내자식 불알차고 세상 나와서 이런 일 해본 사람, 몇백 년에 하나 나오기 힘들 것이니……. 천지개벽 후 처음일지도 모른다. 안 그러냐? 이놈들아."
　의민은 다시 숨소리도 없이 자기를 주시하는 시선들을 향해 싸늘하게 말했다.
　"업보라고 했던가? 인연……? 흐흐흐……."
　높이 쳐들었던 가마솥을 한 바퀴 빙그르르 머리 위에서 돌렸다가 드디어 의민은 연못을 향해 힘껏 내던졌다.

"나무관세음보살 - ."

"나무관세음보살 - ."

군졸들 사이에서 나직나직한 웅얼거림이 퍼져나갔다.

우르릉 쾅쾅 - .

순간 우레가 한바탕 천지를 흔들면서 장대 같은 소나기가 후드
득후드득 쏟아내리기 시작했다.

"핫하하……."

쏟아지기 시작한 빗줄기 속에서 커다란 파문을 일으키며 가라
앉기 시작하는 가마솥을 노려보며 의민은 하늘을 향해서 또 한
번 웃어젖혔다.

빗방울을 피해 군사들이 술렁이기 시작했다. 비를 피한다기보
다는 그 연못가에서 조금이라도 떨어지고 싶어하는 기분들이 군
졸들을 움직이게 했는지도 모른다.

이제 싸움은 싱겁게 끝나 버린 셈이었다.

경군(京軍)은 가벼운 부상 하나 입지 않은 채 반군들이 스스로
무너졌고, 그 근원이 되었던 전왕은 무거운 무쇠솥 안에 틀어박
혀 연못 깊이 가라앉은 것이다. 수뇌급의 반군들도 오늘 새벽 저
희들 손에 의해 붙잡혀 갇혀 버렸다.

그 중 김보당은 함거에 실려 이미 아침 일찍 개경으로 압송중
이었다. 후드득대며 쏟아져 내리는 빗속에서 조금 허탈해진 의
민은 연못을 노려보며 얼마 동안 움직이지 않았다.

그 때였다.

의민의 눈이 사납게 대웅전 쪽으로 옮겨갔다. 작은 소요가 이
는 듯싶더니 칠흑 같은 흑마가 한 필, 단기로 질풍처럼 연못 쪽으
로 내닫고 있었다. 새까만 한 필의 말은 날아오는 화살같이 빗속
을 뚫고 곧장 의민에게로 달려왔다.

의민의 수염투성이 얼굴이 설풋 경련을 일으키며 꿈틀거렸다.
의민의 눈이 다시 불을 뿜기 시작했다. 언덕을 내려오던 검은 말
은 의민이 버티고 서 있는 곳, 열 걸음쯤 앞에서 앞발을 치켜들며
순간적으로 멈춰섰다. 말 위의 사나이가 나는 새처럼 언덕 위로
내려섰다.

창백한 얼굴이었다.

창백한 얼굴에서 눈만이 검광같이 싸늘하게 의민의 눈에 맞부
딪쳤다.

"네놈이 돌아오길 기다리고 있었다. 네놈이 이 동경에 다시 오
길 말이다."

엷은 입술이 한쪽으로 비틀리며 쇳소리 같은 차가운 음성이 빗
속을 뚫었다.

"헛, 헛허허허."

의민은 커다란 입을 벌려 너털거리며 웃었다.

그러나 그의 눈만은 상대의 시선에서 조금도 떨어지지 않고 벌
겋게 불길이 되어 다시 타올랐다. 억세게 쏟아 붓는 빗줄기 속에
서 창백한 얼굴의 김정이 한 걸음씩 한 걸음씩 이의민 쪽으로 다
가왔다. 찢겨나간 왼쪽 어깨의 갑옷자락 사이로 드러난 맨살이
비에 젖고 있었다.

"지금쯤은 네놈, 무예 흉내라도 내겠지?"

김정의 입가에 차가운 웃음이 배었다.

말이 내달아올 때부터 웅성대던 군졸들이 그 때야 우르르 몰려 나와 김정의 뒤를 에워쌌다. 그러나 군졸들에게 등을 보인 채 김정은 조금도 그들 군졸들을 안중에 두지 않는 듯했다. 반원을 그린 군졸들의 창 끝이 김정의 등에서 대여섯 걸음, 그의 움직임만큼 조금씩 조금씩 좁혀져 왔다.

"네놈이 살아 있길 바랬다. 다른 놈 손에 네놈이 죽을까 봐 내 맘이 편하질 않았다. 반군? 전왕? 흐흐흐……. 내가 동경 땅에 내려온 건 네놈 쌍판을 보고 싶어, 너를 나무에 묶어 놓고, 네놈 이마빡을 표적으로 활을 쏘기 위해서였다. 내내 그 한 가지만 생각하고 내달아온 게다."

"하하하……."

공허한 듯한, 그러나 날카로운 김정의 웃음소리가 싸늘하게 연못 위를 메아리쳐 갔다.

"6년 전 네놈을 살려 놔준 건 네놈이 시늉이라도 무예를 배워 오도록 기다린 게다."

그의 입가의 차디찬 웃음.

엷은 입술가에 언제나 스며 있었던 그 비웃음은 6년 전이나 지금이나 조금도 변함이 없었다.

"왕의 허리 뼉다귀가 부러지는 소리를 네놈이 들어야 했는데."

의민은 발가락 끝에서부터 화롯불처럼 밀어올라와 터져 나갈 것 같은 불길을 누르며 씹어 뱉듯 말했다.

바로 그 순간 김정의 뒤에 있던 군졸 하나가 앞으로 뛰어나오며 장검으로 김정의 허리를 후렸다. 그러나 웬 일인가. 칼을 뽑는 것 같지도 않았는데 덤벼들었던 군졸은 이마를 싸쥐고 언덕 아래로 나뒹굴어졌고 김정은 칼집에 칼을 꽂고 있었다.

"물러들 가. 못난놈들아. 네놈들부터 깡그리 요절 내기 전에."

눈을 부라리며 이의민이 호통을 쳤다.

"물러들 가라. 군명이다."

다시 의민이 발을 구르며 호통을 쳤을 때에야 몰려왔던 군졸들이 뒷걸음을 쳤다.

"돼지는 우리 속에 처넣어야지, 돼지 새끼한테 갑옷을 입혀 가지고야 이 나라가 망하지 않을 도리가 없으리라. 허나 상관없다. 이까짓 사직, 이미 선대부터 썩은 나라. 미련도 없다. 허나, 나라가 망해도 더럽게는 안 망해야 한다. 더러운 돼지 새끼가 설쳐서 망하는 건 싫은 게다."

"흥?"

"와라. 바로 죽이기는 싱겁다. 종년 배때기, 살모사같이 뚫고 나온 더러운 돼지 새끼, 살점 조각조각을 뜯어 오늘은 네놈 부하들에게 한 점씩 씹게 할 게다."

"에이익!"

산이 움직이듯 육중한 의민의 몸뚱이가 공중으로 솟구쳐오르면서 어느 틈에 빼들었는지 한 자루 장검을 앞으로 뻗치며 김정의 몸 위로 덮쳐들었다.

"흐흐흥."

싸늘한 코웃음과 함께 김정의 칼이 그 칼을 맞받았다.

주춤주춤 물러서며 두 사람의 대결을 빗속에서 올려보던 군졸들은 하나같이 그 자리에 얼어붙어 숨을 죽이고 있었다.

"네 털끝 하나도 딴 놈에겐 못 맡긴다. 내 손으로 저며낼 게다."

골짜기를 울리는 포효 속에 다시 의민의 몸이 어지럽게 김정의 주위를 맴돌았다. 너무 빠른 움직임이라 써늘한 검광만이 무수히 교차될 뿐 두 사람의 모습은 뒤섞였다가 하나, 둘, 서넛, 대여섯이 되곤 했다. 군졸들은 얼어붙은 듯 넋을 잃고 있었다.

그렇게 수십 합.

에이잇!

두 사람의 새로운 기합 소리와 함께 캄캄한 하늘을 가르며 번갯불이 그들의 맞부딪친 칼날을 비췄다. 빗줄기는 점점 물을 쏟아 붓는 듯 온 공간이 그대로 물 속이 되고 있었다.

힘주어 내뻗은 둘의 칼날은 한 순간 맞부딪쳐 촌치도 움직이지 않는 정지가 시작되고 있었다. 어느 한 찰나에 둘은 그대로 굳어 버린 듯싶었다.

벌겋게 타올라 불을 뿜어대는 퉁방울 같은 눈과 얼음처럼 써늘하고 가느다란 눈만이 부딪쳐 서로를 겨루고 노릴 뿐.

불과 얼음.

얼음과 불의 싸움이었다.

우르릉, 쾅쾅 -.

쾅, 쾅, 쾅 -.

온 세상이 쪼개져 나가는 듯한 우레의 폭음 속에서 눈빛만으로 상대의 눈빛을 노리는 둘의 목덜미 부근에서 안개 같은 김이 모락모락 피어오르고 있었다.

또 번개가 일었다.

숨막히는 얼마간의 시간이 지나며 의민의 몸이 한 걸음 재빠르게 물러서면서 공중으로 떠올랐다. 그러나 다시 칼날이 맞부딪치면서 그 정지의 대결이 또 시작되었다. 간헐적으로 번쩍대는 번갯불을 받으며 둘의 몸은 석상이 되어 빗속에 잠겨드는 듯이 보였다. 엄청난 폭우였다. 그 폭우 속에서 굳어 있는 두 사람의 칼날에서 번개가 일어 그 퍼런 빛이 구름 사이로 뻗쳐올랐다.

"윽―."

김정의 왼쪽 어깨에 검광이 스치는가 했을 때, 이의민 역시 한 손으로 옆구리를 움키며 잠시 자세가 흐트러졌다.

"네놈의 간을 씹을 게다."

의민이 이를 갈며 팔을 뻗쳐 김정의 왼쪽 어깨를 다시 후리자, 김정의 칼 역시 의민의 옆구리에 닿았다가, 그 칼이 순간 김정의 손을 떠나 공중을 향해 수직으로 날아올랐다.

곤원사(坤元寺)의 한켠 방에서 찢겨나간 옆구리의 상처로 혼수 상태에 빠졌던 이의민은 의식이 돌아오자 다시 김정부터 물었다.

"죽었습니다."

"살아나기 힘들다 싶었던지, 그놈이……."

제 칼을 던져 그 칼에 스스로 목을 찔려 김정이 쓰러지던 모습을 박존위가 더듬대며 얘기해 주자 이의민은 벌떡 자리에서 일어났다.

"고정하십시오. 아니 되십니다. 이러시면……."

시중하던 병사들이 그를 다시 눕히려 했지만 벌떡 일어선 이의민은 이를 갈면서 눈을 굴렸다.

"그놈 시체를…… 이리로 끌어와라. 이 방으로…… 이 방으로 말이다. 내 곁으로…… 으으윽."

얼굴이 심하게 일그러지면서 의민이 헐떡거리며 군졸들에게 소리를 내질렀다. 그 바람에 묶어 놓은 옆구리의 상처가 잘못되었는지 옆구리를 움키며 벌렁 쓰러졌다. 시체처럼 창백해진 의민은 다시 혼수 상태에 빠져 버렸다. 움켜쥔 손가락 사이로 다시 피가 벌컥거리며 솟구쳤다.

"뭣들 하느냐? 어서, 어서 의원을 불러라."

박존위가 황망히 소리를 내질렀다.

고약 상자를 든 병졸이 들어오자, 이마의 땀을 닦으며 잠깐 마루로 나간 박존위 앞에 젊은 장수가 황황히 젖은 몸으로 뛰어들며 허리를 굽혔다.

"없어졌습니다."

"뭐?"

"놈의 시신이 감쪽같이 없어졌습니다."

연못 곁 잔디밭에 쓰러졌던 김정의 시체가 사라졌다는 거였다.

이상한 일이었다.

어젯밤, 전왕 편에 서서 같이 반기를 들기로 했던 동경유수에게 갑자기 감금되어 있다가, 지키던 군졸들을 베고 이의민을 쫓아왔던 김정. 스스로 자기 칼에 찔려 마지막 목숨을 끊은 김정의 시체가 의민을 황급하게 옮기느라 방심한 사이, 언덕에서 감쪽같이 사라져 버렸다는 것이다.

"찾아야 한다. 이 동경 땅을 샅샅이 뒤져서라도 대장님이 깨어나시기 전에 시체를 찾아내야 해."

박존위는 부하들을 독촉하여 다시 언덕으로 올라갔지만 시체가 엎어졌던 자리에는 빗물 섞인 핏물만이 남아 있을 뿐이었다.

음산한 바람까지 일면서 비는 여전히 쏟아 붓는 물처럼 억세게 내리쏟았다. 군졸들을 풀어 절간 부근과 연못 주위를 샅샅이 수색하도록 명을 내린 부관 박존위는 발을 동동 굴렀지만 바람까지 일며 쏟아져 내리는 빗속에서는 사실 눈을 뜨기조차도 어려웠다.

"환(幻)이니라. 결국 한 꺼풀 환, 죽고 사는 것, 웃고 우는 것도 그저 지내고 나면 찰나의 꿈."

동굴 밖으로 내리쏟아지는 폭포 같은 빗줄기를 바라보며 허정 대사는 나직이 중얼거렸다.

"이제 겨우 한 꺼풀 미망(迷妄)의 그림자를 벗어난 것. 뱀이 허물을 벗듯 육신의 껍질을 벗으면 내세에서 다른 생으로 태어나 또 한번 꿈을 꾸는 게지. 허나, 사내와 계집의 인연이란 수십 겁 윤회의 업보거니…… 쓰리고 아픈 번뇌 역시 미리 정해져 있었던 인연의 한 줄이라 생각해야 하는 게다."

간헐적으로 번쩍대는 번개와 우렛소리, 폭포의 물줄기처럼 동굴 밖은 계속되는 빗줄기뿐이었다.

핏자국들을 닦아내고 깨끗하게 갈아 입힌 수의 속에 김정의 시신은 평소 입가에 그 싸늘하던 미소를 잔잔히 띠고 누워 있었다.

소예는 차라리 석상(石像)이었다. 시체 앞에 피워올린 가는 향불 연기 앞에 무릎을 꿇고 두 손을 모은 소예는 돌이 된 듯했다.

"아비 얼굴을 봐 두어라."

허정이 여섯 살짜리 사내아이의 손목을 끌어다 김정의 시신 앞에 세웠다. 소예는 눈을 감은 채 아이가 옆에 와 선 것도 모르는 모양이었다.

"정해져 있었던 업보. 한바탕 꿈을 깨고 나면 그저 모든 것은 그림자지."

눈을 뜬 소예가 사부 허정을 그윽이 올려보았다.

"지어미는 지아비 원수를 갚아야 하는 것 아닙니까?"

그녀의 눈이 파랗게 빛을 쏟아내고 있었다.

"누굴 죽이고, 누가 누구에게 상처를 입히고…… 그건 참이 아니다. 다만 잠깐 그리 보이는 것뿐. 상처 입고, 이승에서 숨을 거두고. 그 모두가 따지고 보면 다 자기들의 타고난 인연이요, 숙명이다. 지금쯤 애아비는 도솔천 하늘을 날고 있을지도 모르고, 저 내세에 다른 것으로 다시 나서 새로운 꿈을 꾸고 있는지도 모르는 게다."

허정은 소예의 시선에서 고개를 돌려 중얼거리고 나서 아이의

손을 쥐고 동굴 입구로 걸어나갔다. 또다시 골짜기가 무너져 내
릴 듯한 천둥이 울렸다.

"무서우냐?"

사내애가 고개를 저었다.

"핏줄의 인연은 제일 큰 미망. 네 아비, 결국 자기의 기(氣)에 자
기를 던져 넣은 게다."

"사부님."

침착한 음성으로 여전히 꿇어앉은 자세로 소예가 말했다.

"저 다른 생각 아니 하겠습니다."

"안다."

"다만 한 밤만은 혼자 여기 남아 있었음 싶습니다."

"너 혼자?"

또다시 우레가 울렸다.

"혼이 떠난 육신이야 빈 껍질, 빈 육신이겠지오만……."

"알았다."

허정은 잠시 돌아서서 고개를 끄덕이고 김정의 시체 쪽에 합장
을 해보였다.

"이리 오너라."

허정은 아이를 가만히 안아올려 시체 쪽을 한 번 더 보여주고
는 동굴 입구에 서서 뒤끓어 대는 바깥 하늘을 올려보았다.

폭포 같은 빗줄기 속으로 아이를 품에 안은 비쩍 마른 허정의
몸이 바람처럼 섞여들었다. 숲을 쪼개어 대는 바람 속에 마치 같
은 바람인 듯 허정의 모습은 금방 녹아들어 버렸다.

간헐적으로 계속되는 번개와 우렛소리. 쏟아내리는 빗소리도
들리지 않는 듯 시체 앞에 손을 모은 소예는 꼼짝도 하지 않고 꿇
어앉아 있었다. 감은 눈꺼풀 안으로 다시 달빛이 흐르고 있었다.
달빛으로 가득 채워진 들판, 온통 흰빛 눈으로만 덮여 있었던 넓
디넓은 들판. 죽음같이 새까만 빛의 말 울음 소리.

…… 달빛은 물결 같았어…… 벌판 가득 달빛만 출렁거렸어.
달빛이 부서졌지. 산산이 부서져 달빛이 내 온몸 위에 내려앉았
다가 끝내 내 몸 속으로 들어와 천 개의 불꽃이 되어 반짝거리며
온몸을 휘돌았어. 그건 얼음이었어. 싸늘하고 싸늘한 녹지 않은
얼음이었어. 얼음의 불꽃……, 나의 몸 속에 수백 수천의 횃불이
되어 떠돌아다니던 얼음의 불꽃…….

그녀는 놀란 듯 눈을 떴다.
암갈색 바위벽과 하얀 얼굴로 굳어 있는 시신 위로 달빛이 어
른거렸다. 어른거리던 달빛이 파란 향불 연기 속으로 천천히 빨
려들고 시끄러운 빗소리가 동굴을 채운다.
그녀는 쫓기듯 향로 곁에 놓인 작은 항아리를 끌어다 뚜껑을
열었다. 그녀의 눈썹 끝이 파르르 짧은 경련을 일으켰다. 그녀는
새끼손가락 끝에 항아리 속의 기름을 바른다.
두 번, 세 번.
얼마 후 그녀의 왼손 새끼손가락 끝에 불이 붙는다.
지지직, 지지직.

손끝이 타들어가며 그 손끝에 매달린 불꽃이 시체의 코끝을 푸르스름하게 비쳤다. 불이 꺼지면 다시 손가락 끝에 참기름을 묻혀 불을 붙이고……, 불이 꺼지면 또 다시 기름을 묻혀서 불을 붙이고…….

그녀의 이마에 작은 땀방울이 송송 배어 나오기 시작하면서 그녀의 눈빛은 파란 인광을 내뿜기 시작했다. 그녀의 입가에도 김정의 입가에 남아 있는 미소 같은 엷은 웃음이 서서히 번져갔다. 살 끝이 타들어가는 고통의 한쪽에서 소예는 눈 덮인 벌판을 꿈꾸고 있었다.

…… 하얗고 차가운 눈밭 위, 그 때 이마에 송송 배어 나던 작은 땀방울 위로 스치던 바람을 생각하고 있었다. 온몸으로 섬뜩하게 퍼져들던 그 냉기에 이어 가슴 안으로 번쩍여 오던 그 오색(五色)의 울렁임……. 아아아, 나는 눈을 뜨고 있었지. 여자의 눈을 뜨고 있었어.

타들어가는 손가락 끝의 아픔이 진해지면서 그녀 입가의 웃음도 더욱 화사해갔다. 번갯불이 동굴 안을 섬뜩섬뜩하게 핥으며 달아났다. 뱃속에 담았던 한 생명을 내보내며 받았던 고통의 한쪽, 그녀를 흔들던 그 놀라운 모성으로의 희열. 아픔은 늘 새로운 것으로의 개안(開眼)이었다.

소예는 까맣게 변한 손가락 끝을 다시 기름 항아리에 집어넣으며 살이 타는 아픔의 다른 한쪽에서 쉼없이 녹아내리는 거대한 얼음 덩어리를 본다.

…… 그는 얼음이었다. 얼음의 불꽃이었어……. 이제 내 손가락 끝이 다 타고 나면 그 얼음도 다 녹아 따뜻한, 따뜻한 강물이 될 거야……. 내세의 하늘, 내세의 땅 밑을 흘러가는 따뜻한 강물이 될 거야……. 내 육신을 태우는 불꽃이 지금 내세의 문턱에 얼어붙어 있는 그 차디찬 얼음 가슴을 녹여주는, 참으로 따뜻한 불꽃이 될 거야.

왼손 새끼손가락 한 마디가 다 탔을 때쯤, 다시 달빛과 눈밭이 뒤섞여 다가드는 환각 속에서 그녀는 깜박 정신을 잃었다.

새벽이 되면서 거칠던 비바람이 거짓말처럼 가라앉으며 안개 같은 가랑비가 내렸다. 미명(未明)의 어둠 속을 두 사람의 사내가 마치 바람처럼 움직여 골짜기를 가로지르더니 소예가 쓰러져 있는 동굴 입구로 날 듯 뛰어올랐다.

동굴 안에서 살이 타들어 간 누린내가 확 풍겨왔다.

"누님."

컴컴한 어둠 속에 정신을 잃고 엎어져 있는 소예의 어깨를 젊은이가 흔들었다.

"그대로 둬라."

허정이 나직하게 말했다.

소예는 김정의 시체에 엎어져 죽은 듯 움직이지 않았다.

젊은이는 황급히 기름 항아리에다 심지를 올려 불을 붙였다.

"만적아, 불을 꺼라."

"······."

"곧 날이 샌다."

촛불을 끄면서 숨을 거둔 사내의 얼굴을 힐끗 바라본 만적의 얼굴이 허옇게 일그러졌다.

"누가 누구를 죽이고 살리고 하는 일은 아무도 못하는 게다."

"예?"

"그는 제 갈증으로 제 몸을 태워 스스로 이승을 떠난 게다. 의민이와 싸우는 것은 내가 직접 보았다. 그의 검법은 이미 입신의 경지였다. 스스로 자신의 맥을 끊는 것은 검법에서도 최고수에 속한다."

허정은 김정의 시체 위에 얼굴을 대고 쓰러져 있는 소예를 힐끔 쳐다보고 나서 다시 입구 쪽으로 걸어나왔다. 골짜기는 안개와 어둠에 섞여 구름 속처럼 젖어 있었다.

"소지공양(燒指供養). 소예의 정성으로 그는 내세에서는 그리 쫓기듯이 목말라 하지 않고 살아갈 것이다."

"······."

"사내와 계집의 인연은 죽는 날까지 따라다니는 미망(迷妄), 나 역시 그 곳에서 아직껏 벗어나질 못했다. 서둘러라. 날이 샌다."

어둠이 몰려가면서 새벽의 가랑비는 더 가늘어져 안개처럼 변하고 있었다.

소예가 밤을 새운 동굴의 건너편 산언덕.

하룻밤의 비바람으로 제대로 물들지 못한 단풍들이 스산하게
떨어져 내린 잡목림이었다.

"나무관세음보살."

허정이 나직하게 중얼거렸다.

작은 산줄기를 타고 내려온 바위 벼랑에서 똑바로 내려온 언덕
위에 봉분도 만들지 않은 평장(平葬)의 편편한 두 개의 무덤.

커다란 돌멩이 한 개씩으로 자리만 표시되었을 뿐, 낙엽을 뿌
려 놓아 무덤이라고 생각되지 못할 장소에 스무 걸음쯤 거리를
두고 두 개의 무덤이 만들어졌다.

허정과 만적이 새벽에 만든 한 개의 무덤 속에는 전왕 의종의
시체가, 또 한 곳에는 김정(金貞)의 시체가 누워 있었다.

"무덤을 크고 둥글게 만들어 온 것은 살아 있는 사람들에게 남
아 있는 죽은 자에 대한 기억 때문이다. 세월이 흐르면 높은 봉분
도 천천히 무너져 내려 보통 흙하고 구별이 되지 않는다. 그 때쯤
이승의 인연 있던 사람들도 숨을 거둔 뒤가 되는 게지. 또 그 때
쯤은 내세에서 죽은 자도 또 다른 인연의 굴레를 살고 있을 게고.
불가에서는 이승과 절연하는 찰나를 내세에 태어나는 것으로 생
각하여 남은 육신을 살라 버리고 봉분을 짓지 않는다. 전하와 도
련님은 이미 저 내세에 다시 태어났을 게라 생각하면 된다. 돌아
가자. 이제."

그러나 소예는 무덤 앞에서 영 움직일 것 같지 않았다.

"음양의 끈질긴 인연……. 허나 끊임없이 벗어나려 애는 써야
한다."

허정은 소예의 어깨에 손을 얹으며 다시 나직하게 말했다.

"이젠 또 다시들 헤어져야 되지 않겠느냐?"

꿈에서 깬 듯 소예가 몸을 돌렸다.

해쓱하게 변한 그녀의 눈은 놀랍게도 말갛게 개어 있었다.

"소녀 이제 아무 생각도 아니 합니다. 처음도 끝도 원래가 없었습니다."

"되었다."

"같이들 언제고 고향이거니 산으로 찾아 오거라."

"사부님!"

이 때까지 부연 안개비 속에 조금씩 밝아져 가는 골짜기만을 망연히 바라보던 만적이 그들 곁으로 다가왔다.

"인연이란 끝이 없는 게다. 미움과 자비는 결국 손바닥 안팎…… 날이 밝아온다. 이제 서로들 떠나자."

"사부님!"

"헛허허허! 산을 내려보내면서 내가 말하지 않더냐? 이제 제 할 일, 제가 찾아 욕되지 않게 살아가라고……. 헤어져 있는 게 늘 같이 있는 게지."

무덤 쪽을 잠시 돌아본 허정이 갑자기 훌쩍 몸을 날려 안개비 속으로 빨려들어 버렸다.

암자를 떠날 무렵만 해도 감마라나 만적, 두 사람은 그간 세상이 뒤바뀌어 있고, 동경이 싸움판이 되어 있으리라는 생각을 해 보지 않았다. 감마라는 서경으로 떠나기로 했고, 만적은 우선 동경을 들리기로 했었다.

"감마라, 너는 이미 마음이 섰고, 만적이 너는?"

"저는……."

만적이 잠시 머뭇거렸다.

"알겠다. 허나 여기가 너희놈들이 태어난 집이다."

"동경을 들렀다가……."

"세상이 허망해지거든 언제고 여길 찾거라."

벌써 6년. 만적에게 분이에 대한 생각은 쉽게 보고 싶고, 잊히고 할 성질의 것이 아니었다. 그건 가슴 밑바닥의 끈끈한 한 가닥 줄이었고 뿌리였다.

"그 애를 찾아 어찌하겠다는 거냐?"

헤어지던 날 밤, 감마라는 말했었다.

어디론가 벌써 팔려갔을 게 십상이고, 아직껏 그 집에 있다 해도 이미 사내들의 노리개가 되었을 계집을 찾아 무얼 하겠느냐는 것이었다.

"나도 모르겠다. 그래도 만나서……."

"너, 계집 때문에 무예를 배운 건 아니지 않느냐? 봐라. 이걸……."

감마라는 그 동안 꺼내보지 않던 〈大爲·天開〉가 양각된 쇠붙이를 움켜쥐고 눈을 빛내며 말했다. 만적은 잠시 노비들의 시체가 버려진 골짜기를 떠올리며 고개를 흔들었다.

"서경으로 와라. 무슨 수로든 만나지지 싶다. 못 만나면 명년 삼동 여기로 와서 같이 사부님을 뵙자."

감마라와 헤어져 산을 내려온 만적이 동경의 김풍 장군집을 찾았을 때는 그 커다란 저택은 쏟아지는 빗속에 이미 잿더미로 변해 있었다. 개경에서 내려온 토벌군이 가솔들을 죽이고 불을 질러 버렸다고 했다. 몇몇 죽지 않고 살아남은 가솔과 노비들은 개경 쪽으로 끌려갔다는 소문이었다.

병사들로 번잡하던 넓은 마당도, 돌부처가 있던 후원도, 담 한쪽으로 울창하던 나무들도 형체 없이 시커멓게 주저앉아 빗물에 젖고 있었다. 폐허가 된 김풍 장군집이 내려다보이는 숲길에 만적은 그대로 주저앉아 비에 젖은 채 넋을 놓고 앉아 있었다.

그 빗속에서 그의 소매를 끌어당긴 사람이 생각지도 못했던 사부 허정이었다.

"아니, 사부님!"

비바람 속에서 천둥이 한 차례 숲을 흔들고 지나갔다.

"원래 그 곳엔 아무것도 없었느니라. 네가 맘 속에서 꿈을 꾼 것뿐…… 가자! 우선 급하게 해야 할 일이 있다. 날 따라 오너라."

사부 허정은 곤원사가 내려다보이는 언덕까지 휘적휘적 걸어가서야 만적을 돌아보았다.

"저 절 뒤쪽에 갈대밭이 있고, 거기 연못이 하나 있다. 그 연못 한가운데…… 가마솥이 한 개 가라앉아 있다."

"가마솥이요?"

"자비지심(慈悲之心)……, 덕을 쌓으면 덕은 돌아오게 마련이다. 아무도 몰래 이 밤 안으로 가마솥을 건져올려야 한다. 할 수 있겠느냐? 자세한 것은 훗날 알게 된다."

스승의 명이어서 천둥치는 새벽 어둠 속에서 연못 밑바닥을 뒤져 가마솥을 건져내왔고, 새벽 가랑비 속에서 극락왕생을 염하던 스승을 지켰다.

그 시신이 한때 이 땅의 만인지상, 왕이었다는 것은 알지도 못했고, 스승 역시 아무 말도 하지 않았다. 그러나 기회가 되면 손수 죽이리라 다짐했던 김정의 시체까지 묻어줘야 했던 것은 스승의 말대로 인연이었거나 숙명이었는지도 몰랐다.

더구나 소예.

새끼손가락 하나를 스스로 시체 앞에서 태운 소예의 창백한 얼굴의 그 맑디맑던 눈. 김정의 시신 위에 정신을 잃고 쓰러져 있던 소예의 손가락을 보고 나서 만적은 후들후들 몸을 떨었다.

무서웠다.

집념이란 게 그토록 강한 것인가 소름이 돋았었다.

(2권에 계속)